Deux enfants pour un médecin

*

La fiancée retrouvée

DIANNE DRAKE

Deux enfants pour un médecin

Traduction française de
C. DUTEIL

BLANCHE

HARLEQUIN

Collection : Blanche

Titre original :
BACHELOR DOC, UNEXPECTED DAD

Ce roman a déjà été publié en 2018

HARPERCOLLINS FRANCE
83-85, boulevard Vincent-Auriol, 75646 PARIS CEDEX 13
Service Lectrices — Tél. : 01 45 82 47 47 - www.harlequin.fr
ISBN 978-2-2804-9330-7 — ISSN 0223-5056

Composé et édité par HarperCollins France.
Imprimé en mai 2023 par CPI Black Print (Barcelone)
en utilisant 100% d'électricité renouvelable.
Dépôt légal : juin 2023.

FSC
www.fsc.org
MIXTE
Papier issu de sources responsables
FSC® C159065

Pour limiter l'empreinte environnementale de ses livres, HarperCollins France s'engage à n'utiliser que du papier fabriqué à partir de bois provenant de forêts gérées durablement et de manière responsable.

Prologue

Matt McClain roula sur lui-même et contempla Ellie Landers. Elle dormait encore dans le grand lit, si belle dans le sommeil qu'il brûlait de passer encore une nuit avec elle.

Mais si tentante que soit cette perspective, il n'avait pas pour habitude de céder à ce genre d'inclination. Il s'était construit une vie sans attaches, à son image. C'était plus facile ainsi, et personne ne souffrait.

Néanmoins, il avait du mal à résister à la forme gracieuse alanguie sous les draps. Et pas seulement à cause des ébats torrides qu'ils avaient partagés : ils avaient pris le temps de bavarder, de dîner, de danser, ce qu'il faisait rarement avec une femme de rencontre. Et Ellie était d'une compagnie extrêmement agréable.

Ils s'étaient rencontrés deux jours avant, à une convention médicale à laquelle ils assistaient tous les deux. La salle de réception de l'hôtel recevait pour l'occasion une exposition de produits dernier cri dans le domaine médico-pharmaceutique. Comme par hasard, ceux qui l'intéressaient étaient exposés près du stand d'Ellie. Même s'il avait pris soin de ne pas la regarder ostensiblement, elle avait surpris son regard une ou deux fois et avait rougi comme une collégienne. Ensuite, il l'avait croisée à plusieurs reprises, trouvant chaque fois un prétexte pour l'approcher.

Le premier soir, il se disait qu'ils passeraient un bon moment ensemble, puis qu'elle partirait et qu'il ne la reverrait plus. Mais ils étaient restés sur le balcon à admirer les spectaculaires illuminations de Reno, riant de sottises et bavardant de tout et de rien, et la nuit était passée sans qu'ils s'en aperçoivent. Le temps qu'ils émergent de leur bulle pour de trop brefs ébats, le soleil avait commencé à se lever.

Et puis, il y avait eu la seconde nuit, avec moins de bavardage et beaucoup plus de passion. En fait, Ellie avait soudoyé une femme de ménage pour se faire ouvrir sa porte, et elle était dans son lit quand il avait regagné sa chambre. Cette nuit, ils s'étaient cramponnés l'un à l'autre comme si c'était la veille de la fin du monde. Et c'était bel et bien la fin de leur petit monde puisque, trois jours plus tard, il serait de retour à Mossoul dans l'hôpital où il réparait des soldats blessés. Son univers à lui.

Sur le point de quitter furtivement la chambre, il jeta un dernier regard à Ellie.

Une femme comme elle pourrait-elle avoir un jour une place dans sa vie ?

C'était un joli rêve, mais d'après son expérience, les rêves ne se réalisaient pas. Il n'avait rien à lui offrir, et elle méritait mieux que ça.

Ouvrant doucement la porte, il se glissa dans le couloir, et referma le battant. En s'éloignant, il observa la femme de ménage qui vaquait à ses occupations, poussant lentement son chariot le long de l'interminable couloir.

Quand celle-ci atteindrait sa chambre, il serait déjà en train de voler en direction d'Hawaï, d'où un avion militaire le ramènerait en Irak.

1.

Matt baissa les yeux vers le garçonnet de deux ans aux cheveux filasse que Sarah Clayton tenait fermement par la main.

Sa lointaine cousine agrippait la main du garçon comme pour l'empêcher de s'échapper. Sans douceur. Pas la moindre empathie pour le gamin.

— Que vais-je faire de lui ? protesta-t-il.

— Ce que tu croyais que j'allais en faire, répondit-elle. Je me suis occupée de ta sœur ces deux dernières semaines, et il ne m'a pas quittée. Mais maintenant que tu es là, je te le confie. D'ailleurs…

Elle lui tendit une enveloppe qui avait été cachetée, ouverte, puis refermée.

— Janice t'a laissé ça.

Il regarda l'écriture tremblante. L'écriture d'une mourante. La gorge nouée, il tourna le dos à Sarah et lut.

Cher Matt,

Si tu lis cette lettre, c'est que le cancer a fini par m'avoir. Les toubibs ont dit qu'il était trop tard pour un traitement, mais c'est l'histoire de ma vie. Trop tard pour tout. Ça s'appelle un lymphome non hodgkinien, tu dois tout savoir là-dessus puisque tu es médecin.

Oui, je sais que tu es médecin. Je l'ai appris d'un client du casino où je travaillais. Il était soûl et racontait toutes sortes d'idioties, des trucs insensés. Il s'appelait Carter, je crois, et il prétendait être médecin. J'ignore si c'était vrai, mais il n'arrêtait pas de parler de son pote

Matt, de Forgeburn, qui lui avait sauvé la vie. Le Grand Doc, il t'appelait. Et je suis sûre que tu l'es.

Matt interrompit sa lecture et prit une inspiration.

Carter Holmes, son meilleur copain depuis l'école de médecine, avait souffert de très graves blessures, et il lui avait effectivement sauvé la vie.

— Sais-tu combien de temps Janice a passé à Vegas ? demanda-t-il à Sarah.

— Un certain temps. Elle m'a dit qu'elle déménageait souvent. Qu'elle changeait de nom pour que votre vieux ne la retrouve pas. Elle regardait toujours par-dessus son épaule pour s'assurer qu'il n'était pas derrière elle.

La mâchoire durcie, Matt hocha la tête. Il n'avait pas envie d'en savoir plus, mais il n'avait pas le choix.

Il poursuivit sa lecture.

Je ne t'en veux pas de ne pas m'avoir envoyé chercher, Matty. On était tous les deux des gosses. On ne savait pas quoi faire. J'ai attendu jusqu'à ce qu'il soit impossible de rester. Tu étais parti, et même si je n'avais pas encore quinze ans, je savais que je devais m'en aller aussi.

Pendant longtemps, je me suis déplacée d'un endroit à l'autre, sans jamais m'installer. J'avais peur de me sentir trop bien quelque part et de baisser ma garde. Alors je bougeais sans cesse. Ironiquement, pendant que je passais ces années à fuir, papa était déjà mort, puisqu'il est décédé juste après mon départ de Forgeburn. Du moins c'est ce qu'a dit Sarah. Finalement, on n'était pas obligés de fuir, hein ?

Il se tourna vers Sarah.

— Il est mort ?

— On l'a trouvé au fond d'un canyon, acquiesça celle-ci. Il était mort depuis un moment quand un cow-boy est tombé sur lui. Il vivait comme il l'avait toujours fait, en picolant du matin au soir. Les gens d'ici prétendent que c'est l'alcool qui l'a eu. Personne ne s'est soucié de savoir si c'était vrai.

Matt ferma les yeux.

Tant d'années perdues, alors que Janice et lui auraient pu rester ensemble. Ils avaient été livrés à eux-mêmes, deux gosses perdus dans un monde hostile. Il avait trouvé son salut dans l'armée. Mais Janice…

Il détourna la tête pour cacher ses larmes à Sarah.

J'ai quand même fait une chose bien, Matty. Il s'appelle Lucas. J'ignore qui est son père, et je ne vois pas l'intérêt de le savoir, mais c'est un bon garçon… Ma seule réussite. Je veux que tu t'occupes de lui pour moi. Que tu veilles à ce qu'il ait une vie meilleure que nous.

Fais pour lui ce que tu n'as pas pu faire pour moi, Matty.

La lettre s'achevait là. Sans signature.

— C'est tout ? demanda-t-il.

— Elle n'a pas pu aller plus loin. Elle s'est endormie le stylo à la main, et…

Il hocha de nouveau la tête, les yeux fixés sur l'étendue sablonneuse de la tombe de sa sœur.

Quelques personnes s'attardaient, et il se demanda qui elles étaient et pourquoi elles avaient assisté à l'enterrement. Janice et lui ne s'étaient jamais vraiment sentis chez eux à Forgeburn, qu'ils avaient voulu fuir à tout prix.

— Pourquoi est-elle revenue ici ? demanda-t-il.

— Elle voulait te contacter, mais elle n'en a pas eu la force. Et j'étais sa seule parente, même si j'habite à quatre-vingts kilomètres d'ici.

Matt se ressaisit et se tourna vers elle.

— Et voilà Lucas… Tu as des enfants, Sarah. Tu sais t'en occuper. Pas moi. Et je suis encore en service actif. Je dois regagner mon unité dans deux mois.

On lui avait accordé un congé pour raisons familiales afin qu'il puisse prendre ses dispositions pour son neveu, mais il n'avait jamais été question qu'il garde l'enfant. Cette idée ne lui avait pas effleuré l'esprit, il avait supposé que celui-ci était déjà installé chez Sarah.

Apparemment pas…

— Et je dois repartir en mission en Irak cette année. Comment diable puis-je concilier tout ça ?

— Écoute, Matt, je l'ai gardé jusqu'à ton arrivée par gentillesse, mais ça s'arrête là. Janice t'a désigné comme son tuteur légal, l'assistante sociale des services de l'Enfance a entériné sa décision, il est sous ta responsabilité désormais. Adopte-le ou trouve quelqu'un d'autre pour le faire, à toi de voir, mais mon mari n'en veut pas. Nous avons assez avec notre progéniture. Alors, prends-le ou débarrasse-t'en, ça ne me concerne plus, conclut-elle en haussant les épaules.

Facile à dire. Il ignorait même l'existence de ce neveu avant d'apprendre la mort de sa sœur !

Cependant, il n'était pas contre les responsabilités familiales, même avec une famille comme la sienne : une mère partie quand il avait cinq ans et un père ivrogne, mort seul à l'insu de tous. Et puis, Lucas devait avoir sa chance. Il n'avait pas demandé à naître dans la famille McClain…

Seulement, un enfant n'avait pas sa place dans sa vie. Un chirurgien militaire de carrière en constant déplacement d'une zone de combat à l'autre n'avait pas de temps à consacrer à un enfant. Il n'avait même pas de toit à lui offrir, or un enfant a besoin d'un foyer, de stabilité. De quelqu'un pour l'élever. Ce que Janice et lui n'avaient jamais eu.

Il l'avait voulu ainsi. Pas de gosses, pas d'obligations. S'il y avait eu un moment où il avait été tout près de prendre un engagement personnel…

L'image d'Ellie lui traversa fugitivement l'esprit.

— Écoute, Sarah, donne-moi deux semaines pour me retourner. Peux-tu faire ça ?

— Non, désolée, répondit-elle en secouant la tête.

Elle ne lui laissait pas beaucoup d'options.

— Je sais que tu t'es bien débrouillé, Matt, malgré la

façon dont ton père te traitait. Et je m'en réjouis pour toi. Mais je ne peux pas prendre Lucas. Je te l'ai dit, j'ai contacté les services de l'Enfance, ils connaissent la situation, et les formalités administratives sont engagées. Lucas ira dans un foyer collectif en attendant qu'on lui trouve une famille, sauf si tu décides de t'en charger. Quant à l'adoption… Je ne sais pas. C'est un gosse adorable. Même s'il ne parle pas. Pas un mot. Je ne crois pas qu'il soit très intelligent, chuchota-t-elle en baissant la voix.

— Probablement parce qu'il est traumatisé par tout ce qu'il lui arrive, rétorqua sèchement Matt.

Il regarda Lucas, qui suçait son pouce, une vieille couverture usée sous le bras, chaussé de baskets trop grandes.

Il semblait terriblement vulnérable. Et terrifié.

Matt savait exactement ce qu'on ressentait quand on était vulnérable et effrayé. Lucas devait avoir l'impression que son univers s'était écroulé. On ne pouvait pas lui reprocher de ne pas vouloir parler. À maintes reprises, dans sa jeunesse, Matt avait refusé de parler, lui aussi.

— J'espère qu'il ne bouleversera pas trop ta vie, Matt, dit Sarah, avant de se détourner pour s'éloigner.

Matt resta planté au milieu du cimetière, tenant Lucas d'une main et un sac de vêtements de l'autre, sans savoir ce qu'il allait faire.

L'enfant leva vers lui de grands yeux apeurés.

Il avait surtout besoin de paroles rassurantes. De la promesse d'un foyer. D'un câlin. Mais Matt avait ce qu'il fallait pour lui acheter un hamburger, c'est tout.

Les gosses de cet âge en mangeaient-ils seulement ?

Il n'avait aucune expérience comme parent. Pas de maison. Pas d'épouse. Pas d'enfant, ni maintenant ni jamais.

Il songea au matin où il avait laissé Ellie endormie dans sa chambre d'hôtel. Il aurait donné cher pour revenir à cet agréable moment. Pas d'inquiétude. Pas de passé. Pas d'avenir. Juste une exquise parenthèse… Rien à voir avec l'instant présent, où il se creusait la tête pour savoir ce que pouvait bien manger un gamin de deux ans.

— Tu aimes les hamburgers, Lucas ?

Ellie Landers scruta l'écran de l'échographe et ne vit rien d'alarmant. Elle savait interpréter les images qu'elle avait sous les yeux. Sa courte expérience d'infirmière lui avait au moins appris ça. Et ce qu'elle voyait était normal.

— Je dois faire quoi ?

— Te reposer. Mieux manger. Limiter le stress. Réduire tes heures de travail. Des choses simples, tu vois.

Elle voyait, mais elle ne savait pas trop pourquoi cela s'appliquait à elle. Le Dr Shaffer ne venait-il pas de lui dire que le bébé allait bien, et elle aussi ?

— Mais je n'ai aucun problème, vous me l'avez dit il y a une minute, observa-t-elle, inquiète.

— Ta tension est un peu élevée. Tu risques un diabète gestationnel à cause de ton âge et parce que ta mère est diabétique. Et tu souffres de fatigue chronique.

— Parce que je travaille dix-huit heures par jour.

Elle aimait bien le Dr Shaffer, l'obstétricien de sa mère devenu le sien. Il jouissait d'une excellente réputation dans le monde médical, et c'était un homme d'une grande bonté. Il ne lui avait pas demandé d'explications sur sa grossesse — non qu'il y ait grand-chose à expliquer après une aventure de deux nuits. De plus, il était à l'écoute de ses patientes, qu'il traitait avec respect et dignité, chose qu'elle appréciait à la fois comme membre du milieu médical et comme patiente.

— Lève le pied, dit-il, se penchant pour la regarder par-dessus ses lunettes. Tu as trente-quatre ans, Ellie. Tu mènes une vie très active, et je n'ai jamais vu personne travailler autant que toi, excepté ta mère. Et je ne voudrais pas que tu aies des complications pendant cette grossesse.

À trente-quatre ans, elle était propriétaire d'une société

d'illustration médicale en plein essor, qu'elle avait la fierté d'avoir créée elle-même.

— Vous pensez que je cours des risques ?

— Possible. Si tu ne ralentis pas, cela peut mettre ton bébé en danger.

« *Son* bébé. »

C'était étrange, elle n'avait pas encore mis de mot sur la vie qui se développait en elle. C'était un bébé, peut-être celui de quelqu'un d'autre, si son amant de passage voulait bien être papa. Mais *son* bébé à elle ? Son cœur se gonfla soudain de façon inattendue alors qu'elle prenait une conscience aiguë de l'enfant qu'elle portait.

— D'accord, je vais réduire mes heures de travail et mieux me nourrir. Mais pas question de passer les cinq prochains mois vautrée à la maison. Je dois travailler. Ma société a besoin de moi, et moi d'elle.

— Tu me rappelles ta mère, tu sais ? commenta le Dr Shaffer en tapant sur le clavier de son ordinateur. Elle est aussi passionnée que toi. Et aussi obstinée.

La comparaison ne la fit pas sourire. Elle ne voulait pas ressembler à sa mère.

— Et elle a merveilleusement réussi. Elle possède une des plus grosses sociétés de technologie du Nevada.

Et elle avait élevé son enfant toute seule. Ou plutôt par personne interposée, même si elle avait eu à cœur d'engager les bonnes nounous et de payer pour avoir les nurses les plus qualifiées pour s'occuper de sa fille.

Cela, Ellie n'était pas prête à le faire. Un enfant a besoin d'une vraie famille, d'un ou deux parents qui ne recrutent pas quelqu'un pour emmener leur progéniture au terrain de jeux mais s'occupent eux-mêmes. Il a besoin de repas en famille, besoin qu'on lui lise une histoire le soir au coucher. Tout ce qu'elle n'avait pas connu… Et qu'elle ne pouvait pas donner avec sa profession et le mode de vie qu'elle avait choisi.

Comme toute femme, elle avait rêvé d'un foyer, d'une famille. D'un mari. Mais c'était vague, irréel. Même si, depuis Reno, la vision du mari s'était précisée, et plus encore depuis qu'elle portait son enfant. Elle avait tiré les leçons de l'éducation qu'elle avait reçue, ce style de vie n'était pas pour elle. Elle avait pris sa décision le jour où le test de grossesse s'était révélé positif, et elle n'avait pas changé d'avis.

— En sortant, passe à la réception fixer ton prochain rendez-vous. J'aimerais te revoir dans six semaines, par mesure de précaution. Je t'ai fait une prescription pour des vitamines prénatales, et t'ai noté le nom d'un bon kinésithérapeute pour tes douleurs lombaires.

— Je n'ai pas besoin d'un kiné pour mon dos et j'ai commencé à prendre des vitamines quand j'ai su que j'étais enceinte.

— C'est bien. Mais celles que je te recommande contiennent plus de fer, car tu es un peu anémique. Et de l'acide folique, il t'en faut pour un bon développement du cerveau, des yeux, des cellules et du système nerveux du fœtus.

— Je sais. J'ai travaillé en obstétrique, vous vous souvenez ?

Elle avait été une bonne infirmière, mais elle n'en avait pas retiré la satisfaction espérée. Peut-être parce que ce métier exigeait un engagement affectif dont elle se sentait incapable. Elle était douée pour appliquer les procédures, mais il lui manquait la touche humaine indispensable. Consciente de ses failles, elle s'était efforcée de les corriger, car elle adorait la médecine, mais il lui manquait toujours une chose qu'elle n'avait pas su décrire à sa surveillante quand elle lui avait remis sa démission.

Dix ans plus tard, elle n'était pas plus fixée, mais elle avait trouvé sa voie en travaillant dans l'illustration médicale. Elle avait toujours aimé dessiner et avait un bon coup de crayon. Ce talent lui avait valu plusieurs récompenses dans son enfance, et elle avait choisi le dessin comme matière secondaire pendant sa formation d'infirmière. Quand elle avait vu qu'une possibilité d'avenir s'offrait à elle, elle avait sauté sur l'occasion de combiner son amour de la médecine et du dessin. Bien sûr, elle avait dû faire deux ans d'études de plus après ses quatre ans d'école d'infirmière, mais ces deux années avaient conforté son désir de devenir illustratrice, et elle avait décidé de créer sa propre société. Elle ne le regrettait pas.

— Oui, je sais que tu étais infirmière avant de passer à autre chose… Et de le faire très bien.

Elle sourit.

C'était elle qui avait dessiné les planches représentant le développement d'un fœtus qui étaient accrochées au mur.

Le Dr Shaffer suivit son regard et s'esclaffa.

— Tu t'es fait un nom par toi-même, mais que ça ne t'empêche pas de limiter tes horaires et de faire des pauses. Tu travailles trop, Ellie. Le bébé a besoin de repos.

Elle suivrait ses conseils. Même si elle ne comptait pas garder ce bébé, elle voulait qu'il ait tout ce qu'il lui fallait, et pour commencer, elle devait être en bonne santé.

— C'est tout ? Vous ne voulez pas me prélever une nouvelle pinte de sang ?

— Tu sais ce que je veux, et au rythme où tu vas, c'est un ordre, répondit le vieux médecin en riant.

— Je ferai des efforts, promit-elle.

Elle comptait tenir sa promesse. Si elle refusait la responsabilité d'élever un enfant de peur de marcher dans les pas de sa mère, elle ne voulait pas faire courir le moindre risque au bébé. Elle préviendrait Matt McClain qu'il allait être père et lui laisserait le choix d'élever l'enfant. S'il refusait, elle opterait pour l'adoption. C'était simple. Elle avait une affaire à faire tourner, c'était son choix de vie. Elle n'avait que faire d'un bébé, d'un petit ami, ou d'un mari.

Il ne lui restait plus qu'à annoncer à cet homme avec qui elle avait batifolé lors de cette convention médicale que leur badinage avait eu des conséquences concrètes.

Il avait semblé gentil. Un peu distrait, mais gentil. Et poli. Vraiment très séduisant, d'une beauté ténébreuse, avec ces traits taillés à la serpe. Des yeux sombres, des cheveux noirs. Un corps athlétique magnifiquement bâti…

Elle avait la chair de poule en repensant à ces deux nuits où elle avait jeté ses principes de businesswoman par-dessus les moulins pour vivre un sublime fantasme. Longtemps après, elle se surprenait parfois à penser à lui, une réaction inattendue qu'elle ne s'expliquait pas et qu'elle refusait d'explorer… Jusqu'à ce que la conséquence palpable de ces deux nuits de rêve se manifeste à elle.

À présent, elle devait lui parler du bébé. C'était aussi le sien, et il avait le droit non seulement de connaître son existence, mais aussi d'être papa s'il le souhaitait. Ou, dans le cas contraire, de s'impliquer dans la procédure d'adoption. De toute façon, elle serait bientôt fixée. Elle savait qu'il était rentré chez lui de retour de mission. Dès après sa consultation avec le Dr Shaffer, elle prendrait la route de Forgeburn, dans l'Utah.

— Ce n'est pas un cabinet médical traditionnel, expliqua le Dr Donald Granger. Tu le sais, puisque tu es d'ici. La majorité de la patientèle est composée de cow-boys. On soigne aussi occasionnellement les vacanciers qui séjournent dans les résidences des canyons. Et on a quelques patients parmi les autochtones des petits bourgs de la région. Il y a largement de quoi occuper un médecin. Si tu as besoin d'un coup de main, la clinique de Whipple Creek t'enverra quelqu'un un jour ou deux, mais rappelle-toi que tu es l'unique recours médical à cent cinquante kilomètres à la ronde. Tu géreras un cabinet dont la compétence s'étend sur une vaste zone géographique, ainsi que les visites à domicile avec parfois une demi-journée de route pour soigner un simple bobo, et je te souhaite bonne chance pour trouver les caravanes des cow-boys… C'est une vie très dure, mais une belle vie, mon garçon. Les gens t'apprécient d'autant plus qu'il n'est pas facile d'arriver jusqu'à toi. Et tu ne peux compter que sur toi-même, ce qui développe l'endurance. Et le courage. Beaucoup de courage.

— Si c'est si bien, pourquoi partez-vous ? demanda Matt.

Il appréhendait un peu de reprendre le cabinet médical, même pour un temps limité, car son retour à Forgeburn s'accompagnait de mauvais souvenirs qui risquaient de resurgir et de nuire à son travail. En outre, il n'était pas généraliste. Seul aspect positif, il allait être très occupé.

Il en avait besoin : Lucas était un gamin génial, mais passer ensemble chaque minute de chaque journée n'était pas bon pour eux. Il fallait qu'ils se séparent de temps en temps.

— Je fais ce travail depuis cinquante ans, comme tu le sais, puisque je t'ai soigné quand tu étais petit. Ma vieille carcasse n'est plus assez solide. Et j'ai des petits-enfants qui ne me connaissent même pas. Il est temps de passer la main, de reposer mes os fatigués et de jouer au grand-père.

— Vous êtes conscient que je ne resterai pas, n'est-ce pas ? Dès que la situation avec Lucas sera réglée, je regagnerai mon unité. On m'accorde deux mois de permission. Vous allez devoir continuer à vous chercher un remplaçant.

— Ou fermer le cabinet si je ne trouve personne, rétorqua le Dr Granger en tendant ses mains déformées par l'arthrite. Ces mains ne peuvent plus faire le travail, Matt, sinon je resterais. Je ne veux pas que la région devienne un désert médical, mais la plupart des jeunes diplômés en médecine attendent plus que ce que j'ai à leur offrir, et les vieux toubibs aspirent à un travail plus tranquille. Pour exercer à Forgeburn, il ne faut pas seulement apprécier le travail, il faut aussi aimer travailler *ici*.

Matt ne releva pas.

Pour lui, c'était exclu. Dès que les services de l'Enfance auraient trouvé un bon placement pour Lucas, il repartirait. Sa présence ici était due aux circonstances, il ne restait pas par plaisir mais uniquement pour Lucas.

— Alors, quand voulez-vous que je commence ?

— Tu es sûr de toi, Matt ? Tu veux vraiment le faire ?

— Non. Mais je ne reste pas pour moi. Je regagnerai mon poste dans l'armée dès que je pourrai.

— Et le petit gars dont tu t'occupes ?

— Lucas est un bon garçon, et je veillerai à lui trouver le meilleur placement avant de partir. Quitte à prolonger mon séjour s'il le faut, car je refuse qu'il grandisse dans les mêmes conditions que moi. Vous savez quelle enfance on a eue, Janice et moi, doc… Aucun gosse ne mérite ça.

— Mais tu t'en es remis, Matt, et regarde où tu en es aujourd'hui.

Une réussite, oui ! Il ne connaissait rien aux enfants et était nommé tuteur provisoire d'un gamin qu'il ne pouvait pas élever ! Cet enfant avait besoin de tant de choses qu'il ne pouvait lui offrir. Il savait que Janice aurait voulu qu'il garde le petit garçon, mais ça ne marcherait jamais.

— Mais ma sœur ne s'en est pas remise, et c'est pourquoi j'en suis là. Je lui dois de faire ça pour Lucas.

— Bon, très bien… Si tu commençais tout de suite ? Tu devrais demander à Betty Nelson de garder Lucas. Elle a pris sa retraite d'institutrice et sait s'y prendre avec les petits. Il n'y a pas mieux qu'elle pour le job.

— Je la contacterai, répondit Matt, en croisant mentalement les doigts pour que celle-ci accepte.

Il avait eu Betty Nelson comme institutrice une année. Elle payait son déjeuner et celui de Janice quand il n'avait pas d'argent, c'est-à-dire presque chaque jour. Et elle veillait à ce qu'il ait ses fournitures scolaires, même si son père refusait de les régler. Elle serait une baby-sitter parfaite pour Lucas.

Et voilà, il allait reprendre son stéthoscope et commencer une nouvelle tranche de vie. Limitée dans le temps, c'était évident. Ça ne durerait pas… Mais s'il ne trouvait pas un bon placement pour Lucas ? Pourrait-il l'abandonner dans la situation où lui-même s'était retrouvé dans son enfance ?

Il ne voulait pas penser à ça. Il refusait de se projeter. Le présent suffisait amplement. Il avait toujours compté sur le présent, avancé au jour le jour.

Avec un soupir, il prit les clés du cabinet que le Dr Granger lui tendait.

Il faisait ça pour Janice. Et pour Lucas. Il le leur devait.

Cette pensée l'accompagna les heures qui suivirent, pendant qu'il s'organisait pour réintégrer la communauté de Forgeburn.

Le cabinet médical était petit, comme dans son souvenir. Une salle d'examen décevante pourvue d'un équipement basique obsolète, une mini-salle de soins, des toilettes communes au public et au personnel, un espace de réception réduit faisant office de salle d'attente avec seulement six sièges, et un minuscule bureau. Mais il y avait une belle pièce de rangement attenante au bureau, avec une fenêtre donnant sur une somptueuse formation rocheuse.

Pourquoi pas une salle de jeux pour Lucas quand Betty Nelson ne pourrait pas le garder ? En changeant la porte pour un double vantail et en posant une moquette, peut-être.

L'idée lui trotta dans la tête pendant qu'il faisait le tour de la petite bâtisse en béton blanc érigée au milieu d'un parking en asphalte fissuré, isolée dans un désert de sable, de poussière et de cactées.

Rudimentaire et spartiate, le centre médical n'avait rien d'accueillant, mais il en allait autrement de la maison d'habitation où il logerait avec Lucas, comme convenu avec le Dr Granger. De taille respectable et relativement récente, celle-ci disposait d'une belle piscine et d'une vue superbe sur un canyon. Elle se composait d'un vaste espace intérieur ouvert avec une grande cuisine et d'une *casita* avec accès indépendant. Non qu'il ait besoin d'une maison d'invité, car il ne comptait pas recevoir de visites, mais c'était quand même un atout. Il se réjouissait secrètement que le Dr Granger se soit payé le luxe de cette agréable maison. Parfaite pour Lucas. Confortable et sûre.

— C'est là que nous vivrons, annonça-t-il à Lucas le lendemain, alors qu'il explorait les alentours pour s'assurer que la piscine n'était pas dangereuse pour l'enfant.

Il avait voulu porter le gamin, mais Lucas n'aimait pas ça, sauf quand il était trop fatigué. C'était un garçon déterminé.

— On visite l'intérieur ? proposa-t-il.

Pour toute réponse, Lucas lui tourna le dos et observa un lézard bleu et brun qui filait se cacher entre les cailloux bordant le patio… Ce que Matt aurait fait volontiers lui aussi, pour être honnête.

Le Dr Granger avait vidé les lieux, ne laissant que les meubles. Toutes ses affaires personnelles avaient disparu. Ils étaient désormais seuls ici, et si le principe ne gênait pas Matt, les nouvelles responsabilités qui lui incombaient l'inquiétaient un peu.

Allons, il apprendrait sur le tas. Il s'accommoderait au mieux, comme il le faisait dans son rôle de père intérimaire.

— Tu es prêt à partir ? demanda-t-il à Lucas, qui fouillait les rochers à la recherche du lézard. Nous revenons demain pour emménager, de toute façon. On aura tout le temps de faire le tour.

Le garçonnet ne répondit pas. Ignorant sa main tendue, il agrippa fermement la vieille couverture miteuse qu'il emportait partout et trottina à côté de lui. Jamais trop près, mais jamais trop loin non plus.

Une voiture et une camionnette stationnaient sur le parking du cabinet, que seul un panneau branlant avec un numéro de téléphone identifiait comme un centre médical.

— Eh bien, dit Ellie, nous voilà arrivés.

Elle avait pris l'habitude de parler à son bébé. Elle n'en était qu'à dix-huit semaines de grossesse, et elle savait que les fœtus ne commencent à entendre que vers vingt-trois semaines, mais elle aimait cette connexion. Elle avait l'impression qu'elle aidait au développement de l'enfant.

— Je ne m'attendais pas à ça. Pour une raison inconnue, je croyais ton papa mieux loti…

Ils n'avaient pas abordé ce sujet à Reno. Ils avaient discuté de tas de choses, surtout la première nuit — de médecine, de leurs études, de la convention, mais pas de leur vie, évitant à dessein les sujets trop personnels. Et pour quel résultat…

En descendant de voiture, elle baissa les yeux sur son ventre.

Il n'était plus aussi plat, mais son pantalon cargo et sa large chemise blanche dissimulaient encore ses formes. Pour le moment, des vêtements amples lui permettaient de cacher son état à ses collaborateurs… Et à Matt, en attendant qu'elle trouve le bon moment pour lui annoncer la nouvelle.

Pas question que, en ouvrant la porte, il se trouve face à un ventre rebondi. Elle ne voulait pas lui causer de choc. Et puis, elle tenait à s'assurer d'abord qu'il était digne d'élever le bébé, car si la parenthèse de Reno n'avait rien à voir avec la vraie vie, l'enfant était bien réel. Elle avait envie d'en savoir plus sur Matt avant de le mettre au courant. Elle ne savait pas trop comment elle allait gérer la situation, mais elle aviserait en temps voulu.

La salle d'attente était vide. Pas de réceptionniste, pas de patients. Juste quelques chaises et un bureau.

— En tout cas, c'est propre, se dit-elle en s'engageant dans le petit couloir menant à la salle d'examen à la recherche d'une présence.

Dressant l'oreille, elle entendit des bruits derrière la porte marquée « Consultation ».

— Ohé, s'il vous plaît. Il y a quelqu'un ?

— Oui, répondit une voix masculine. Je vous rejoins dans cinq minutes. Patientez en salle d'attente, je vous prie.

Elle reconnut la voix de Matt. Belle, grave. Sexy.

Elle en eut la chair de poule.

— Merci, répondit-elle.

Il se passa dix bonnes minutes avant qu'une jeune femme en short kaki et chaussures de randonnée quitte le cabinet avec une orthèse au bras gauche. Deux minutes s'écoulèrent encore, puis Matt apparut à l'entrée de la salle d'attente, accompagné d'un tout petit garçon.

— Ellie ? s'écria-t-il, surpris. Je… Je ne m'attendais pas à te voir ici. Comment vas-tu ?

Il s'approchait, avec un grand sourire, et elle se leva en hâte.

— Je vais bien, Matt. Je suis en vacances dans le coin, et j'ai eu envie de te rendre visite. Si ça ne te dérange pas…

— Bien sûr que non. Je… Hum… Je suis content de te voir, dit-il, un peu décontenancé.

C'était gênant. Elle en avait conscience, et lui aussi. Mais maintenant qu'elle était là, elle devait aller au bout de son plan. Enfin, pas dans la minute. Mais bientôt.

— Je suis ravie de te voir aussi. Je n'étais pas sûre de ton accueil, mais j'ai tenté le coup…

Comme elle se tenait devant lui, se demandant ce qu'elle faisait là, elle fut prise de vertige, sa tête se mit à tourner, et elle se sentit aspirée dans un gouffre sans fond.

— Mon bébé…, bredouilla-t-elle, avant de s'effondrer sur la chaise la plus proche.

2.

Ellie était revenue à elle avant que Matt ait pu procéder à un examen approfondi, mais il n'y avait apparemment rien d'anormal. Sa tension était à peine plus élevée que la normale. Son pouls était bon. Comme ses réflexes et son rythme cardiaque. À présent, elle était assise sur la table d'examen et buvait un verre d'eau. Bien réveillée.

Il ne croyait pas qu'elle était en vacances dans la région. Ce n'était pas son genre de voyager pour le plaisir, surtout dans un endroit pareil… Était-elle là pour le revoir ? Voulait-elle reprendre leur brève liaison et passer à l'étape supérieure ?

La pensée lui traversa fugitivement l'esprit, et il sentit son cœur manquer un battement.

Les prolongations, ce n'était pas son style, mais il était intrigué. Il y avait lui-même songé, tout en sachant qu'ils appartenaient à deux mondes trop différents. Mais Ellie lui avait clairement fait comprendre qu'elle ne voulait pas d'une relation durable. Alors, pourquoi débarquait-elle maintenant, pendant sa permission ? Et comment était-elle au courant d'ailleurs ? Comment avait-elle su où le trouver ?

— Tu as parlé d'un bébé. Je suis allé voir dans ta voiture, mais je n'ai pas trouvé de bébé, conclut-il en haussant les épaules.

— Ma voiture *est* mon bébé, dit Ellie sans le regarder.

Il n'en croyait pas un mot, mais elle finirait bien par lui dire ce qu'elle voulait. Elle ne savait pas mentir. Son expression, son agitation la trahissaient. C'était de plus en plus intéressant, et il avait hâte d'entendre la vérité.

— Ta voiture va très bien.

Elle ne répondit pas, se contentant de hocher la tête en buvant son eau à petites gorgées.

— Ainsi, tu es en vacances dans le coin ?

Elle acquiesça en silence.

— À Forgeburn, ce trou perdu ?

— Tu as dit que les paysages y étaient magnifiques, alors j'ai décidé de venir voir par moi-même.

— Hors saison, quand la plupart des hébergements touristiques fonctionnent au ralenti ? C'est drôle, j'aurais cru que tu appréciais ton confort.

— Ce petit garçon est le tien ? Il te ressemble beaucoup. Je ne me rappelle pas t'avoir entendu dire que tu avais un enfant. Ni une femme, d'ailleurs. Tu as une femme ?

— Je n'ai jamais été marié. Lucas est mon neveu, et je suis provisoirement son tuteur.

— Ton neveu ?

— Ma sœur est morte, laissant son fils à ma garde. Provisoirement

— Pourquoi pas définitivement ?

— Je suis chirurgien dans l'armée, Ellie. J'aime l'action, les théâtres d'opérations, et je change souvent d'affectation. Ce ne sont pas les conditions idéales pour élever un enfant.

— Alors, tu n'es pas retraité de l'armée ? demanda-t-elle, perplexe.

— Non. Je repars en mission dès que j'aurai réglé la situation de Lucas. D'ici deux mois, j'espère. Comment m'as-tu retrouvé ? Comment as-tu su que j'étais à Forgeburn ?

Elle sourit.

— La recherche fait partie de mon métier. Te localiser a été facile une fois que j'ai trouvé le bon service de l'armée, qui m'a mise en liaison avec ton officier supérieur — un homme très serviable.

Ce n'était pas si simple, et il ne put s'empêcher d'admirer sa débrouillardise.

— Mais il a omis de te dire que je devais regagner mon unité ?

— Il a dû croire que tu me le dirais quand on se verrait.

— Eh bien, te voilà ici, et je me demande bien pourquoi.

— Je te l'ai dit, je suis en congé… Je suis vraiment désolée pour ta sœur, Matt. Ça ne doit pas être facile pour toi et Lucas.

Il lut la sincérité dans son regard et en éprouva une bouffée d'émotions mélangées.

— En effet, et j'apprécie ta sympathie. Ma sœur était une bonne personne qui a eu une vie difficile.

Il ne savait pas ce que tramait Ellie, et ça le tracassait. Mais ce qui le tourmentait encore plus, c'était la joie qu'il éprouvait de la revoir.

Cela ne se passait pas du tout comme Ellie l'avait prévu.

Elle avait présumé que Matt avait quitté l'armée et que, une fois sa situation stabilisée, il voudrait accueillir leur bébé. Maintenant qu'il lui avait appris qu'il rejoindrait son unité après s'être débarrassé de Lucas, elle ne savait plus quoi faire. Elle s'était trompée sur toute la ligne. Il ne voulait même pas de Lucas !

Que faire ? Elle était de retour à la case départ, enceinte et sans aucun plan. Cependant elle lui offrirait quand même l'opportunité d'élever son enfant. Ce n'était que justice.

— Je dois trouver une chambre, dit-elle. L'hôtel sur la route est un peu vieillot… Il n'y a pas mieux dans le coin ?

Matt gloussa.

— Je te l'ai dit, les meilleurs hôtels ne tournent pas à plein régime en ce moment, et je ne suis pas certain que tu apprécies les autres.

— Je m'en moque, Matt. J'ai juste besoin de me restaurer et de dormir.

Pour sa grossesse d'abord, mais aussi pour elle, car elle était fatiguée. Elle avait besoin de se surélever les pieds, de fermer les yeux et de s'accorder, ainsi qu'au bébé, un repos d'au moins dix heures. Voire plus.

— En bas de la route, à environ huit kilomètres, il y a le

Red Canyon Resort. Ils ont des chambres correctes. On est encore tôt dans la saison, et il devrait y avoir de la place. Mais si tu restes…

Matt se tut et garda le silence avec l'expression hésitante qu'elle lui avait déjà vue un peu plus tôt. Sauf que cette fois il ne souriait pas.

Elle espérait qu'il était content de la voir, mais elle n'en était plus très sûre. Bien sûr, elle n'avait pas été exagérément optimiste quant à l'issue de leur rencontre, il aurait fallu qu'elle soit débile. Mais elle avait espéré. Un espoir qui commençait sérieusement à faiblir à cause de Lucas, des engagements militaires de Matt, et parce qu'il se révélait plus rigide que dans son souvenir.

— Si tu restes, il n'y a pas grand-chose à faire dans le coin, sauf si tu aimes la randonnée et l'escalade, reprit-il.

— Je me débrouillerai, dit-elle, s'apprêtant à descendre de la table d'examen.

— Avant que tu ne partes, j'aimerais t'examiner mieux, dit-il. J'ignore la cause de ton évanouissement.

— Cette longue route m'avait fatiguée. J'avais faim, et j'étais probablement déshydratée. Dès que j'aurai une chambre, je mangerai et boirai tout mon soûl, et après un bon repos, tout rentrera dans l'ordre.

Elle tendit les jambes pour poser les pieds par terre, mais elle chancela en se redressant, et Matt la rattrapa in extremis.

— Avant que tu ne te mettes en quête d'un hébergement, je vais t'emmener te restaurer et boire. À en juger par ta peau, tu souffres de déshydratation. Serais-tu diabétique, par hasard ?

— Non. Il se trouve que j'ai fait des examens sanguins hier. Les résultats étaient bons.

— Pas de maladie rénale ?

— Je vais bien, Matt. Mon médecin m'a dit que j'avais besoin de me reposer, c'est pour ça que je suis ici.

— Tu vis à Reno. En roulant une heure jusqu'à Tahoe, tu aurais pu descendre dans un hôtel luxueux au lieu de faire neuf cents kilomètres dans le désert pour venir te reposer ici… Si tu es vraiment là pour ça. Et à présent, je ne te crois même pas en état de conduire.

Elle doutait d'être seulement capable d'arriver jusqu'à sa voiture.

— J'imagine qu'il n'y a pas de taxi que je puisse appeler ?

Il secoua la tête.

— Écoute, Lucas et moi allions rentrer à la maison quand tu es arrivée. Si tu venais avec nous ? Je veillerai à ce que tu te réhydrates et nous préparerai un bon dîner. Ensuite, on verra si tu es en état d'aller à l'hôtel.

Il l'enlaça pour lui permettre de garder l'équilibre, mais au lieu de la laisser marcher, il la souleva dans ses bras comme le premier matin, à Reno. Alors qu'elle regardait par la fenêtre, nue, il s'était approché, les yeux brûlants de désir. Il l'avait portée jusqu'au grand lit, l'y avait déposée et s'était allongé sur elle.

Elle frissonna à cette pensée.

— C'est très chevaleresque de ta part, murmura-t-elle.

Elle aimait être dans ses bras, elle aimait le sentir contre elle. Cet homme avait le pouvoir de la déstabiliser complètement… Mais elle ne pouvait pas le permettre. Elle ne devait pas penser aux délicieux moments passés avec lui.

Matt avait-il pensé à la même chose qu'elle ?

— Je donne toujours les meilleurs soins, dit-il d'un ton taquin, avant de se tourner vers Lucas en train de jouer. On rentre à la maison, bonhomme ?

Lucas ramassa son jeu et sa couverture et se rapprocha de Matt avant de lui emboîter le pas.

— Il ne parle toujours pas, expliqua ce dernier comme ils traversaient le parking. Il a vécu des choses très dures et a pris un peu de retard, mais il est intelligent. Il comprend tout et est très observateur.

— Il parlera quand il aura quelque chose à dire, répliqua-t-elle.

Elle se hissa sur le siège passager de la camionnette pendant que Matt attachait Lucas sur son siège, et une minute plus tard, ils roulaient vers ce que Matt avait nommé « la maison ». Elle ne savait pas trop comment prendre tout ça, mais une chose était sûre : elle aimait la façon dont Matt s'occupait de Lucas. Beaucoup. Et il prenait aussi soin d'elle.

Quelle mouche l'avait piquée, de faire ces dix heures de route pratiquement d'une traite ? S'évanouir devant lui, non mais, sérieusement ! Elle n'aurait pas pu imaginer arrivée plus théâtrale. Ce n'était certes pas ainsi qu'elle aurait voulu que se passent leurs retrouvailles.

Quoi qu'il en soit, elle attendrait le lendemain pour lui parler du bébé. Avec un peu de repos, elle serait de nouveau d'aplomb. Retour au plan initial, dans une version modifiée puisqu'elle connaissait maintenant les intentions de Matt : pas de Lucas, pas d'implications familiales.

Mais cela concernerait-il aussi l'enfant de sa chair ?

Elle ne pensait pas qu'il s'adoucirait au point de changer d'avis, mais elle ne l'excluait pas.

Enfin, pour l'heure, elle se rendait chez Matt, ce qui ne faisait pas partie du plan. Jusqu'ici, rien ne se passait comme prévu.

— Puisque tu n'exerces pas comme chirurgien ici, qu'est-ce que tu fais exactement ?

— On peut appeler ça de la médecine générale. Mon prédécesseur qualifiait le centre médical de cabinet de cow-boys, ce n'est pas mal trouvé. En résumé, tant que je serai ici, je soignerai tout et n'importe quoi.

Tant qu'il serait ici.

Elle se sentit soudain découragée, déçue. Les larmes aux yeux, elle tourna la tête vers la vitre, faisant semblant d'admirer le crépuscule.

Elle aurait aimé qu'il veuille garder leur bébé, c'était la solution idéale. Là, elle ne voyait pas d'alternative.

« La maison » était une jolie maison de style local entourée d'un jardin, avec un édicule attenant séparé par un patio.

Matt la fit entrer au rez-de-chaussée, composé d'une cuisine ouverte et d'une grande salle de séjour.

— Tu as deux possibilités pour passer la nuit, dit-il après leur avoir servi des sodas. Il y a une *casita* parfaitement équipée à côté, ou tu peux dormir dans la chambre d'amis à l'étage. À toi de choisir.

Traditionnellement, une *casita* était réservée à un membre de la famille ou un invité de longue durée. Ou, comme ce soir, à un étranger de passage.

— La *casita* peut-être, car je ne me sens pas la force de gravir des marches. J'ai les jambes raides à force de conduire, et j'ai mal au dos.

— Ton médecin sait que tu as entrepris ce voyage ? demanda Matt.

Pourquoi l'interrogeait-il sur son médecin ? La soupçonnait-il d'être enceinte ?

Elle jeta un bref coup d'œil à son ventre, mais tout allait bien. Sous son ample chemise, on ne voyait rien.

Elle pesa prudemment sa réponse.

— Non. Je ne rends de comptes à personne, pas même à mon docteur. Il m'aurait sûrement conseillé de commencer mon traitement de fer quelques jours avant de partir, car j'ai une légère anémie. Mais je prends mes propres décisions, et j'ai décidé de venir passer mes vacances à Forgeburn.

Matt ouvrit la porte de la *casita* et s'effaça.

— Quoi qu'il en soit, il me faut environ une heure pour préparer le dîner. En attendant, repose-toi. Il y a le patio extérieur ou la chambre, tu as le choix.

— Tu n'es pas obligé de faire ça, Matt. J'ai l'habitude de prendre soin de moi. Le Red Canyon Resort serait parfait.

— Tu es éreintée. Je n'appelle pas ça prendre soin de soi.

— Je travaille dur. Mon affaire est en plein essor, et de formidables opportunités s'offrent à moi. Et, je te le répète, j'ai une petite anémie. Ça explique ma fatigue. Une bonne nuit de sommeil remédiera au problème.

— Bon. Dîner dans une heure, donc.

— Je ne me souviens pas si je t'ai dit, je suis végétarienne. J'espère que ça ne complique pas trop les choses ?

— Hum. J'ai des nuggets de poulet et des hot-dogs…

Ellie secoua la tête gentiment.

— Ce n'est pas génial pour Lucas, ni pour toi.

Sur ce, elle pénétra dans la maisonnette et referma la porte.

Matt resta planté dans le patio, pensif. Il fallut qu'il sente un tiraillement sur sa chemise pour se rappeler que Lucas devait être nourri, baigné et mis au lit en priorité.

Une heure plus tard, assis sous la véranda à la table du patio, Ellie en face de lui, il soupira, les yeux levés vers les étoiles.

C'était une nuit magnifique. Claire et lumineuse. De la maison, la vue était à couper le souffle.

Enfant, il n'avait pas été impressionné par les paysages, les autochtones, la faune ou la flore de la région. Et surtout pas par les mobile homes exigus et délabrés où il avait grandi, des caravanes décaties tout juste bonnes pour la ferraille, où son père occupait le lit, sa sœur la banquette, et où lui-même dormait par terre dans le bric-à-brac amassé par son père.

Il s'était enfui à Las Vegas l'année de ses seize ans en promettant à Janice de la faire venir dès qu'il pourrait. Cela n'était jamais arrivé, et aujourd'hui, il ne lui restait que de mauvais souvenirs, et un reproche vivant : ce petit garçon qui lui rappelait qu'il n'avait pas tenu sa promesse.

Il avait des justifications : il était trop jeune alors, il n'avait aucune expérience du monde. Il n'avait pu aller de l'avant qu'en intégrant l'armée. Bien sûr… Quant à l'engagement qu'il avait pris de ne jamais remettre les pieds à Forgeburn, belle réussite, là encore. Peut-être méritait-il d'être là, ne serait-ce que pour se rappeler ce qu'il aurait pu devenir.

— Tu veux une margarita ? demanda-t-il.

— Je ne bois pas. Mais je veux bien de l'eau.

— Il me semble me souvenir que tu ne crachais pas sur les mojitos à Reno. Mais cela a changé. De l'eau, de la nourriture végétarienne… Un mode de vie très sain.

— Il faut faire des choix. Ma mère est diabétique. Quant à mon père, je ne l'ai pas connu, c'était juste un numéro dans un catalogue de sperme avec les qualités requises pour engendrer un bébé sain.

— C'est ce que t'a dit ta mère ?

— Les femmes Landers sont très communicatives.

— Ça ne te gêne pas de savoir que tu es…

— Tu peux le dire : le produit d'un ovule de ma mère et du donneur de son choix ! À propos de ce verre d'eau…

Il était sidéré de la désinvolture avec laquelle elle prenait sa filiation. Il ne savait s'il devait l'admirer ou la plaindre.

— Lucas est couché ?

— Il dormait avant même que sa tête ne touche l'oreiller. Je vais chercher le dîner. J'ai trouvé dans le frigo de quoi préparer une salade pico de gallo : de l'avocat, de la coriandre, du maïs, des tomates, de l'oignon. Je n'ai pas mis de jalapenos, car j'ignorais si tu mangeais pimenté.

— J'aime le piment, sans excès.

Il se leva, fit quelques pas et, n'y tenant plus, s'arrêta.

— Il est de moi ? demanda-t-il sans se retourner.

— Quoi donc ?

— Le bébé. Je présume qu'il est de moi, ou tu ne serais pas là, murmura-t-il dans un soupir. Tu es venue m'annoncer que j'allais être père, n'est-ce pas ?

— En effet.

Inclinant la tête, il pénétra dans la maison, laissant Ellis seule sous la véranda. Mais une fois à l'intérieur, ses jambes se dérobèrent sous lui, et il dut faire un effort surhumain pour gagner la cuisine. Chaque pas lui coûtait.

Comme un automate, s'efforçant de ne pas penser, il mit sur un plateau le saladier, le plat de tortillas, remplit un verre d'eau pour Ellie et refit l'interminable chemin en sens inverse pour regagner la véranda.

Il ne pourrait pas manger. Il étouffait à cette seule pensée.

— J'ai fait des tortillas pour accompagner la salade, dit-il, se rasseyant sans la regarder.

— Tu es toujours aussi maître de toi sous la pression ?

— Il faut l'être quand on opère sur un champ de bataille.

— Mais on n'est pas sur un champ de bataille, Matt, et tu ne travailles pas.

— Non. Je suis en train d'essayer de comprendre où mène tout cela. C'est une première pour moi.

— Eh bien, tu pourrais être excité à la perspective de devenir papa, ou furieux. L'un ou l'autre serait un début.

— Je ne suis pas excité ni en colère. Je suis juste… abasourdi. C'est une sacrée nouvelle, il me faut du temps pour digérer.

— Je n'ai pas voulu te le dire par téléphone, c'est pour ça que je suis là. Pour te l'annoncer en personne. Alors… Tes premières réactions ?

Il se servit un verre de margarita, but une longue gorgée, et la regarda enfin.

— Je suis anesthésié. Hébété. Sous le choc. Désorienté, dit-il en portant de nouveau son verre à ses lèvres. À toi, maintenant. Dis-moi ce que tu ressens.

Ellie secoua la tête en riant.

— Au début, à peu près comme toi. Ce n'était pas prévu. Nous nous étions protégés. Tu as dit que le préservatif avait glissé, mais je n'étais pas en période d'ovulation, ça n'aurait pas dû arriver. Coucher avec un inconnu dans un hôtel ne me ressemble pas. Je ne l'avais jamais fait. Et voilà le résultat… Ça change la donne, n'est-ce pas ?

Indiscutablement, mais il n'était pas prêt à y réfléchir. Une chose après l'autre. Il devait d'abord se faire à l'idée qu'un bébé — *son* bébé — allait venir au monde dans environ vingt-trois semaines, selon son estimation.

— Question évidente : es-tu sûre qu'il est de moi ?

— Tu es le seul homme avec qui j'aie couché en quatre ans. Mais si tu as besoin de preuves, on peut faire des tests.

Cette discussion était surréaliste. On aurait dit qu'ils parlaient d'un sujet impersonnel, comme d'une commande d'abaisse-langue. Mais il ignorait tout du protocole de ce genre de situation, si tant est qu'il en existe un.

— Je n'ai pas besoin de preuves.

Il faisait confiance à Ellie, même s'il la connaissait à peine. À Reno, elle s'était montrée honnête, ouverte.

« C'est simple, Matt : pas d'attaches, juste une parenthèse d'un week-end. Tu peux gérer ça ? »

C'était d'autant plus séduisant qu'on n'avait jamais été aussi franc avec lui.

« Je vais me promener, je reviens tout de suite », disait son paternel. Sauf que « tout de suite » voulait dire deux semaines plus tard. « Il y aura de quoi manger sur la table ce soir, fils. Je viens d'être payé ». Sauf que, le soir, il n'y avait sur la table qu'une bouteille d'alcool vide.

Alors, oui, il appréciait l'honnêteté d'Ellie.

— Je te crois. Va droit au but, Ellie, pourquoi es-tu là ? demanda-t-il, se rendant compte qu'il ne connaissait même pas son vrai nom — était-ce Eleanor ? Elizabeth ? Elena ?

— Je suis venue à Forgeburn pour voir si tu désirais t'impliquer. C'est aussi ton enfant, et tu as le droit de remplir ton rôle de père de la manière que tu veux.

— Tu ne mâches pas tes mots, hein ?

— Pourquoi prétendre le contraire ? Nous avons fait le premier pas ensemble en engendrant ce bébé, j'ai fait le deuxième en venant t'annoncer la nouvelle. C'est à toi de faire le suivant.

— Tu parles d'obligations financières ? Je ne roule pas sur l'or en tant que militaire. Mais j'assumerai ma part.

— Je pensais à quelque chose de plus substantiel.

Sentant une menace peser sur lui, il déglutit.

— Précise ce que tu entends par là.

— Eh bien, je n'élèverai pas cet enfant. Je ne veux pas être mère célibataire comme ma mère et ma grand-mère, et ce bébé ne fait pas partie de mes projets. Mais je veux m'assurer qu'il ait le meilleur début possible dans la vie. Ensuite, je m'effacerai, car mon existence n'est pas adaptée à un enfant, et je refuse de l'élever comme ma mère m'a élevée, avec des précepteurs et des nourrices. Un enfant a besoin de plus, je suis assez intelligente pour m'en rendre compte. Alors, pour commencer, pas d'avortement. Nous avons engendré ce bébé, il doit avoir sa chance dans la vie. Même si je ne suis enceinte que de dix-huit semaines, je ressens un… un attachement.

Ellie se tut, le regard lointain.

Se voyait-elle tenir le bébé dans ses bras ? Lui chanter une berceuse ? Lui, il y pensait. Il s'imaginait pelotonné contre elle avec leur petit, épanoui, heureux… Puis l'image s'évanouit, faisant place à un poste chirurgical de zone de combat avec du sang, des tirs lointains.

— Si l'interruption de grossesse n'est pas une option…

— Je suis venue voir si tu voulais l'élever, sachant que *je* te verserais une pension alimentaire. Du moins, c'était mon intention avant d'apprendre que tu es toujours dans l'armée. Mais maintenant…

Il devina la suite : s'il refusait, elle confierait leur enfant à l'adoption.

Seigneur, qu'allait-il faire ? Quelques semaines plus tôt, sa vie était simple. Il savait où il voulait être, ce qu'il voulait faire. Et voilà que, aujourd'hui, il était sur le point d'abandonner deux enfants…

3.

Ellie se laissa choir sur le lit en soupirant.

Ça aurait pu être pire.

Elle était fatiguée, et son malaise la tourmentait. Matt était un bon médecin, cela la rassurait pour le moment. Mais demain ?

Le sommeil ne vint pas aussi facilement qu'elle l'avait espéré. La première demi-heure, elle se tourna et se retourna, s'efforçant de faire le vide dans son esprit et bourrant de coups son oreiller en pure perte.

Ce serait un endroit agréable pour élever un enfant. Une jolie maison, un cadre magnifique. Et l'isolement ne lui faisait pas peur. Il l'apaisait même, d'une certaine façon. En d'autres temps, dans une autre vie, elle aurait choisi ce genre de lieu pour s'y installer. Ensemble tous les trois, ou tous les quatre, ils auraient fait des randonnées dans le désert, auraient exploré les ruines du village anasazi qu'elle avait croisées en arrivant. Fait l'acquisition d'un ou deux chevaux pour les monter. Une vie idyllique…

Qui n'était pas pour elle. Sa vie, c'était offrir à Matt une chance d'élever le bébé et retrouver son existence de femme d'affaires.

Sur cette pensée familière, elle finit par s'endormir.

Matt, les yeux fixés sur le plafond, affrontait la seconde révélation de la journée : son existence se résumait à un grand vide.

À qui parler quand il n'y avait personne dans les parages ? Plus de vieux copains. Tous ses amis étaient dans l'armée, au bout du monde. C'était déconcertant, une telle solitude. Et s'il y avait un moment où il aurait eu besoin de parler, c'était maintenant.

Il songea à Carter Holmes, son compagnon de Kandahar. Un chirurgien hors pair, peut-être même meilleur que lui, et il connaissait sa propre valeur. Ils avaient fait équipe durant plusieurs mois et étaient devenus proches, unis par la complicité unique des temps de guerre. Ensemble, ils avaient vu des choses que personne ne devrait voir, et ils s'en étaient sortis… Sauf que Carter ne s'en était pas si bien remis. Il avait reçu des éclats d'obus, il avait failli y passer et souffrait de stress post-traumatique. Heureusement pour lui, il avait une épouse formidable qui l'attendait à la maison. Ce veinard devait être dans ses bras à présent, s'efforçant de reprendre le cours de sa vie. Il n'avait pas besoin d'entendre un vieux pote lui raconter ses problèmes.

En un sens, Matt l'enviait : une vie rangée, stable. Quelqu'un à aimer, qui l'aimait en retour. Un beau rêve, mais pas pour lui. Alors, il était seul. Normalement ça ne le gênait pas, mais aux premières heures du jour, il avait du mal à le supporter.

Avec un soupir de frustration, il alla jeter un coup d'œil à Lucas pour s'assurer qu'il allait bien, puis il sortit sous la véranda. Il s'assit et, contemplant la lune, il écouta le hurlement lointain d'un loup solitaire, auquel aucun congénère ne répondit non plus.

— La grossesse impose une alimentation appropriée, dit Matt en détaillant des piments doux qu'il jeta dans la poêle.

Il était séduisant en simple T-shirt, avec son jean bien coupé, apprécia Ellie. Mais il n'avait pas l'air reposé. Par sa faute. Elle se sentait coupable de chambouler sa vie, mais comment aurait-il pu en être autrement ?

— Je me nourris très bien, tu n'as pas à t'inquiéter, répondit-elle en s'asseyant à la table de la cuisine.

Elle était contente qu'il prenne soin d'elle. C'était une sensation étrange mais agréable. Personne ne l'avait jamais fait à moins d'être payé pour ça.

— Qu'en pense ton médecin ? demanda Matt en s'essuyant les mains sur un torchon qu'il jeta sur son épaule.

— Ça lui va comme ça.

— Il y a quelque chose que tu ne m'as pas encore dit ? demanda-t-il, sortant une corbeille de fruits du réfrigérateur avant de s'asseoir. Car, étant ton médecin traitant, il…

— Il sait ce qu'il doit savoir, coupa-t-elle sèchement.

Elle s'en voulut. Matt n'avait pas à faire les frais de ses sautes d'humeur. Il était le gentil dans cette histoire, c'était elle qui perturbait sa vie.

— Écoute, je sais qu'il ne m'en faut pas, mais un café…

— Pas de caféine, coupa-t-il fermement. Je ne peux pas te l'interdire, mais la situation est ce qu'elle est, et comme j'en suis à moitié responsable, j'ai mon mot à dire.

Elle apprécia sa détermination, douce mais ferme.

Et sexy.

Comme si une femme dans son état devait être sensible à ce genre de choses ! À moins que…

Honnêtement, elle ignorait si la grossesse exacerbait les sensations, et elle n'allait sûrement pas le demander à Matt, qui en était la cause. Elle poserait la question au Dr Shaffer à son retour. Ou pas.

— C'est vrai, concéda-t-elle. Et tu as raison pour le café. Mais j'ai des moments de faiblesse.

Pendant les minutes qui suivirent, Matt ne dit rien. Il pela et coupa les fruits, qu'il jeta dans une centrifugeuse avant de ranger la cuisine.

Elle se sentait mal à l'aise. Elle avait imaginé de longues discussions qui leur permettraient de tisser entre eux une sorte de lien. Mais il lui tournait le dos, et elle attendait qu'il lui apporte son smoothie.

— Comment sais-tu si je ne suis pas allergique à un fruit ? demanda-t-elle, lasse du silence qui s'éternisait.

— Tu m'as regardé préparer les fruits, tu aurais réagi si c'était le cas. Et à Reno, tu as dit que tu n'avais pas d'allergie quand j'ai commandé un plateau au room-service.

Elle était surprise qu'il se rappelle ce détail. Et contente. Cela signifiait qu'il pensait à elle… Ou se l'imaginait-elle ?

— Tu te souviens de ça ?

— Bien sûr. Je ne voulais pas que tu risques un choc anaphylactique, rétorqua-t-il, lui tendant un grand verre de jus de fruits. Je me rappelle aussi que tu dors du côté gauche du lit, ajouta-t-il en souriant.

— Ce n'est pas un impératif, rétorqua-t-elle, empourprée, se demandant s'il ne flirtait pas avec elle.

— Si. Mais peu importe. Moi, je peux coucher n'importe où, par terre, sur un lit de camp, dans une tranchée ou un gourbi, dit-il avec un haussement d'épaules.

— À cause de l'armée ?

— Parce que j'ai passé mon enfance à dormir par terre, dans tous les coins qui n'étaient pas envahis de…

Il s'interrompit et se tourna vers l'évier pour rincer le récipient du mixeur.

— De quoi ?

— Des cochonneries de mon père. Des trucs qu'il ramassait dans les poubelles, rapportait à la maison et entassait où il pouvait. Y compris à l'endroit que j'avais dégagé la veille au soir pour y dormir.

— Tu couchais par terre dans la saleté ?

— Avec les rats et les cafards, acquiesça-t-il, lui faisant face. Comme les squatters et les indigents.

Abasourdie, elle ne sut pas quoi dire, et devant son regard froid, elle jugea préférable de ne pas insister.

— Quand es-tu allé faire des courses ? demanda-t-elle pour changer de sujet. Tu n'avais pas tout ça, hier soir.

— Ce matin, en allant conduire Lucas chez sa baby-sitter.

— Elle est bien ? Ma mère faisait toujours passer un tas

d'entretiens pour me trouver une nourrice ou un précepteur, mais il y en a eu quelques-uns…

Elle songea à certains mauvais choix de sa mère et se demanda si elle-même serait apte à trouver de bons parents adoptifs pour le bébé. Et si elle se trompait, comme sa mère l'avait fait ? La différence, c'est que sa mère avait pu balayer ses erreurs en licenciant ses employés, alors que le bébé serait condamné à vivre avec son erreur à elle. Une pensée effrayante, qui donnait à réfléchir.

— Betty est une perle, assura Matt. Et elle s'adapte. Je peux lui amener Lucas à n'importe quelle heure, de jour comme de nuit.

— Eh bien, tu as de la chance !

— C'est vrai, mais je préfère garder Lucas avec moi autant que possible. Peut-être parce que je n'ai pas eu de parents dignes de ce nom. Au moins, quand il est avec moi, je peux me comporter en vrai père.

Un père temporaire, pensa-t-elle, le cœur serré. Matt ne voyait-il pas que ce serait un déchirement pour Lucas quand ils devraient se séparer ?

— Ce n'est pas toujours génial d'avoir un vrai parent, observa-t-elle. Je parle en connaissance de cause… Bon, je vais emporter ce délicieux smoothie et aller prendre une douche, après quoi nous discuterons sérieusement de ce que nous allons faire.

— Désolé, j'ai quelques visites à faire ce matin dans des ranchs du coin. Rien de pénible, si la promenade te tente.

Il cassa trois œufs dans la poêle, auxquels il ajouta du beurre et une poignée de légumes préalablement émincés, coriandre, poivrons, oignons, champignons.

Elle avait d'autres plans, mais elle était l'intruse ici. Elle devait se plier aux desiderata de Matt.

Elle haussa les épaules.

— Si tu penses que ça ira…

C'était peut-être une façon de lever le pied. Elle avait l'habitude de vivre à cent à l'heure. C'était inhabituel de se reposer sur quelqu'un d'autre, mais pas déplaisant. Comme des vacances. Sans souci. Sans prise de tête. Sans décision à prendre. Sauf que…

Elle posa la main sur son ventre et sentit un choc sous ses doigts. Un vigoureux coup de pied.

Prise au dépourvu, elle émit une exclamation étouffée.

Matt accourut et s'accroupit pour lui prendre le pouls.

— Quoi ? Qu'est-ce qu'il y a ?

Elle guida sa main vers son ventre et sourit.

— Son premier coup de pied, dit-elle, au bord des larmes.

Elle était sidérée par son émotivité. Ses lèvres tremblaient, et quand le second coup de pied se fit sentir sous la main de Matt, elle éclata en sanglots.

— Costaud, murmura-t-il, stupéfait. C'est la première fois ?

Elle acquiesça en reniflant. Maudites hormones.

— Elle a été très tranquille jusqu'ici.

— Elle ? répéta-t-il, la main toujours sur son ventre. Tu le sais déjà ?

— Pas vraiment. J'ai juste supposé…

Il retira sa main, se redressa. Et alla jeter dans la poubelle le contenu brûlé de la poêle.

— Avec une énergie pareille, c'est sûrement un garçon. Vigoureux. Un futur footballeur.

Elle avait oublié sa douche. Le sentiment d'appartenance à leur petite famille avait quelque chose de réconfortant, d'intime. Ce moment ne durerait pas, la vie reprendrait son cours normal, mais cette parenthèse de douceur inédite la rendait toute chose. Connaîtrait-elle cela un jour, ou sa vie ne serait-elle jamais que travail ?

— Les femmes peuvent être aussi fortes que les hommes, objecta-t-elle.

— Bien sûr, répondit Matt. Mais pour moi, ça ressemblait beaucoup à un coup de pied de mec.

Elle éclata de rire.

— Prendrais-tu tes désirs pour la réalité, docteur ?

— Pas particulièrement, dit-il.

Et soudain, le moment fut passé. Son visage s'assombrit, son regard se fit distant.

— Écoute, j'aimerais être parti dans une demi-heure, si tu désires toujours m'accompagner. J'ai l'intention d'être de retour avant midi, d'aller chercher Lucas, et de voir quelques patients cet après-midi. Plus tard, j'ai une visite à faire à une patiente recluse qui a besoin de médicaments. Tu pourras venir aussi, si tu veux, car j'ai promis à Lucas qu'on irait manger des pizzas au Roadside ensuite.

Il jeta son torchon sur le comptoir et gagna le vestibule.

— N'oublie pas d'apporter de l'eau, il peut faire très chaud là-bas. Et je pose deux conditions : un, tu me laisses t'examiner avant de partir. Hier tu étais épuisée et déshydratée, et je veux voir si tout va bien ce matin. Dans le cas contraire, tu retourneras te coucher. Et deux, si tu viens, tu restes assise et tu ne fais rien. D'accord ?

— Tu veux dire que les femmes enceintes ne sont pas capables de… ?

— Je sais de quoi elles sont capables. Mais comme tu ne m'as pas autorisé à t'examiner, je préfère être prudent. Cette grossesse est aussi la mienne, et je ne veux courir aucun risque. Tout ce que je veux, Ellie, c'est prendre soin de toi et du bébé pendant ton séjour ici.

Elle comprenait son inquiétude, car elle la partageait. Mais elle n'avait pas l'habitude qu'on soit aux petits soins pour elle. Elle faisait tout par elle-même, décidait de tout. Elle avait du mal à se reposer sur quelqu'un, même peu de temps. Cependant elle n'était plus seule à présent, n'est-ce pas ? Il y avait le bébé… Et Matt.

— J'apprécie ta sollicitude, Matt. Et je t'en suis reconnaissante. Je sais que tout ça n'est pas facile pour toi. Alors, quoi que tu juges bon de faire…

— Si nous abordions les choses au fur et à mesure ? Je suis un peu dépassé par les événements, et je me contente d'improviser. Mon travail de chirurgien est beaucoup moins compliqué que ce que je vis actuellement, dit-il en riant. Je n'ai pas la recette miracle pour le gérer.

— Bon, prépare ton stéthoscope. Je reviens me faire examiner dans un quart d'heure.

Elle lui jeta un dernier regard tandis qu'il se dirigeait vers l'escalier d'une démarche raide.

Elle n'avait jamais vu quelqu'un aussi rigide. Mais peut-être aurait-elle eu la même réaction à sa place. Sa vie professionnelle ne lui avait pas appris à gérer ce genre de défi.

Cependant il n'était pas question de travail ici, et elle découvrait un aspect de la vie qui lui était étranger. Matt sacrifiait déjà beaucoup en restant ici pour Lucas. Elle lui demandait un sacrifice encore plus grand et ne se montrait guère indulgente devant sa réticence. Elle devait faire des efforts, pas seulement pour le bébé, mais pour Matt aussi. Elle tenait sincèrement à lui. C'était un homme honorable parachuté dans une situation difficile, et elle admirait sa façon de l'affronter.

Si elle l'avait mieux connu quand elle avait décidé de venir, peut-être n'aurait-elle pas fait le voyage… Mais elle était là, et pour la première fois depuis qu'elle savait qu'elle était enceinte, cette grossesse ne lui appartenait plus totalement. Elle devait s'en souvenir.

En se regardant dans le miroir, Matt eut l'impression qu'une centaine de rides étaient apparues autour de ses yeux depuis la veille.

Il avait envie de hurler, de frapper quelque chose, n'importe quoi pour secouer son hébétude. Il se sentait engourdi. Il s'efforçait d'être poli, de gérer la situation, mais il ne savait même pas ce qu'il devait gérer.

Six semaines plus tôt, on lui avait amené un soldat souffrant d'un traumatisme massif des membres inférieurs : une jambe sectionnée au-dessus du genou et l'autre ne tenant qu'à un fil. Tension artérielle pratiquement nulle. Hémorragie massive sans produits sanguins de substitution pour remédier au problème. Son état était désespéré. Mais ils avaient pris leur temps, fait tout ce qui était humainement possible pour le sauver, et le miracle s'était produit : il avait survécu. Ils avaient fêté ça entre collègues, remerciant le ciel qu'une autre mère ait la joie de voir son fils rentrer à la maison.

Un autre soldat avait passé la porte de leur hôpital de campagne quelques jours plus tard, souffrant d'une légère migraine. Arrivé sur ses deux pieds, il n'était pas prioritaire et avait même plaisanté en demandant deux comprimés d'aspirine. Mais dix minutes plus tard, il était mort. Une balle avait ricoché sur son casque sans même toucher sa peau, et l'impact avait causé une hémorragie cérébrale. Pas de miracle, cette fois. Une histoire qui n'avait pas de sens.

Il avait craqué, il était sorti dans la nuit pour hurler sa révolte.

Maintenant aussi, il avait envie de crier. Diriger un cabinet médical, même temporairement, élever un enfant, même provisoirement, et découvrir qu'il allait être père, ça faisait beaucoup.

Il ne hurlerait pas, bien sûr. Il ne se soûlerait pas comme après la mort du jeune soldat. Il était dans un état second, et ce n'était peut-être pas si mal. Il pouvait avancer pas à pas, en attendant la suite des événements. Mais il brûlait de taper dans quelque chose.

La corbeille à papier en fit les frais, et il se sentit stupide.

Le problème, c'est qu'il éprouvait des sentiments à l'égard d'Ellie. À Reno, elle l'avait ému, mais il avait attribué cela à la fièvre du moment. Ils s'étaient bien entendus, il avait apprécié sa compagnie. Bavarder, se détendre, cela lui avait paru naturel avec elle. Elle était juste une aventure commode. Et maintenant…

Il jeta un coup d'œil dans la glace sans presque se reconnaître et émit un grognement de dégoût tout en enfilant une chemise propre.

Comment avait-il pu même penser à elle de cette façon ?

Ellie n'était pas du tout ça. Il le savait depuis le début. Pourquoi essayait-il de se convaincre du contraire ?

Parce qu'elle lui faisait peur. Parce qu'elle n'était pas comme les autres. Le hic, c'est qu'il ne se sentait pas idiot de tenir à elle. Il se sentait… vivant. Elle était agréable à regarder, il l'avait remarquée dès le premier jour à Reno. Il avait été attiré par sa beauté, mais aussi par sa façon de s'adresser à ceux qui s'arrêtaient devant son stand. Tout le monde était important pour elle, et chacun avait droit à son magnifique sourire.

Maintenant qu'il apprenait à la connaître, il aimait ce qu'il découvrait. Certes, elle était têtue, habituée à faire les choses à sa façon. Cela expliquait sa réussite professionnelle. Elle était aussi intelligente. Si elle avait des réticences quant à ses suggestions, elle écoutait la voix de la raison. Elle pensait à l'intérêt de leur bébé. Il l'aimait pour ça.

Au sens romantique du terme ?

Il y avait songé une fois ou deux, même à Reno. Mais la raison l'emportait toujours : cela *ne pouvait pas* marcher. Ni l'un ni l'autre ne voulait de ce genre de relation. Bien sûr, ils étaient aussi convenus de ne partager qu'une nuit, et ils n'en étaient pas restés là. Ces deux nuits avaient peut-être été les plus belles de sa vie, mais elles n'étaient que ça. Deux nuits de sa vie. Deux nuits comme il n'en connaîtrait sûrement jamais d'autres.

— Alors, prête pour l'examen ? lui demanda-t-il en descendant l'escalier.

Elle portait un large pantalon kaki et une ample chemise blanche destinés à cacher son ventre rond. Mais maintenant qu'il était au courant, sa grossesse lui semblait évidente.

— Si tu insistes, répondit-elle avec un calme surprenant. Mais je ne me déshabille pas.

Il rit doucement.

— On aurait peut-être dû y penser il y a quelques semaines.

— Si je me souviens bien, tu ne t'en es pas plaint, rétorqua-t-elle, tendant le bras pour qu'il lui mette le brassard du tensiomètre.

— J'étais en permission pour la première fois depuis plus d'un an et entouré des jolies participantes à une convention médicale, que répondre à ça ?

Il actionna la pompe du tensiomètre, puis le laissa se dégonfler.

— Quelle est ta tension habituelle ?

— À peu près 11.7. Pourquoi ?

— Elle est un peu élevée, mais elle reste dans la norme.

— Ce qui ne veut pas dire grand-chose.

— Qui prétend cela ?

— J'ai été infirmière en obstétrique. Je sais plein de choses.

Il se pencha pour scruter ses chevilles et ses mollets.

— Et je devrais être impressionné ?

— Tu travailles avec des obstétriciens en zone de guerre ?

— Quelquefois.

— Mais ce n'est pas ta spécialisation.

— Je n'ai jamais prétendu le contraire. Disons que je suis un touche-à-tout. Je fais ce qui se présente.

— Eh bien, l'obstétrique était *ma* spécialité.

Il prit une lampe-stylo pour examiner ses pupilles.

— Et maintenant, tu es illustratrice, c'est ça ?

— Et vidéographe.

— Ce qui ne fait pas de toi une référence en médecine, répondit-il, éteignant la lampe pour examiner ses mains.

— Ça entretient mes connaissances médicales, car je fabrique les publications potassées par les étudiants en médecine, les résidents et même les chargés de cours. Même par toi, si tu suis l'actualité médicale. En fait, je suis mieux informée que la plupart des praticiens.

Il palpa ses doigts puis la regarda dans les yeux.

— C'est un domaine que je connais mal. Il faudra que tu m'en dises plus quand on aura le temps. À présent, donne-moi le numéro de téléphone de ton médecin. Je veux lui parler avant toute chose.

Le visage d'Ellie se vida de son sang.

— Qu'est-ce qui ne va pas ? bredouilla-t-elle, alarmée.

— Rien. Désolé pour ma brusquerie, je ne suis pas diplomate.

Mes patients vont et viennent plus vite que tu ne peux imaginer, et j'ai peu l'occasion de leur parler. Je me concentre sur les soins à donner. Je sais que j'insiste parfois un peu lourdement…

— Toi ? Insister lourdement ? dit-elle, ironique, en lui tendant son poignet. Prends mon pouls et vois le résultat ! Je ne connais pas la médecine de guerre. Je n'imagine même pas à quoi ressemble ton travail là-bas, et je ne te condamne pas, mais tu es *ici* en ce moment, et ce genre d'attitude ne convient pas, Matt. Tu dois t'efforcer d'être plus avenant.

— Avenant ?

— Sympathique, souriant. Comme à Reno.

— En mode séduction.

— Ça a marché.

— Apparemment. Tu essaies toujours d'arranger les choses, comme tu essaies d'améliorer mon contact avec les patients ? demanda-t-il.

— Oui. C'est une seconde nature chez moi. Beaucoup de gens travaillent pour moi dans le monde entier, et je veille à ce que tout fonctionne bien… Mais c'est moi qui suis lourde, là, conclut-elle avec un sourire contrit.

— On est dans une situation délicate en ce moment. Nous sommes nerveux. Il faudra du temps pour tout régler, alors si nous nous accommodions du mieux possible de la situation pour l'instant ? En étant amis, peut-être ?

— Amis, bien sûr.

Conscient de sa soudaine tristesse, il la prit dans ses bras.

— Ça s'arrangera, Ellie. Je ne sais pas trop comment, mais je te le promets. Tu n'es pas seule.

— Je suis *toujours* seule, Matt. Je ne suis pas venue ici pour qu'on s'occupe de moi, dit-elle en reniflant. Je pensais juste bien faire.

— Et j'apprécie, je t'assure.

Elle s'écarta.

— Tu as des rendez-vous, et j'aimerais venir. Alors, si tu dois appeler mon docteur à Reno…

Elle composa le numéro sur son téléphone et le lui tendit.

Il s'éloigna dans le couloir pour parler tranquillement et revint trois minutes plus tard.

— Diabète gestationnel, hein ? dit-il.

— Il n'a pas été diagnostiqué, j'ai juste les symptômes. Ma mère en souffrait, et elle a un diabète de type 1, alors bien sûr, le Dr Shaffer y pense. C'est pourquoi je veille à mon alimentation. Mais ça va pour l'instant, Matt.

— Tu ne m'en as rien dit, remarqua-t-il, accusateur.

— Te dire quoi ? Tu veux la liste de toutes les affections que je n'ai pas ?

— D'après le Dr Shaffer, tu es têtue comme une mule. Je le cite : « Elle fait ce qu'elle veut. Je lui avais conseillé de rentrer chez elle et de se reposer une journée. Faire dix heures de route sans s'arrêter pour boire un verre d'eau et s'évanouir à l'arrivée, c'est elle tout craché. » Bref, tu es une enquiquineuse, résuma-t-il avec un sourire.

— Je suis déterminée, Matt. J'agis dans un but précis, pas pour m'amuser, rétorqua-t-elle en lui rendant son sourire. Mais je te propose de travailler sur mon manque de diplomatie. Même si tu ne t'en es pas plaint à Reno…

— Je te le répète, je t'autorise à m'accompagner, rien de plus, lâcha-t-il, conscient de n'être pas au bout de ses peines.

Les premiers kilomètres, ils suivirent la nationale et traversèrent de magnifiques étendues de cactus en fleur.

Ellie avait lu quelque part que leur floraison était exceptionnelle cette année, leurs couleurs vives étaient même visibles par satellite !

— C'est splendide, remarqua-t-elle, frottant ses bras hérissés de chair de poule au souvenir des doigts de Matt sur sa peau durant l'examen.

— Tu as froid ? demanda-t-il.

— Non. J'admire le paysage.

— J'aimais les couleurs du printemps quand je vivais ici. Avec les formations rocheuses et les canyons à escalader.

— Tu aimais l'escalade ?

— J'aime toujours ça. Mais je n'ai plus eu l'occasion d'en faire depuis que je suis parti. Sauf un peu à l'armée.

— Tu pourras peut-être t'y remettre, maintenant que tu es là, remarqua-t-elle tout en admirant une paroi rocheuse rouge qui semblait surgie de nulle part, et se plaisant à imaginer Matt en train de faire l'ascension de ces rochers gigantesques.

Elle-même prendrait-elle plaisir à la gravir ?

Sa vie bien remplie ne lui laissait guère de temps pour les loisirs sportifs. Le week-end, parfois, elle s'autorisait à passer une heure ou deux avec sa mère. Mais elle n'avait pas de temps pour l'escalade ou la contemplation des fleurs.

En tout cas, elle appréciait cette excursion.

— Je l'espère, répondit-il. Mais j'ai perdu la forme.

— Tu parais athlétique, rétorqua-t-elle impulsivement.

— C'est dû à la vie militaire. Mais si j'exerce la médecine de cow-boy longtemps, je devrai probablement me soumettre à un entraînement strict avant de retourner sur le théâtre d'opérations.

— Tu veux vraiment y retourner, hein ? J'ai rencontré des membres du personnel médical de l'armée qui disaient que le travail les affectait, qu'il y avait trop de victimes, qu'ils ne supportaient plus le bruit des tirs, qu'ils ne savaient jamais si leur hôpital de campagne n'allait pas être assiégé, s'il ne fallait pas évacuer. Je l'ai souvent entendu, Matt. Et toi, tu me dis exactement le contraire. Pourquoi ?

— Parce que je suis efficace sous la pression. J'arrive à faire abstraction de presque tout à part ce que je suis en train de faire. Quand j'étais enfant, mon père hurlait beaucoup. J'ai appris à m'isoler et à me concentrer sur autre chose. Ça m'a aidé dans l'armée.

Ralentissant, il tourna à droite sur ce qui avait dû être autrefois une route et qui n'était plus qu'un chemin caillouteux serpentant à perte de vue. Tolly Ranch Road, d'après l'écriteau qu'elle avait vu à l'intersection.

— Tolly ? On donne des noms à ces sentiers ?

— Non. Tolly est mon patient, son mobile home est au

bout du chemin. Les panneaux qu'on voit portent le nom des habitants du coin. Une personne ou une famille.

— Et ces pistes sont longues ?

— Parfois douze, quinze kilomètres.

— Et personne d'autre n'y vit.

— Personne. C'est désert dans le coin, Ellie. Isolé. Aride.

— Pourquoi restent-ils ?

— Il y a des pâturages à perte de vue pour le bétail. Pas besoin de posséder le terrain, on peut le louer au gouvernement, cela coûte beaucoup moins cher que d'acheter et de payer les taxes. Sans posséder la terre, on ne peut pas construire dessus, mais il faut juste un pied-à-terre pour gérer l'exploitation. D'où les caravanes et mobile homes des cow-boys. Ce sont des endroits où dormir, pas des résidences permanentes.

Tandis qu'ils roulaient sur Tolly Ranch Road, Matt ralentit par mesure de précaution, mais la chaussée n'était pas déformée, contrairement à d'autres pistes de la région.

— Le Dr Granger m'a laissé un état des chemins dans chaque dossier de patient pour que je sache à quoi m'en tenir. Certains sont praticables en camionnette, d'autres à moto, d'autres uniquement à cheval. Celui-ci est en assez bon état, mais si tu es trop secouée, dis-le. Il y a un oreiller à l'arrière au cas où tu aurais besoin de soutenir ton dos.

— Merci, répondit-elle.

Elle se retourna pour attraper le coussin, car elle commençait à avoir un peu mal au dos.

— Tant que je ne fais pas courir de risque au bébé, ça va.

— *Notre* bébé, lui rappela-t-il.

Leur bébé. Oui. Elle commençait à s'y habituer. Mais bien sûr, cela n'arriverait pas. Pas dans la vraie vie.

Néanmoins, elle ferma les yeux et imagina un instant une chambre d'enfant rose avec de ravissants vêtements de fillette dans le placard. Des peluches et des poupées partout, et une boîte à musique avec une ballerine qui tourne, comme celle que sa grand-mère lui avait offerte et que sa mère avait confisquée parce qu'elle la trouvait trop gnangnan.

Elle se vit dans cette chambre, assise dans un rocking-chair, berçant son bébé. Puis les paroles cinglantes de sa mère chassèrent l'image, et une vague de mélancolie déferla sur elle. Mais le rêve lui plaisait, il lui procurait une sensation de plénitude jusque-là inconnue.

— On est encore loin de chez Tolly ? demanda-t-elle, ouvrant les yeux pour fixer le paysage.

— Encore trois kilomètres, puis on prend un raccourci sur environ huit kilomètres. Ce n'était peut-être pas une bonne idée de t'amener. Tu es sûre que ça va ?

Il ralentit encore pour dépasser une vache qui les regardait placidement, plantée au bord du chemin.

Elle prit son téléphone pour la photographier.

— Je vais bien. Je suis contente de sortir, de voir tout ça. Je n'ai jamais le temps de regarder ce qui m'entoure.

Il sourit.

— Si tu n'étais pas enceinte, on se baladerait sur ma moto.

— Ça pourrait être amusant, tout dépend des conditions météo. Moi, j'apprécie la climatisation et le confort : une bonne stéréo, des sièges bien galbés avec soutien lombaire. Mais ça ne te ressemble pas, hein ?

— Tu vois ces baraques abandonnées, là-bas ?

Il ralentit tandis qu'ils dépassaient une trentaine de structures à l'abandon menaçant ruine.

— C'est une sorte de cimetière de mobile homes où les cow-boys laissent les véhicules désaffectés. Le terrain est privé. Ils versent une redevance au propriétaire, qui récupère des pièces et les revend ou les recycle. C'est de là que je viens. J'ai vécu dans des mobile homes dès mes dix ans, jusqu'à ce que je quitte les miens à seize ans. Avant, j'avais passé un an dans une baraque de stockage à trois kilomètres d'ici, et encore avant, je dormais à l'arrière de la voiture de mon père. C'est la différence entre ton monde et le mien, Ellie. Le tien disposait de la climatisation et du confort, le mien n'avait même pas l'eau courante. Nous squattions un mobile home après l'autre, espérant en trouver un dont le toit n'ait pas de fuite et dont le plancher ne soit pas percé.

— C'est incroyable que tu aies eu une enfance aussi dure, dit-elle, incapable d'imaginer un cadre aussi hostile. Comment faisiez-vous ?

— Comme on pouvait. On n'avait pas toujours à manger, mais parfois, des gens nous invitaient à partager leur repas, Janice et moi. On récupérait les restes du restaurant du coin. Et à l'école, on avait un repas chaud.

— Et pour vous habiller, vous laver…

— On nous donnait des vêtements usagés. Et on se lavait aux toilettes de la station-service, répondit Matt, impassible. On ne connaissait que ça.

— Vous ignoriez comment vivaient les autres ? demanda-t-elle en le scrutant, cherchant vainement un signe d'émotion sur son visage.

— Non. Mais on savait ce qu'on était : deux gamins vivant dans une décharge. Je m'en accommodais, mais Janice…

Elle vit ses yeux s'adoucir brièvement. Puis une lueur de souffrance les traversa.

— Est-ce qu'elle sortait parfois ?

— Ça lui arrivait. On partait chacun de son côté, et je ne savais pas ce qu'elle faisait.

Encore cet éclat douloureux dans son regard. Il culpabilisait pour sa sœur, et portait probablement ce fardeau depuis l'enfance.

Elle souffrait pour lui. Ne sachant trop comment réagir, elle posa la main sur son bras.

— Je suis désolée pour…

Matt mit une main sur la sienne un moment, puis il la retira pour accélérer dès qu'ils eurent dépassé le petit campement.

Elle fixa la route tout en comparant leur enfance.

Il sortait de nulle part, alors qu'elle avait tout eu. Pourtant ils avaient grandi seuls. Sans personne pour se soucier d'eux, les réconforter. Et aujourd'hui ils avaient fait un enfant et voulaient lui offrir la meilleure vie possible, chose dont nul ne s'était soucié pour eux.

La situation devenait beaucoup plus réelle à présent. Elle ne voyait plus son projet d'adoption de la même manière. Avant, le problème était purement intellectuel, et elle restait dans sa zone de confort. Maintenant, ses convictions faiblissaient. Les émotions prenaient le pas sur la raison malgré ses efforts. Et elle ne pouvait pas mettre ça sur le compte des hormones.

— Comment est-ce arrivé ? demanda-t-elle au bout d'un moment. Comment en êtes-vous venus à vivre ainsi ?

— Pas de mère. Un père qui n'aimait que picoler. Personne pour se préoccuper si Janice et moi étions nourris, lavés, si on allait à l'école.

Quand le cimetière de caravanes fut hors de vue, il tourna sur le premier sentier qu'ils rencontrèrent.

— Et le propriétaire ne disait rien ?

— Il était légalement obligé d'avoir quelqu'un sur son terrain. Il ne voulait pas l'occuper, alors il se servait du nom de mon père. En échange, mon père avait libre accès aux pièces de mobile home dont il pouvait avoir besoin. Je ne te raconte pas ça pour t'apitoyer, mais pour que tu comprennes pourquoi je ne veux pas prendre de décision hâtive concernant le bébé. Il me faut du temps. On a trop décidé pour moi, et ça a rarement bien tourné.

Elle n'aimait pas le tour que prenait cette conversation. Elle ne s'attendait pas à ce que ça se passe ainsi.

— Tu sais, Matt, en venant ici, je croyais que tu avais quitté l'armée puisque tu travaillais dans un cabinet médical, sinon je n'aurais pas…

En toute franchise, elle n'avait même pas envisagé que Matt puisse vouloir régler la situation autrement qu'elle. Elle avait sa propre façon de mener sa vie et de diriger sa compagnie, en allant toujours de l'avant. Elle assumait ce qu'elle désirait et travaillait dur pour l'obtenir.

« Suis ta propre voie, Ellie. Tu n'as besoin de personne.

Grandis et deviens une femme forte par toi-même. Tu n'as pas besoin d'un homme pour te prouver quoi que ce soit. »

Les paroles de sa mère, les sentiments de sa mère.

Mais elle ne retrouvait plus la femme forte en elle. Tout ça à cause de cet homme tombé du ciel. Cet homme dont elle se réjouissait pourtant qu'il soit le père de son enfant.

Pour une raison inconnue, Matt révélait chez elle une douceur qu'elle ignorait posséder. Elle avait présumé qu'il voudrait élever l'enfant qu'il avait engendré, mais s'il ne voulait pas, elle n'était pas prête à se battre pour le faire changer d'avis.

— Je ne veux pas bouleverser ta vie, dit-elle calmement.

— Je ne l'ai jamais pensé. J'avais le droit de savoir, d'être impliqué. Mais je ne sais pas quoi faire, car si tu ne veux pas élever notre enfant, ça me met dans l'embarras.

— Je ne tiens pas à te mettre la pression, mais je suis une femme d'affaires directe dans tout ce que j'entreprends. Je ne sais pas agir autrement.

— J'apprécie ton honnêteté, mais moi aussi je dois me montrer franc. Je dois bientôt retrouver mon poste de chirurgien militaire, ce qui sera impossible si je suis père célibataire. Je suis ici uniquement pour trouver la meilleure famille possible pour Lucas. Je le dois à ma sœur. Nous projetions de nous échapper ensemble. Le premier à s'en sortir devait économiser jusqu'à ce qu'il ait assez d'argent pour faire venir l'autre. J'ai été le premier. J'avais quelques dollars, pas assez pour qu'on parte ensemble, mais suffisamment pour gagner Las Vegas. Hélas, ça a pris plus longtemps que prévu, et ce n'est que grâce à l'armée que j'ai enfin fait quelque chose de ma vie. Quand j'ai pu l'aider, elle s'était lassée d'attendre. J'ai perdu sa trace, je me suis laissé entraîner par mes obligations militaires et mes études…

Matt prit une profonde inspiration, et soupira.

— En résumé, j'ai mené ma vie, ma sœur a eu le cancer, et elle est morte. Et je suis ici pour faire ce que j'aurais dû faire pour elle il y a longtemps. J'ai peut-être l'air d'être la personne parfaite pour élever notre bébé, mais je ne le suis pas. Je me contente de tenir une vieille promesse en m'assurant que Lucas aura la vie décente que Janice n'a pas eue. Ce n'est pas ce que tu as envie d'entendre, mais je me dois d'être aussi honnête avec toi que tu l'es avec moi. Je sais que tu es venue ici chercher un père à plein temps, mais ce n'est pas moi, Ellie. Je regrette.

Elle se sentit découragée, au bord des larmes. Une histoire d'hormones peut-être. Ou peut-être pas.

Un moment, elle avait espéré un foyer, une famille. Une petite maison avec une palissade blanche. À Reno, même si ça n'avait jamais été son projet de vie, elle s'était surprise à en rêver de temps à autre. Avec Matt, si différent des hommes qu'elle avait connus. Matt qui avait de l'honneur. Mais elle s'était trompée en imaginant qu'il élèverait leur bébé et qu'un jour, peut-être, il l'accueillerait dans sa vie.

Atrocement déçue, elle se rencogna sur son siège, bourra l'oreiller de coups de poing et, incapable de trouver une position confortable, baissa la vitre et le jeta par la fenêtre.

Elle passa le reste du trajet à refouler ses larmes.

4.

Matt n'avait pas eu l'intention de dire tout cela, mais c'était fait. Ellie n'obtiendrait pas ce qu'elle était venue chercher.

D'habitude il n'hésitait pas à parler franchement, mais à présent qu'il la voyait souffrir, il était frustré de savoir qu'il en était la cause. Il avait envie de s'arrêter sur le bord de la route et de la prendre dans ses bras pour la réconforter.

Cette femme éveillait en lui des émotions, des sentiments incroyables. À cause du bébé ? Peut-être, mais pas seulement. Elle semblait toujours en révolte contre quelque chose, ça devait être dur à vivre. Il avait longtemps réagi comme elle, mais il avait trouvé sa voie. Elle aussi, semble-t-il, l'avait trouvée dans cette compagnie qu'elle avait créée, mais il n'en était pas si sûr, car sa vulnérabilité transparaissait dès qu'elle était confrontée à une situation imprévue.

Il l'avait déjà remarqué à Reno : au lit, elle avait fait preuve d'un rare tempérament passionné, mais elle s'était efforcée de se contrôler, luttant pour dissimuler son plaisir.

Au matin, elle avait paru songeuse, voire un peu triste. Regardant par la fenêtre, elle avait murmuré : « Dommage que ce ne soit pas la vraie vie », et il avait deviné sa vulnérabilité. C'était surprenant qu'une personne aussi sûre d'elle professionnellement se montre aussi fragile en privé. Déjà alors, elle lui plaisait beaucoup. Sans ses obligations militaires, il aurait peut-être demandé à la revoir. Mais il devait repartir sur le théâtre d'opérations, ce n'était pas le moment de se laisser distraire par une femme, et il ne voulait pas qu'elle attende son retour au pays.

— Je peux faire quelque chose ? demanda-t-il comme le silence s'éternisait.

— Non, ça va, répondit Ellie d'une voix désenchantée.

— Tu n'en as pas l'air, rétorqua-t-il, arrêtant la camionnette pour prendre sa veste sur le siège arrière. Tu peux t'en servir comme oreiller en attendant qu'on retrouve celui que tu as jeté ou qu'on en achète un autre.

— Je n'ai pas besoin d'oreiller, Matt.

Il commençait à se sentir aussi découragé qu'elle. Il avait envie de la prendre dans ses bras et de lui dire que tout s'arrangerait, mais il savait qu'elle n'apprécierait pas.

— Écoute, Ellie, je suis désolé, mais je ne suis pas celui que tu espérais. Il vaut mieux que tu le saches maintenant, ça te laissera le temps de réfléchir à ce que tu vas faire.

Il se haïssait de parler ainsi, mais sa vie ne pouvait pas s'adapter à ses désirs.

— *Nous*, Matt. De réfléchir à ce que *nous* allons faire.

— Tu t'attendais à quoi ? Te présenter chez moi, m'annoncer que tu avais un bébé à me confier et repartir comme tu étais venue ?

— J'ignore ce à quoi je m'attendais, admit-elle. À peu près à ça, j'imagine.

— En tout cas, tu as raison sur un point : c'est un problème que nous devons régler ensemble, ce bébé est notre responsabilité à tous les deux…

Il se concentra sur la visite qu'ils allaient effectuer et décida d'en parler à Ellie dans l'espoir de renouer le lien avec elle.

— Notre premier arrêt sera donc chez Tolly. John Tolly. Mal de dos chronique, d'après le dossier. Il reste dans son mobile home la plupart du temps et est examiné chaque fois que le docteur passe le voir. Ça fait deux ans que ça dure. Il refuse toute thérapie et tout traitement médicamenteux. Ça t'inspire quelque chose ?

— Il a peut-être une mauvaise position sur sa selle, répondit-elle au bout d'un moment. Ça arrive. Le cuir finit par s'user, et le corps n'est plus aligné.

— Comment sais-tu ça ? demanda-t-il, impressionné, en stoppant la camionnette devant le mobile home de Tolly.

— Il y a un an, j'ai réalisé une vidéo qui traitait des affections rares dont peuvent souffrir les travailleurs physiques. Une selle tordue, notamment, peut causer des lombalgies.

— Comment y remédie-t-on ?

— On peut faire redresser la selle par un bourrelier ou en acheter une neuve, répondit-elle en se redressant pour scruter la vieille caravane. Dis à John Tolly qu'une selle déformée peut aussi être mauvaise pour son cheval et affecter ses muscles.

Elle s'adossa à son siège et ferma les yeux.

Il prit sa trousse médicale, sauta du véhicule et se dirigea vers John Tolly qui l'attendait devant son mobile home.

Au moins, il avait réussi à arracher Ellie à sa déprime durant quelques instants. Elle lui avait donné ce diagnostic sérieux comme elle aurait raconté un conte pour enfants : « Il était une fois un cow-boy lombalgique. Vérifiez la selle, dit l'infirmière, et le docteur s'exécuta. L'infirmière avait raison, la selle était déformée. Alors la selle fut réparée, le cow-boy fut guéri, et tout le monde fut heureux. »

Tout le monde sauf l'infirmière, et il avait mauvaise conscience.

— Depuis combien de temps dure la crise ? demanda-t-il au vieux cow-boy après avoir vérifié ses signes vitaux, ses articulations et ses réflexes, normaux pour un sexagénaire menant une vie dure. D'après votre dossier, ces lombalgies vous font souffrir depuis deux ans, sans répit.

— La vieillesse me rattrape, docteur. Ça arrive aux meilleurs d'entre nous.

Le vieil homme souleva sa chemise pour l'examen et grimaça quand il enfonça son pouce dans ses extenseurs.

— Vous avez du mal à vous redresser ?

— Parfois. Mais je me débrouille.

— Et pour lever un poids ?

— Je ne peux plus le faire comme avant, mais à mon âge, qui en est capable ? répliqua John, tressaillant quand Matt appuya sur ses muscles obliques externes.

Matt prit sa tablette et cliqua pour faire apparaître le traitement.

— Et vous êtes sous… Vous ne prenez rien ?

— Je n'aime pas les cachets, pas question d'en avaler, rétorqua John en reboutonnant sa chemise. Je l'ai dit au vieux toubib, et je vous le répète. Pas de médicaments. Pas de piqûres.

— Je suppose que vous n'accepteriez pas de séances de kinésithérapie ? Ni de tests à l'hôpital ?

— On m'en a déjà fait. Ils étaient négatifs. Et le kiné le plus proche est à cent kilomètres d'ici. Combien de fois par semaine voudriez-vous que je fasse le trajet, docteur ? Combien de fois voudriez-vous que je néglige mon bétail pour aller me faire masser le dos ?

John se leva du lit avec effort et se dirigea vers l'avant du mobile home, composé d'une pièce avec le lit à l'arrière, une kitchenette à l'avant, et un coin de repos central où on avait à peine la place de s'asseoir.

Un espace compact, oppressant, qui évoquait à Matt de mauvais souvenirs. Il s'efforçait d'ignorer les similitudes entre ce mobile home et ceux où il avait vécu enfant, mais c'était impossible.

— Tous les combien partez-vous dans la nature ? demanda-t-il en prenant des notes sur sa tablette.

— Je pars trois jours, puis je reste ici deux jours pour préparer le départ suivant. J'essaie de retourner à ma vraie maison deux jours par mois, quand je peux.

Une vie terriblement dure.

Il rangea la tablette dans sa mallette avant d'en sortir des tubes et un flacon de prélèvement.

— Ça ne vous dérange pas que j'effectue des tests ?

— Faites donc, vous ne trouverez rien. L'autre docteur m'a fait des prises de sang à chaque visite, et tout ce qu'il a prouvé, c'est que, à part mon problème de dos, je suis plutôt en forme pour un type de mon âge.

Matt préleva des échantillons de sang dans des tubes qu'il

étiqueta soigneusement pendant que John allait remplir le flacon pour l'analyse d'urine. Ils sortirent peu après, au soulagement de Matt qui commençait à avoir des sueurs froides dans l'espace confiné. Il remarqua le cheval attaché à la clôture près du mobile home.

Pour la majorité des cow-boys, le véhicule tout-terrain avait remplacé le cheval.

— Vous sortez encore à cheval, John ?

— Chaque fois que je peux. J'aime travailler à l'ancienne.

— Ça ne vous ennuie pas de seller votre cheval ?

— Pourquoi ? demanda John, les sourcils froncés.

— On dit qu'une selle tordue peut causer des lombalgies. Vous êtes au courant ?

Comme John secouait la tête, Ellie fit son apparition.

— Ce n'est pas fréquent, mais suffisamment pour que certains bourreliers se spécialisent dans la réparation des selles déformées, enchaîna-t-elle en tendant la main au vieux cow-boy.

— Ma selle est plus vieille que moi, madame, bougonna celui-ci en lui serrant la main. John Tolly.

— Ellie Landers, dit-elle, toute souriante.

Matt la contempla, abasourdi. Il retrouvait l'Ellie qui l'avait séduit à Reno.

— Ellie est une amie et une excellente infirmière, elle m'accompagne dans mes visites aujourd'hui, dit-il.

— Je peux vous offrir à boire, Ellie ? J'ai du thé glacé, de l'eau fraîche, et je peux préparer de la citronnade.

Elle leva sa bouteille d'eau.

— J'ai ce qu'il me faut. Mais merci.

— Bon, eh bien, on va voir si j'ai ce problème de selle tordue, dit John, en se dirigeant vers une remise en meilleur état que sa caravane.

— Tu te sens mieux, Ellie ? murmura Matt.

— J'ai ce qu'on peut appeler des poussées hormonales, qui me rendent trop émotive. Au fait, désolée pour l'oreiller.

Il rit doucement.

— Heureusement, ce n'est pas un objet précieux.

— Tu crois que sa selle est à l'origine de son problème ?

— Je n'en sais pas plus que toi. J'espère que c'est juste une question de mauvaise assiette. D'autres idées ?

— Non, répondit-elle en se massant les lombaires. Juste la compassion de quelqu'un qui souffre des mêmes maux.

— Tu as mal au dos ? dit-il vivement, soucieux.

— Des tiraillements occasionnels. Rien d'inquiétant. D'après mon docteur, beaucoup de femmes enceintes en souffrent.

— Et tu ne me l'as pas dit ?

Que devait-il faire ? Ramener Ellie à la maison où elle pourrait se reposer, ou continuer les visites ? S'il la raccompagnait, il prendrait du retard sur ses rendez-vous et n'aurait pas de temps à consacrer à Lucas ce soir.

— C'est fréquent pendant la grossesse, Matt, je vais bien, affirma-t-elle. Crois-moi, je ne ferais rien qui puisse mettre le bébé en danger, tu as ma parole.

— Tu es sûre que ça va ? Parce que je pourrais…

Elle posa une main sur son bras.

— Je vais bien. Promis, dit-elle d'un ton rassurant.

Il n'en était pas convaincu, mais il ignorait s'il réagissait en médecin ou en père. Jusqu'ici, ce bébé n'était pas très réel. Il savait qu'il existait, qu'Ellie le portait. Mais l'idée d'être père se résumait à une incompatibilité avec la vie qu'il menait. Lucas méritait mieux. Son enfant méritait mieux.

Son enfant…

Un simple coup d'œil à John Tolly à cheval lui permit de voir que sa selle était bien la cause de ses douleurs.

— Vous êtes complètement décalé sur la gauche, lui fit-il remarquer. En attendant de faire réparer votre selle ou d'en acheter une autre, vous devez vous déplacer en camionnette. Et mieux vaudrait soutenir vos lombaires avec un coussin.

— Vous voulez dire que mes os deviennent trop vieux pour le travail ? grommela John en descendant de cheval.

— Je veux dire que votre équipement est trop vieux. Réparez-le ou remplacez-le, et rappelez-moi dans un mois.

S'il était encore là dans un mois. Plusieurs de ses camarades retournaient en Afghanistan, et il aurait aimé faire partie du contingent. Il y avait une place pour lui, à condition que sa situation familiale soit réglée d'ici là.

Mais le serait-elle ?

Il aida Ellie à monter dans la camionnette avant de s'asseoir au volant avec un soupir.

— Qu'est-ce qui t'a fait changer d'orientation professionnelle ? demanda-t-il en démarrant. Tu n'aimais plus soigner les gens ?

Elle laissa son regard errer sur la piste poussiéreuse.

— J'adorais ce métier, mais je ne me trouvais pas assez douée. C'est à l'image de ma vie : je cherche toujours mieux. J'ai étudié plusieurs options, et l'illustration médicale a retenu mon attention. Ça m'a paru une évidence, vu ma fibre artistique combinée à ma formation médicale. Je pouvais rester dans le milieu tout en satisfaisant mon autre passion.

— Alors tu as décidé de créer ta propre entreprise ?

Sur Internet, on ne tarissait pas d'éloges sur la façon dont elle avait su faire de sa société une concurrente majeure dans son secteur en seulement quelques années.

— Il m'a fallu deux ans de cours et beaucoup de travail personnel sur la gestion des affaires. C'est un domaine peu étendu mais extrêmement exigeant. Quatre ans d'études dans une discipline scientifique pour décrocher un diplôme, et deux années de plus en illustration médicale appliquée. Avec une formation en gestion des affaires. Tout ça a pris du temps, mais j'ai travaillé dur. J'ai signé mon premier contrat significatif dans les six premiers mois, et mon premier gros contrat avant la première année d'exercice. Ça m'a permis de développer mon affaire, ce que je ne cesse de faire depuis.

Elle changea de position pour caler son dos.

— Alors tu es une carriériste à cent pour cent, observa-t-il, masquant son inquiétude.

— Dans le monde de l'entreprise largement dominé par les

hommes, la lutte est parfois rude. Mais, en général, je gagne, conclut-elle en souriant.

Il aimait l'assurance qui transparaissait dans la voix d'Ellie, la façon dont ses yeux bleus étincelaient quand elle évoquait son travail, l'enthousiasme qu'elle dégageait. C'était terriblement sexy. Au-delà de ses atouts physiques, son sex-appeal se composait aussi d'intellect, d'ambition, d'esprit de compétition. Elle avait tout.

En d'autres temps et d'autres lieux…

La seconde visite fut une simple formalité, et ils reprirent bientôt le chemin du retour, mais il appréhendait en secret la cinquantaine de kilomètres qu'il restait à faire pour rentrer. C'était relativement peu, sauf quand on souffrait du dos comme Ellie.

— Matt, que sais-tu de la relaxine ? demanda-t-elle comme il ralentissait pour éviter un nids-de-poule.

— C'est une hormone qui provoque l'assouplissement et la relaxation de l'utérus et des ligaments pelviens pour préparer l'accouchement et faciliter l'expulsion du bébé. Mais elle peut les assouplir trop et déclencher des douleurs, voire une rupture musculaire. Tu crois que tes douleurs lombaires viendraient de là ?

— Peut-être. J'ai jeté un œil sur Internet, et je me demande si je n'ai pas un déséquilibre dans ce domaine.

— En général, la relaxine n'entraîne pas de complications, mais en excès, elle peut causer un accouchement prématuré puisqu'elle prépare le corps à la délivrance. Ton gynéco a fait le test ?

— Il m'a juste fait faire les bilans sanguins de routine. Si c'est le cas, je pourrais avoir des problèmes…

— C'est pourquoi nous devons le vérifier en priorité. Je vais commander ce qu'il faut pour savoir si c'est la cause de tes douleurs.

— Merci, dit-elle.

— De quoi ?

— D'avoir dit *nous*. Ça me fait me sentir moins seule.

— Tu n'es pas seule, Ellie. Je ne suis pas bon à grand-chose, mais je ne te laisserai pas affronter ça toute seule.

Ce qui signifiait…

Bah, il gérerait la question de l'armée le moment venu. Pour l'heure, sa préoccupation, c'était Ellie.

5.

Ellie se laissa choir sur le lit de la *casita*.

Elle était moins fatiguée physiquement que meurtrie par le maelström d'émotions dans lequel elle se débattait.

Si elle savait ce qu'elle voulait à son arrivée, chaque heure passée ici semblait éroder ses résolutions. Elle découvrait qu'elle tenait à cet homme solitaire. Matt incarnait à la fois le beau prince des rêves des petites filles et l'homme solide qui faisait fantasmer les femmes. Un rêve qu'elle avait refoulé toute sa vie. Et les changements qui s'opéraient en elle n'étaient pas imputables aux seules hormones.

L'après-midi, elle avait passé deux heures au dispensaire avec Matt qui recevait ses patients, des autochtones souffrant de maux divers qu'il traitait avec une égale bienveillance.

L'un d'eux, un cow-boy, avait recousu grossièrement une blessure avec du fil et une aiguille. Matt avait nettoyé et suturé avec soin la plaie infectée et mis le patient sous antibiotiques, mais il faudrait peut-être rouvrir la plaie pour la curer, et il avait fixé un rendez-vous au cow-boy dix jours plus tard. Récalcitrant à se faire soigner, celui-ci ne serait pas venu sans l'insistance de son épouse, mais à la fin de la séance, il plaisantait, invitant même Matt à déjeuner la prochaine fois qu'il serait dans le coin.

Matt ne se montrait pas familier, mais ses efforts pour améliorer sa relation aux patients portaient leurs fruits, et il les mettait à l'aise, un don qu'il ignorait posséder mais qu'elle avait senti en lui dès leur première rencontre.

Ensuite, Matt était parti chercher Lucas, et en rentrant, tous deux lui avaient fait la surprise de lui offrir une paire de chaussures de randonnée et une veste saharienne, achetées dans le but de faire des promenades.

La pensée que Matt pouvait vouloir qu'elle reste lui fit bondir le cœur. Resterait-elle s'il le lui demandait ?

Quoi qu'il en soit, elle se réjouissait pour l'instant d'être là, d'entendre Matt et Lucas jouer quelque part dans la maison. Le garçonnet ne parlait pas, mais sa façon d'agripper la main de Matt et son imitation maladroite de sa démarche étaient touchantes. Émue par la relation spéciale qui les unissait, elle aspirait à la même chose pour leur enfant.

En temps normal, tout cela ne l'aurait pas affectée. Femme d'affaires, elle appartenait au monde de l'entreprise et s'y sentait à sa place. Elle en était temporairement déconnectée, mais elle retrouverait son univers en partant d'ici.

— Nous avons le choix pour le dîner, annonça Matt en s'encadrant dans la porte ouverte de la *casita*.

— Tout me va. Je mangerai même un peu de protéines animales, si tu crois que j'en ai besoin.

— Je ne t'obligerai pas à modifier ton régime alimentaire, sauf si nécessaire. Mais je ne parlais pas de ça. J'ai préparé un pique-nique, et maintenant que tu es équipée, la question est de savoir si nous allons manger dans le patio ou sur la terrasse, lieu préféré de Lucas.

Elle s'adossa à son oreiller et regarda l'homme et le petit garçon plantés devant elle.

— Qu'entends-tu par « la terrasse » ?

— C'est un endroit non loin d'ici, un peu plus haut. Si tu es reposée, on peut y aller. La vue y est fantastique sur la vallée, en particulier au coucher du soleil. Lucas adore emporter des jouets là-haut et s'amuser dans les rochers.

— Il t'a dit qu'il voulait y aller ?

— Pas explicitement. Il a sa manière de s'exprimer.

— À savoir ?

— Il suffit de l'observer. Je lui ai demandé où il voulait pique-niquer, et il a regardé vers les terrasses. La réponse est dans ses yeux, il faut juste interpréter ce qu'ils disent.

Les yeux de l'enfant ressemblaient tant à ceux de Matt qu'on aurait pu le prendre pour son fils.

Et le leur ? Aurait-il ces beaux yeux ? Elle l'espérait.

— Si tu me crois capable de grimper là-haut et si c'est l'endroit favori de Lucas…, dit-elle, se glissant au bord du lit pour se lever.

— C'est toi qui décides. Toi seule sais comment tu te sens.

Émotionnellement, elle se sentait plutôt déprimée, et elle avait envie de passer un moment avec Matt et Lucas en imaginant qu'ils étaient une famille, au moins un temps.

— Je serais ravie d'assister au coucher du soleil.

— Un médecin recommanderait cette promenade comme exercice léger. Mais si tu peines, tu auras deux mâles costauds pour te soutenir. Hein, Lucas ? dit-il en ébouriffant les cheveux du bambin.

Lucas le considéra un moment avant de reporter son attention sur elle.

Le petit garçon vouait une adoration à son oncle, c'était évident. La décision de le faire adopter ne tourmentait-elle pas Matt ? Il devait savoir que Lucas souffrirait mille morts quand ils seraient séparés. Et leur bébé ? Ne souffrirait-il pas aussi de la séparation, comme Lucas ? Comme elle ?

Soudain, elle se sentit mal et n'eut plus qu'une envie : se recoucher et se cacher sous les couvertures pour se couper du monde. Ne plus être là. Feindre de ne pas porter l'enfant de Matt, se jouer la comédie, faire comme si sa vie était la même qu'avant.

Seulement, ça ne pouvait pas durer. Pas alors qu'elle était en train de tomber amoureuse de Matt et du bébé.

— J'ai besoin de deux hommes forts pour me montrer le chemin, car je ne sais pas où on va, dit-elle en se penchant pour lacer les chaussures de randonnée.

— Je crois qu'on peut arranger ça, répondit Matt, soulevant Lucas dans ses bras avant de se diriger vers la porte. Tu es sûre que tu te sens d'attaque ?

Son malaise n'avait rien à voir avec la balade. Elle aurait été bien en mal de l'expliquer et n'en avait pas envie.

En vivant près de Matt, elle prenait conscience que sa mère se trompait en affirmant qu'une femme indépendante n'a pas besoin d'homme. Elle ne ressemblait pas à sa mère.

Cette pensée lui arracha un soupir de soulagement : elle *ne ressemblait pas* à sa mère !

— Donne-moi la direction à prendre, et j'arrive la première, déclara-t-elle avec défi.

— Monte le sentier et tourne à gauche. Continue jusqu'à l'embranchement et reste sur la gauche jusqu'à ce que tu voies le gros rocher plat. Tu ne peux pas le manquer car il bloque le chemin. Pour avancer, il faut passer par-dessus.

— Mais on ne va pas le faire ?

— Non. Après, c'est trop escarpé pour une femme dans ton état.

Troublée par son rire rauque, elle s'élança et mit un point d'honneur à ne pas se retourner jusqu'à être presque arrivée.

Elle s'assit sur une pierre pour se reposer un moment.

Peu après, Matt se laissa choir près d'elle, et elle sentit la chair de poule la hérisser quand il lui prit la main.

— Je suis un peu rouillé, admit-il.

Elle ne pouvait ignorer les sensations qui la parcouraient. Était-ce le grand air, une nouvelle poussée hormonale ? Elle se sentait comme grisée dans le bon sens. D'excitation ou de bonheur. Ou peut-être simplement parce que Matt lui tenait la main.

Mais il lâcha sa main et courut rattraper Lucas qui continuait à trottiner et avait pris de l'avance.

— Tant pis, chuchota-t-elle à son bébé en se levant pour lui emboîter le pas.

— Tant pis pour quoi ? demanda Matt devant elle.

— Pour la pause, mentit-elle. Il y a un petit garçon qui est impatient d'arriver.

— Nous sommes presque à destination, dit-il, s'arrêtant pour lui offrir sa main. Tu veux que je te porte ?

— Peut-être en redescendant.

À défaut de mieux, sa main n'était pas si mal, et elle la prit, sans savoir s'il lui offrait son amitié ou davantage.

— Tu as déjà été marié ? demanda Ellie de but en blanc, en trempant un bâtonnet de céleri dans le bol de guacamole.

La question prit Matt au dépourvu.

— Pourquoi ? bredouilla-t-il, manquant s'étrangler.

— Simple curiosité.

Elle était restée longtemps silencieuse, et il avait présumé que la promenade l'avait fatiguée. Mais il n'en était plus sûr.

— Ça ne m'a jamais vraiment intéressé. J'ai eu une brève liaison quand j'étais à l'école de médecine, mais elle s'est aperçue que je ne m'impliquais pas assez dans cette relation, et elle n'a pas eu la patience d'aller plus loin. Il nous a fallu près d'un an pour arriver à cette conclusion, et nous nous sommes séparés sans douleur.

— T'isolais-tu d'elle comme tu le fais avec tout le monde ?

— Je fais ça ?

— Je ne suis pas là depuis longtemps, mais j'ai l'impression que tu n'as pas très envie de t'intégrer.

Il ne voulait pas s'intégrer parce qu'il n'allait pas rester. Quel intérêt ? Il avait essayé lorsqu'il vivait ici. Il avait fait de gros efforts, et il avait été ridiculisé, ignoré. Même les assistantes sociales étaient trop débordées pour voir ce qu'il se passait au sein de sa famille. Janice et lui allaient à l'école, ils étaient propres, nourris — pas souvent pas leur père, c'est vrai, mais ils mangeaient à leur faim. Apparemment, tout allait bien. En réalité, c'était l'horreur, mais personne ne l'écoutait. Il était juste le gosse vivant dans la décharge dont personne ne se souciait. Alors, il avait pris l'habitude de s'exclure avant que les autres ne l'excluent. Une habitude qu'il avait gardée. C'est pourquoi il aimait exercer la chirurgie en zone de guerre. Le bruit était assourdissant, les besoins immenses, et personne ne l'excluait.

— En un sens, c'est vrai, admit-il. La vie ne m'a jamais réussi, sauf dans l'armée. C'est le monde où l'on m'accepte. J'y suis bon, et je n'ai besoin de rien d'autre.

De belles paroles auxquelles il n'était plus sûr de croire. Pour preuve, il avait envie qu'Ellie reste et était tenté de le lui demander. Mais il ne pouvait pas le faire, Ellie était trop vulnérable actuellement, il craignait de la pousser dans une direction qu'il regretterait plus tard. Si elle acceptait, qu'arriverait-il ? Comment s'adapterait-il à la situation, et serait-il juste d'attendre qu'elle s'adapte ?

Néanmoins cette pensée lui était douce.

— As-tu jamais souhaité avoir une existence différente ?

— À quelle fin ?

— Je ne sais pas. Peut-être pour voir s'il ne te manquait pas quelque chose de plus grand, de meilleur.

— Et toi ? As-tu essayé ?

— Une fois, à Reno, pendant deux nuits, acquiesça-t-elle, avant de tourner son attention vers la salsa et les chips.

Interloqué, il ne sut que dire, car ces deux nuits l'avaient lui aussi écarté de son chemin habituel.

— Pourquoi ces questions ? demanda-t-il au bout d'un moment, s'asseyant près d'elle tout en gardant un œil sur Lucas. Ça ne me gêne pas de te parler de moi, car il n'y a pas grand-chose à dire. Mais pourquoi cela t'intéresse-t-il tant ?

— Peut-être parce qu'on a un bébé en commun. Ou parce que je veux connaître l'homme pour lequel j'ai baissé ma garde. Je n'ai pas l'habitude de faire ça, Matt. Je n'ai pas besoin d'un homme, et je me suis plutôt bien débrouillée seule jusqu'ici. Mais, que ça me plaise ou non, tu vas faire partie de ma vie quelque temps, et je veux savoir qui tu es. Tu n'as pas été très communicatif jusqu'ici.

— Parce que tu crois toujours que c'est moi qui devrais élever le bébé ?

— J'imagine que c'est sujet à débat, maintenant que j'ai un aperçu de qui tu es. Au début, tu étais mon seul plan, mais à présent… Disons que je ne te mettrai pas la pression pour quoi que ce soit. C'est à toi de décider ce que tu veux, j'ai trop de respect pour toi pour essayer de t'influencer.

— Et ton plan B ? Tu en as un maintenant, non ?

Elle secoua la tête et sourit.

— En général, le premier plan fonctionne, j'ai rarement recours à une solution de secours.

— Pourquoi ne serais-tu pas ton plan B ? Pourquoi refuses-tu la responsabilité d'élever le bébé ?

Le sourire d'Ellie s'effaça, elle fronça les sourcils.

— Parce que les femmes de ma famille en sont incapables. Nous ne sommes pas maternelles. Je connais mes talents et…

Elle s'interrompit, son visage refléta la stupeur comme lorsqu'elle avait senti pour la première fois les coups de pied du bébé, et elle lui prit la main pour la poser sur son ventre.

— Le petit être qui gigote là-dedans a des besoins que je ne peux pas satisfaire. Un enfant a besoin de temps, d'attention. De quelqu'un sur qui compter chaque minute de chaque jour. Quelqu'un qui le guide, le protège, soit un exemple. J'ai toujours cru que j'étais condamnée à devenir comme ma mère, une femme de fer. Je sais aujourd'hui que ce n'est pas le cas, mais je n'ai pas le recul nécessaire pour être une bonne mère. Il ne s'agit pas seulement d'être là où on doit être et de faire ce qu'on doit faire. Je n'ai pas les qualités requises, c'est tout.

— Tu en es sûre ? Tu es où tu dois être en ce moment, et tu fais ton possible pour bien vivre ta grossesse. Pour moi, c'est un comportement de mère parfait, observa-t-il, retirant sa main quand les coups de pied cessèrent. Es-tu certaine que ta décision d'abandonner notre bébé est irrévocable ?

— Pour le moment, je n'ai rien arrêté. Les choses sont en train de changer. Et moi aussi. Je sais juste que je ne veux pas garder le bébé pour qu'il soit élevé par des mères de substitution comme je l'ai été. Un enfant doit avoir un vrai foyer, avec un ou deux parents qui le fassent passer en priorité. Je ne peux pas faire ça, Matt. J'ai les capacités intellectuelles pour connaître les besoins d'un bébé, mais pas les qualités maternelles indispensables.

— Je pense que tu te trompes, Ellie, dit-il en tendant un petit morceau de poulet à Lucas, qui l'avala tout rond.

— Tu ne me connais pas assez pour en juger.

— En chirurgie, je prends des décisions subites dans des situations où il est question de vie ou de mort, et je suis plutôt doué pour ça. J'ai pris une décision impulsive avec toi à Reno, et dans le contexte, j'avais raison. Et j'ai raison maintenant aussi. Tu ne le vois peut-être pas, mais moi si. Ce geste de mettre la main sur ton ventre me semble très protecteur. Très maternel.

— Pense ce que tu veux, Matt, je n'arriverai pas à te convaincre que tu te trompes. Mais l'homme avec qui j'ai passé ces deux jours à Reno semblait être quelqu'un qui s'implique. D'où ma présence ici aujourd'hui.

— Je suis content que tu sois venue me trouver. Mais je ne peux pas m'engager comme tu le voudrais, déclara-t-il, en donnant à Lucas une autre bouchée de poulet. Je ne fais plus partie de Forgeburn. J'ai eu du mal à en partir enfant, et je ne veux pas y revenir pour vivre l'existence étriquée que j'aurais menée si j'étais restée.

— Alors, va ailleurs. Le monde est grand, magnifique, et la plus grande partie n'est pas un champ de bataille.

— Pour l'instant, je suis coincé ici tant que les services de l'Enfance n'ont pas trouvé un... un bon placement pour Lucas, termina-t-il à voix basse pour ne pas être entendu de l'enfant. Je ne peux pas me permettre d'échouer.

— Et tu ne te considères pas toi-même comme un bon placement ?

— Pas du tout. Ni pour Lucas ni pour notre bébé. Tu dois le comprendre, Ellie, j'ai un engagement auquel j'ai consacré ma vie, et il n'est pas question que je me dérobe. Je suis comme ça, personne n'y changera rien.

— Tu en es certain ?

— Aussi certain que tu l'es que ta vie ne changera pas.

Elle soupira.

Le problème, c'est qu'elle n'en était pas si sûre.

Elle aussi se consacrait à son travail, mais celui-ci changeait constamment, ce qui allait de pair avec son besoin de bouger. Elle avait toujours été ainsi, rien ne lui convenait définitivement. Après avoir quitté son métier d'infirmière, elle était devenue illustratrice médicale, jusqu'à ce que la bougeotte la reprenne et qu'elle ajoute à son CV la vidéographie puis la photographie, qu'elle accepte des clients dans le monde entier, qu'elle file à Tokyo plusieurs mois, puis à Londres quelque temps. Elle était toujours poussée à faire plus, à aller plus loin. Cela ne suffisait jamais, alors que Matt ne voulait qu'une chose : retourner à sa vraie vocation.

Comment demander à celui-ci d'y renoncer alors qu'il avait trouvé sa place ?

Sans doute était-ce ce qu'il lui manquait, une vraie vocation. Comment pouvait-elle être assez responsable pour élever un enfant, si elle ne savait même pas où elle allait ?

Elle avait toujours été hantée par la crainte de ne pas être à la hauteur. Même aujourd'hui, elle savait qu'elle n'arrivait pas à la cheville de Matt. Cet homme faisait de grandes choses et aspirait à plus encore. Et elle, à quoi aspirait-elle ? À trouver un bon plan ? À être fidèle aux espérances de sa mère ?

Son estomac se révulsa à cette pensée.

Même si elle n'était pas comme sa mère, son influence l'avait marquée, on en revenait toujours à ça.

« Il te faut un projet, Eleanor. Assure-toi toujours d'avoir un objectif. »

« Tu ne peux pas vraiment élever ce bébé, Eleanor. Tu commences à réussir dans la vie, n'est-ce pas ? Un enfant n'a pas de place dans tes projets. »

Mais là, maintenant, elle n'en avait pas.

— Alors, nous avons une grave décision à prendre, n'est-ce pas ? murmura-t-elle, accablée.

— Pour l'instant, nous avons des bonnes choses à manger. Et je dois finir de nourrir ce bambin qui tombera de sommeil avant même que le soleil ne soit couché.

Le coucher du soleil. Il avait beau être magnifique en ce début de soirée, tout semblait lugubre. Le soleil, les rochers, tout. Elle n'avait qu'une envie : regagner la *casita*, fermer les portes à double tour, et pleurer à chaudes larmes.

Avec un soupir, Matt reporta les yeux sur le couchant.

Il n'était pas préparé à tout cela. Lucas, Ellie, le bébé. Rien n'allait. Les choses prenaient forme sous ses yeux, et il ne savait comment réagir. Il savait que Lucas s'attachait à lui. Ellie aussi avait des aspirations, et il souffrait pour elle. Il tenait à elle, indiscutablement, et ses sentiments pour leur futur enfant étaient plus forts de jour en jour. Au début, il avait de la distance par rapport à la situation, cette notion de bébé était purement intellectuelle, dénuée de sentiment. Mais à présent, chaque fois qu'il regardait Ellie, des émotions inconnues le secouaient. Se pouvait-il qu'il aspire à quelque chose qu'il n'avait pas, qu'il ne comprenait pas ?

Fermant les yeux, il essaya de se représenter leur petit groupe comme une famille type.

L'image lui vint aisément, mais il refusa de s'attarder dessus. Être responsable de quelqu'un, en l'occurrence de trois personnes, ce n'était pas dans son caractère. Il l'avait prouvé avec Janice. C'était pourtant simple, il était censé l'arracher à Forgeburn, l'éloigner de là. Il n'avait aucune excuse. Comment diable pourrait-il se charger de trois personnes alors qu'il avait prouvé son incapacité à s'occuper d'une seule ?

Cependant, plus il songeait à la vie militaire qui l'attendait, seule certitude qu'il possède, plus cette pensée se dérobait. On avait besoin de lui ici. Mais ce n'était pas facile de changer de cap. En quittant le trou où il avait passé son enfance, il avait dû foncer droit devant lui, sans dévier de son chemin. Il s'était formé à une discipline rigide sur laquelle il avait fondé sa vie. Aujourd'hui, il s'écartait de sa route, et il avait l'impression qu'il ne pourrait plus revenir en arrière. Il ne pouvait pas avancer droit devant lui avec un bambin qui attendait de lui qu'il satisfasse ses besoins et une femme qui portait son enfant et ne savait pas non plus où elle en était. Il n'était pas équipé pour affronter tout ça. Mais il ne pouvait pas non plus leur tourner le dos. Que ça lui plaise ou non, ils faisaient partie de sa vie. Peut-être pas de celle qu'il avait choisie, mais assurément de celle que le destin avait choisie pour lui.

Il avait appelé le Dr Granger pour lui demander le prix du cabinet médical et de ses dépendances. Y avait-il un projet sérieux à envisager dans ce sens, ou était-ce juste un moment de faiblesse ? En toute franchise, il l'ignorait. Il aurait voulu s'en aller et marcher, marcher jusqu'à retrouver sa place. Mais pour le moment, il devait rester ici. Obligé de suivre une direction qu'il ne pouvait pas prévoir.

Mais était-ce vraiment si terrible ?

— Encore un peu de poulet, Lucas ? demanda-t-il pour échapper au cercle vicieux déprimant de ses idées.

Le garçonnet jouait avec son nounours en compagnie d'Ellie. Il leva les yeux vers lui mais ne répondit pas.

Matt prit cela pour un non et referma les boîtes de nourriture qu'il rangea dans son sac à dos.

— Tu veux autre chose, Ellie ?

— Ça va, merci. Je crois que Lucas a besoin qu'on lui change sa couche. Tu en as de rechange ?

— Bien sûr. On est passés à la couche-culotte, maintenant.

— Ah ! Alors le chirurgien militaire est devenu expert dans le change des bouts de chou ? dit-elle en souriant, lui prenant la culotte de rechange.

— Non, mais j'apprends. Et Lucas et moi avons nos méthodes.

— Je crois pouvoir m'en sortir. J'ai été infirmière, ça ne s'oublie pas.

— Probablement une excellente infirmière.

— Je me débrouillais.

Et elle s'en sortit brillamment.

En fait, elle avait conquis le garçonnet, au grand étonnement de Matt. L'enfant s'effarouchait facilement, mais les vingt dernières minutes, il avait joué avec Ellie, et Matt l'avait même entendu rire. Il n'avait jamais réussi cette prouesse avec lui, et il était un peu jaloux. Il enviait le don qu'Ellie avait avec les bambins, ce don qu'elle refusait de voir.

C'était elle qui devait garder leur bébé, songea-t-il soudain. Jusqu'ici, il l'avait crue quand elle prétendait ne pas pouvoir être une bonne mère. Mais en voyant l'instinct maternel dont elle faisait preuve avec Lucas, il se demandait pourquoi elle refusait d'élever son propre enfant. Quelle peur secrète refoulait-elle ?

Il devait la persuader de garder le bébé, mais d'abord, pour l'aider à surmonter ses craintes et admettre l'évidence qu'elle refusait de voir, il devait découvrir la cause de son refus.

— Mais tu as dit que ça ne te suffisait pas, remarqua-t-il.

— Je suis une insatisfaite pathologique. Je place la barre très haut, et dès que je suis sur le point de l'atteindre, je la monte encore d'un cran.

— Pourquoi ?

— Les femmes de ma famille sont comme ça. Elles regardent toujours vers le haut.

— Que se passe-t-il si tu trouves le bonheur et la satisfaction ?

— Ça n'arrive jamais. Il y a toujours mieux, autre chose à viser. Demande à ma mère et à ma grand-mère. Elles te diront que le contentement, c'est la paresse.

— Et tu le crois ?

— Je fais ce que ma naissance me destine à faire.

Intéressant. Et lucide. Quels que soient ses talents, ce n'était jamais assez bien pour elle.

— Comme la gestion de ta société ? Tu étais prédestinée à la diriger, ou ce n'est qu'une étape vers un prochain objectif ?

— Tu te crois malin, Matt, mais tu as tort. J'adore ce que je fais, mais je peux faire encore mieux. Développer les opérations, ouvrir davantage de divisions, attirer de plus gros clients, perfectionner la technologie. Il y a beaucoup d'opportunités, et je dois décider lesquelles sont à saisir car, c'est vrai, je me projette toujours.

— Le souhaites-tu vraiment, ou essaies-tu d'être à la hauteur des femmes de ta famille qui visent toujours plus ?

Elle hésita, et il regretta de ne pas pouvoir déchiffrer son expression dans l'obscurité naissante. Il ne distinguait que sa jolie silhouette cernée par les ombres, si vulnérable. Il avait envie de la prendre dans ses bras. Disparue, la femme d'affaires pure et dure. Elle n'était plus qu'Ellie, une femme fragile qui n'avait pas de plan derrière lequel se retrancher, et manquait de confiance en elle.

Elle poussa un long soupir.

— Comme on dit, la pomme ne tombe jamais loin de l'arbre.

— Et si tu vois un arbre encore meilleur ?

— Ça m'est arrivé une fois, il y a longtemps. Mais je n'étais pas prête à changer d'existence. La vie m'a appris à grandir où j'ai été plantée, et c'est ce que j'ai fait. Je n'avais aucune expérience en dehors de ce qu'on m'avait enseigné.

Elle soupira.

— C'est pourquoi j'ai quitté mon métier d'infirmière. Je n'avais pas l'assurance nécessaire pour le garder. J'adorais ce que je faisais, mais ça m'effrayait, j'avais peur de commettre des erreurs. Ce genre de peur n'a pas sa place en obstétrique, alors je suis retournée au monde pour lequel ma mère m'avait préparée… Je connais mes faiblesses, Matt, et je connais mes forces. Ces dernières m'apportent la sécurité, et je reste là où je me sens en sécurité, je sais où est ma place dans mon entreprise. Pas d'incertitude, pas de doutes.

Il s'adossa au rocher et contempla le paysage en contrebas. Il faisait trop sombre pour qu'on distingue le fond de la vallée. Mais avec le lever du soleil, la lumière montrerait les choses sous un nouveau jour. On verrait la vallée tout entière avec une perspective différente.

Ellie était-elle capable d'envisager les choses sous une autre lumière, concernant non seulement le bébé, mais sa vie entière ?

— J'ai passé une agréable journée, remarqua Ellie à l'entrée de la chambre de Lucas que Matt bordait dans son lit. Inattendue pour moi, mais ça m'a plu. Merci.

— Tu n'es pas trop fatiguée ? Tu n'as pas de problème ?

Elle sourit en le regardant embrasser l'enfant sur le front.

— Réflexion typiquement masculine. La grossesse est un état parfaitement naturel qui soumet le corps à des changements brutaux, mais c'est ainsi depuis la nuit des temps. Je suis fatiguée, c'est normal, il n'y a pas de raison de s'inquiéter.

Il rangea les jouets de Lucas et jeta un dernier coup d'œil à l'enfant avant de sortir.

Elle s'écarta pour le laisser passer, mais il s'appuya au chambranle de la porte et la contempla en silence.

Elle leva les yeux vers lui.

Allait-il l'embrasser ? Elle avait furieusement envie de retrouver la tendresse qu'il lui avait montrée à Reno.

Mais il se contenta de lui caresser la joue et passa en s'éclaircissant la gorge.

— Je vais me coucher tôt ce soir, annonça-t-il. Tu as besoin de quelque chose avant que je ne ferme les portes ?

Il la congédiait.

Elle en éprouva une déception cuisante.

L'intimité n'était pas à l'ordre du jour pour l'instant, Matt avait été clair sur ce point dès son arrivée. Un point de vue qu'elle avait partagé tout en espérant autre chose. Souffrait-elle encore d'une poussée hormonale, ou ses sentiments pour lui évoluaient-ils ? Loin de sa vie et de ses convictions habituelles, elle se sentait perdue. Mais pourquoi se leurrer ? Il n'avait jamais été question d'amour entre eux.

Elle réagit d'instinct.

— Je peux utiliser ton bureau un moment ? J'ai apporté mon ordinateur, et je voulais me mettre à jour dans mon travail.

Son travail. Son filet de sécurité qui la protégeait de tout.

— Bien sûr, fais comme chez toi. La connexion Internet est inégale, mais en général ça marche.

Matt verrouilla la porte d'entrée, puis il la contourna — à distance — pour aller vérifier la fermeture du patio.

Elle tourna les talons sans un mot et prit le couloir menant à la *casita*.

Qu'y avait-il à dire ? Qu'elle était en train de tomber amoureuse de lui ? Que les désirs qu'elle avait refoulés n'étaient peut-être pas enfouis aussi profond qu'elle croyait ?

Avant Reno, la romance était une expérience inconnue d'elle. Matt l'avait courtisée comme on ne l'avait jamais fait, avec champagne, dîner aux chandelles, musique douce. Était-ce cela qu'elle voulait, ou aspirait-elle à davantage ?

Elle ne voulait plus penser à Matt McClain, et elle n'y échapperait qu'en dormant.

Renonçant à travailler, elle prit une douche rapide et, à l'instar du reste de la maisonnée, elle se coucha en espérant trouver rapidement le sommeil.

— Les prélèvements sont partis en hélicoptère, on n'a plus qu'à attendre les résultats, annonça Matt, faisant allusion aux tests destinés à déterminer le taux de relaxine d'Ellie.

Jusqu'ici, celle-ci ne semblait pas pressée de quitter Forgeburn, et il ne voulait pas l'influencer dans un sens ou dans l'autre. Ce début de matinée, ils n'avaient pas beaucoup parlé. Elle avait passé son temps en ligne, travaillant pour sa boîte pendant qu'il préparait Lucas pour la journée.

La veille, il avait eu envie de l'embrasser, et elle semblait n'attendre que ça. Mais était-ce juste envers Ellie ? Envers lui-même ? Non. Où cela les mènerait-il ? Il s'en voulait de se laisser tenter, conscient que même s'il franchissait la ligne, il ne pourrait pas aller plus loin. Il n'y avait pas de place entre eux pour la romance s'il ne pouvait pas lui offrir ce qu'il ne possédait pas.

Il n'y avait donc pas eu de baiser. Il le regrettait, mais c'était inutile de spéculer sur ce qui aurait pu être. Il avait eu sa chance et ne l'avait pas saisie, un point, c'est tout.

Il n'était pas comme son père qui avait toujours fui ses responsabilités. Pour lui, c'était soit blanc, soit noir. Il n'y avait pas de juste milieu, c'était là que se tapissaient les doutes, les peurs, et le terrifiant cauchemar qui, au moindre faux pas, le ramenait à son enfance sordide.

Il redoutait d'y entraîner Ellie. Elle était peut-être son salut, mais si elle avait du bon à lui offrir, il n'avait que du mauvais à lui donner en échange. Elle valait mieux que ça, Lucas aussi, et le bébé. Ils méritaient mieux que le bourbier auquel il n'avait jamais vraiment échappé.

Il lui arrivait d'imaginer un avenir différent, mais comment l'atteindre ? Un baiser pouvait être un début, mais il pouvait les faire trébucher. Alors il ne l'avait pas embrassée. Il craignait trop les conséquences pour lui. Pour elle.

— Je te remercie, répondit Ellie, les yeux fixés sur l'écran de son ordinateur. J'aimerais savoir à quoi m'en tenir avant d'entreprendre la route du retour à Reno. À condition que ça ne te dérange pas que je reste deux jours de plus ?

Elle leva les yeux, guettant sa réponse.

Il demeura impassible. Dénué d'expression.

— Je peux descendre à l'hôtel où je voulais loger…

— Tu peux rester à la *casita*, dit-il en prenant sa trousse médicale. Écoute, j'attends des patients au cabinet dans un moment. Je garde Lucas avec moi ce matin, car l'assistante sociale a trouvé des parents potentiels pour lui, et ils vont passer dans la matinée. Tu peux venir avec nous, si tu veux. Ce sera peut-être plus facile pour toi de travailler là-bas.

Elle lui jeta un regard alarmé.

— Ces gens vont peut-être vouloir l'adopter ?

— C'est le but.

— Mais je croyais…

— Quoi, Ellie ? Que ce simulacre de vie de famille déteindrait sur moi ?

— Peut-être, je ne sais pas. C'était une chose d'en parler, mais le voir arriver… Je n'y étais pas préparée.

Il secoua la tête.

— La réalité fait parfois mal, mais la mienne est un hôpital de campagne rempli de blessés qui ont besoin de soins. Je ne te l'ai jamais caché.

— Fais attention à ne pas devenir une victime aussi, Matt. Et je ne parle pas de zone de combat.

Sur ce, elle se détourna et se lança dans une conversation avec un collègue via Internet.

Il avait compris le message. Il tendit la main à Lucas, et ils sortirent.

Le temps d'arriver à la fourgonnette, il regrettait déjà de ne pas avoir insisté pour qu'elle les accompagne. Il n'aimait pas la laisser seule, que ce côté surprotecteur soit dicté par sa grossesse ou par les sentiments qu'elle éveillait en lui.

Quoi qu'il en soit, elle avait fait un choix, et il devait se sortir de la tête qu'il était responsable d'elle. Il ne l'était pas, et elle tenait à ce que ça reste ainsi.

Sa mauvaise humeur de ce matin était-elle due à son anxiété de manquer son travail ? À sa grossesse ? Au baiser qu'ils n'avaient pas échangé ?

S'attendait-elle à ce qu'il l'embrasse comme à Reno ?

Il déglutit nerveusement.

— Eh bien, Lucas, il semble que nous soyons seuls tous les deux aujourd'hui. Tu te sens prêt à m'aider au cabinet ?

Lucas ne répondit pas. Mais il remarqua qu'il le regardait avec une intensité inhabituelle, les yeux agrandis, plus brillants, et il se sentit étrangement réconforté.

Il aimait cet enfant. De tout son cœur. Et ce qu'il s'apprêtait à faire…

— Apparemment, reprit-il en l'attachant sur le siège enfant de la camionnette, un de nous va passer une bonne journée.

Et l'autre redoutait ce qui allait arriver.

6.

— M. et Mme Rigsby sont dehors et aimeraient voir Lucas.

L'estomac noué, Matt leva les yeux de son bureau et fixa Mary Jane Snider, l'assistante sociale.

Bien sûr, c'était ce qu'il avait demandé, mais maintenant que la perspective de l'adoption se précisait, il sentait sa résolution faiblir. Toutefois Lucas avait des besoins qu'il était incapable de satisfaire, et il devait à Janice de trouver le meilleur pour lui. Il avait déjà manqué à ses engagements envers elle, et le fait qu'il ne soit alors qu'un enfant lui-même n'était pas une excuse. Il avait commencé à être responsable de sa sœur quand il avait cinq ans et elle trois, et il l'avait trahie. Il ne pouvait pas faire de même pour Lucas.

— Bien, dit-il sans enthousiasme, faites-les entrer.

Il poussa la porte à double vantail donnant sur la salle de jeux et souleva Lucas, qui lui tendait les bras en souriant.

— N'aie pas peur, murmura-t-il au garçonnet. Ces gens sont gentils et veulent être tes amis.

Pour toute réponse, Lucas resserra ses bras autour de lui et enfouit le visage dans son cou.

— Il est intimidé par les inconnus, expliqua Matt. Il lui faut un peu de temps pour s'habituer.

— On peut programmer la rencontre une autre fois, suggéra l'assistante sociale. La semaine prochaine peut-être…

Il secoua la tête.

— C'est son caractère. S'ils s'intéressent à lui, ils doivent l'accepter tel qu'il est.

Hochant la tête, Mary Jane sortit et revint une minute plus tard avec les Rigsby.

M. Rigsby avait les mains dans les poches de son élégant costume à fines rayures et Mme Rigsby croisait les bras sur sa poitrine. Ils n'étaient pas distants, juste neutres. Plus âgés qu'il ne l'avait imaginé. Il doutait que M. Rigsby soit capable d'enseigner l'escalade à Lucas le moment venu, compte tenu de son âge. Quant à Mme Rigsby, elle semblait nerveuse. Mal à l'aise. Saurait-elle satisfaire les besoins affectifs de l'enfant ?

— Voici Lucas, dit-il, sans forcer l'enfant à les regarder. Il est timide.

— Il marche ? demanda M. Rigsby.

— Oui. Mais il ne parle pas. Pas encore.

— Il est lent ? dit Mme Rigsby. C'est pour ça qu'il ne parle pas ?

— Il ne parle pas parce qu'il n'a rien à dire. Et non, il n'est pas lent. Il vit à son rythme.

— Il est propre ? demanda M. Rigsby.

— Pas encore, mais on y travaille.

— Des habitudes bizarres ? demanda M. Rigsby.

— Il a deux ans. La plupart de ses habitudes peuvent être considérées comme étranges.

— Je pense à des excentricités, dit l'homme. Des choses qu'on ne s'attend pas à trouver chez un bambin.

Matt ne savait pas ce que faisaient les enfants de cet âge, mais le comportement de Lucas ne lui avait jamais paru bizarre. Il pensait même que derrière sa timidité se cachait une vive intelligence. Les signes étaient là.

— Il a un lézard avec lequel il aime jouer dans les rochers, remarqua-t-il.

— Un lézard ? répéta Mme Rigsby avec un frisson.

— Avec un corps brun et une queue bleue.

— Cet enfant a un lézard ? répéta M. Rigsby.

Matt acquiesça.

— Eh bien, si nous décidons d'accueillir Lucas, ce lézard ne viendra pas avec nous, déclara Mme Rigsby. Nous n'avons pas d'animaux domestiques à la maison, et les gens qui travaillent pour nous…

— Les gens ? l'interrompit Matt.

— En ce moment, nous avons une cuisinière et une femme de ménage, mais avec Lucas, nous engagerons un précepteur et une nurse, bien sûr.

En d'autres temps, d'autres lieux, l'idée aurait pu sembler séduisante. Mais Matt savait qu'Ellie avait été élevée de cette façon et qu'elle n'approuverait pas. Il y avait des similitudes entre les Rigsby et sa mère, et Lucas n'avait pas besoin de ça. Il lui fallait ce que ni Matt ni Ellie n'avaient jamais eu : des personnes qui prennent plaisir à s'occuper de lui.

— Je regrette, dit-il. Mais j'avais espéré le placer avec des parents qui s'impliquent personnellement.

— C'est exactement ce que nous comptons faire, docteur, protesta M. Rigsby, qui commençait à perdre patience.

— En engageant du personnel ?

— Nous voulons que ce garçon ait le meilleur, rétorqua Mme Rigsby.

Mais ils ne lui offraient pas le meilleur, Matt s'en rendait compte maintenant, grâce à Ellie.

— Moi aussi, dit-il, ramenant Lucas à l'aire de jeux. Je regrette de vous avoir fait perdre votre temps.

— Vous êtes sûr de savoir ce que vous faites ? demanda Mary Jane, appuyée au chambranle de la porte.

— Oui. Pour une fois, je n'ai aucun doute.

Il regagna le cabinet médical et ferma la porte derrière lui. Assis sur le tapis avec Lucas, il se mit à l'aider à empiler des cubes en bois verts, jaunes et rouges.

Il était déçu. Dans son esprit, le couple d'adoptants aurait dû être enthousiaste, excité, voire exubérant, impatient de tisser des liens avec Lucas, avec de merveilleux projets pour lui. Peut-être était-il trop exigeant, mais il avait tant rêvé de parents parfaits quand il était jeune ! D'une vraie famille, avec un père et une mère attentionnés, pleins de fantastiques projets pour Janice et lui. Des parents qui aient vraiment envie de fonder une famille.

Il n'avait pas connu ça, et il voulait que Lucas le connaisse.

Il y veillerait, même s'il devait refuser nombre de candidats à l'adoption avant de trouver les bons.

La soirée était bien avancée quand Matt rentra enfin chez lui.

Betty Nelson était venue chercher Lucas à sa demande. Il n'avait pas eu le temps de le raccompagner à la maison où Ellie aurait pu le garder, et il ne tenait pas à lui faire faire la route dans son état. Il avait donc contacté Betty, toujours disponible pour Lucas.

Il avait de la chance de l'avoir pour baby-sitter. Généreuse et fiable, elle faisait partie des rares belles personnes qui avaient croisé son chemin, et Lucas l'aimait bien.

— Mauvaise journée ? demanda Ellie en l'accueillant avec un verre de jus de fruits fraîchement pressé.

— Désolé de rentrer si tard, dit-il, prenant le verre et allant s'asseoir dans le grand fauteuil devant la cheminée du salon. J'ai été bien occupé. Un touriste grimpé sur la clôture d'un centre de vacances pour prendre une photo est tombé dans un ravin. Pas très profond, Dieu merci, mais il s'est ouvert la tête, et j'ai dû descendre le chercher.

Il but une gorgée de jus de fruits.

— Les rangers n'étaient pas disponibles, et il m'a fallu près d'une heure pour rassembler l'équipement dont j'avais besoin et descendre jusqu'à lui, et une de plus pour le stabiliser suffisamment pour pouvoir le remonter. Au début, ça allait car il était inconscient, mais quand il est revenu à lui, il était incohérent et agressif. Heureusement, avec l'aide du personnel du centre de vacances, on a pu le maîtriser, et il a été évacué par un hélicoptère de la protection civile.

Il se frotta machinalement la mâchoire.

— Je l'ai accompagné pour le garder sous surveillance, et son état est resté stable. Mais il va falloir l'opérer. La bonne nouvelle, c'est qu'il devrait s'en remettre. La mauvaise, c'est que j'en ai pris plein la tête.

— Il t'a frappé ? demanda Ellie, se penchant pour examiner

sa mâchoire et tourner doucement sa tête. On commence à voir des ecchymoses.

— J'ai connu pire.

Il s'adossa à son fauteuil et ferma les yeux en grimaçant.

— Tu veux que j'aille chercher Lucas ?

Il secoua la tête.

— J'ai parlé à Betty il y a quelques minutes, il a déjà commencé sa nuit. Ça ne la gêne pas qu'il passe la nuit chez elle, et en toute franchise, je ne me sens pas d'attaque pour m'occuper de lui ce soir.

Il essaya de changer de position et ne put retenir une nouvelle grimace.

— Retire ta chemise, Matt, ordonna-t-elle.

— Désolé, je n'ai pas le cœur à *ça*, rétorqua-t-il dans une piètre tentative d'humour.

— Je ne plaisante pas. Enlève ta chemise, je veux t'examiner.

Il trouvait agréable qu'on prenne soin de lui, pour changer. Généralement, c'était l'inverse. En fait, il ne se rappelait pas une fois où quelqu'un ait proposé de s'occuper de lui d'une manière ou d'une autre. Et même si Ellie ne faisait que retrouver son instinct de soignante, il était touché.

— Je ne suis pas sûr d'arriver à me pencher, et je ne veux pas me lever. Ça ira, mais j'apprécie ta sollicitude.

— Et demain matin ? Quand tu devras être de nouveau opérationnel ? Qu'est-ce qu'il va se passer ?

— J'essaierai de me débrouiller sans gémir trop fort.

— Retire-moi cette chemise, cow-boy, dit-elle d'une voix inhabituellement douce, en commençant à la déboutonner.

En réalité, il ne voulait pas voir les dégâts car il craignait d'avoir des côtes cassées. Il ferma les yeux quand elle dénuda son torse et retint son souffle pendant qu'elle le palpait délicatement du bout des doigts, refoulant fébrilement le désir incongru qu'il sentait monter en lui.

Le premier soir, à Reno, elle avait ri en voyant l'effet qu'elle avait sur lui. Ce n'était pas comme s'il était frustré sexuellement, car il n'avait jamais manqué de rien durant ses missions à l'étranger. Mais il avait suffi qu'elle pose la main sur lui pour porter son excitation à son comble, et il avait été presque gêné par son manque de contrôle.

Il y avait souvent pensé depuis Reno, car aucune femme n'avait jamais déclenché en lui une réaction aussi forte et prompte. Comme ces frissons qui lui parcouraient l'échine en ce moment. Et le souvenir de son joli corps chevauchant le sien, livré au sien…

Il essayait en vain de lutter. Pourquoi ne pas simplement s'abandonner ? Qu'arriverait-il s'il se laissait aller ?

Cette fois, il ne pourrait pas s'en sortir. Car Ellie n'était plus seule. Même si le simple contact de sa main éveillait ses fantasmes, il n'en avait pas le droit. À Reno, cela l'avait poussé à passer une seconde nuit avec elle alors qu'il voulait l'éviter. Cette nuit même où elle avait dû tomber enceinte, puisque son préservatif avait glissé. Il l'avait prévenue, bien sûr, mais n'étant pas en période d'ovulation, elle ne s'était pas inquiétée.

Cette aventure prévue pour être éphémère avait pourtant été lourde de conséquences, tout ça parce qu'il avait été incapable de lui résister. Qu'est-ce qu'il se passerait s'il cédait encore à ses pulsions ?

— Bon sang, ça fait mal, haleta-t-il comme elle appuyait un peu plus fort.

— Sans radio, je ne peux pas avoir de certitude, mais tu ne sembles pas avoir de côte cassée. L'ecchymose est un peu en dessous de la cage thoracique, je craindrais plus une hémorragie interne.

— Réconfortant, grommela-t-il, baissant les yeux pour inspecter son torse. Le type m'a flanqué des coups de pied.

— On dirait bien. Et plus d'un. Comment as-tu pu le laisser faire ? demanda-t-elle, palpant son abdomen pour déceler une éventuelle hémorragie interne.

— Il était inconscient. Quand il a repris ses esprits, il était complètement désorienté.

— Je ne sens aucune dilatation, je ne pense pas qu'il y ait de saignement. Où est ta trousse médicale ?

— Sur la chaise près de la porte. Mais tu n'as pas besoin de…

Trop tard. Elle était déjà partie la chercher, et il sentit qu'il allait avoir droit à un check-up en règle.

— Je vais bien, je t'assure ! cria-t-il.

— Pas vraiment, répondit Ellie en revenant, le stéthoscope déjà à la main. Alors, soit on fait l'examen sur ton lit si tu te sens capable de monter l'escalier, soit on le fait à la *casita* qui est au rez-de-chaussée. À toi de décider.

— Et si je choisis de rester là, de boire le reste de mon jus de fruits, et de faire une sieste ?

— Je vais quand même t'ausculter, et si je dois le faire pendant que tu es dans ce fauteuil, je préfère ne pas penser aux douleurs lombaires que ça va m'occasionner…

Il rit devant cette attendrissante tentative de chantage.

— D'accord, tu as gagné. Tu peux jouer au docteur.

— Et si je me contentais d'*être* une infirmière ?

Avec un soupir, il s'avança au bord du fauteuil, conscient qu'il souffrait de plus en plus. Ellie l'aida à se lever, et il lui en fut reconnaissant.

— Je travaille dans des zones de combat depuis presque deux ans, et il ne m'est jamais rien arrivé de tel, grommela-t-il en se redressant. Je crois que je me ramollis.

Elle rit et lui passa un bras autour de la taille pour le soutenir.

— Je viens de sentir tes abdos. Crois-moi, tu n'es pas ramollo. On va à la *casita,* histoire d'éviter les marches ?

— Ça paraît un bon plan, rétorqua-t-il.

Il s'efforçait de ne pas trop peser sur Ellie. Après tout, elle était enceinte. Mais solide. Il n'avait jamais connu de femme comme elle.

Tandis qu'ils avançaient lentement dans le couloir, il se surprit à imaginer la vie avec elle.

C'était impossible, bien sûr, leurs professions ne le permettaient pas. Mais il était doux de rêver d'une petite famille, de retour chaque soir à la maison où elle l'attendrait, de pique-niques sur les terrasses tous les quatre, de grasses matinées le dimanche jusqu'au réveil des enfants, de repas familiaux.

Oui, un beau rêve. Mais Ellie repartirait bientôt de son côté et lui du sien. Quel intérêt de fantasmer sur quelque chose qui n'arriverait pas ?

— Tu veux que j'enlève mon pantalon ? demanda-t-il comme ils pénétraient dans la *casita*.

— Volontiers. Je sais que tu n'es pas si pudique. J'en ai la preuve, dit-elle en se caressant le ventre.

Il rit doucement.

— Ce serait trop te demander de me déshabiller ?

— Je l'ai fait une fois, et regarde où ça nous a menés. Alors, retire ton pantalon, je reviens dans une minute pour te déchausser.

— Où vas-tu ? demanda-t-il, déboutonnant son jean.

— Préparer une poche de glace pour ta mâchoire.

Il la regarda s'éloigner en appréciant le spectacle.

Enceinte ou pas, Ellie était une femme superbe. Et le petit ventre qu'elle tentait de dissimuler sous des vêtements amples la rendait encore plus belle. Rayonnante, comme seule peut l'être une femme enceinte. Il espérait voir grossir encore son ventre, pouvoir observer les changements qui s'opéreraient en elle… Mais ces changements ne feraient que lui rappeler que cette vie n'était pas pour lui.

Une soudaine vague de mélancolie lui serra le cœur.

— Mets la poche contre ta mâchoire, ordonna-t-elle. Et ce serait bien si tu déboutonnais entièrement ton pantalon.

Elle l'aida à le retirer, et il s'étendit sur le lit.

— Quoi que tu fasses, vas-y doucement, dit-il.

Il ferma les yeux, pas pour ne plus la voir, mais pour chasser les images déplacées qui l'envahissaient. Visions d'une vie différente, qu'il n'avait jamais connue et qu'il n'était pas certain de comprendre. D'une vie qui lui faisait encore plus peur que se trouver sous le feu de l'ennemi.

Matt avait vraiment un corps magnifique. Pourtant, ce qui l'avait d'abord attirée chez lui, c'était son sourire chaleureux, irrésistible. Un sourire dont la sensualité avait accompagné les deux nuits où ils avaient dormi ensemble et qui avait illuminé les deux matins où elle s'était réveillée près de lui. Un sourire qui lui manquait. Aujourd'hui, il se teintait d'inquiétude, et elle savait pourquoi.

Tout était parfait chez lui. Elle avait été tout de suite séduite par son côté rassurant, et il avait fait preuve d'une patience rare quand elle avait hésité à franchir le pas, ne voulant ni la brusquer ni l'embarrasser. Rien que pour ça, elle était presque tombée amoureuse de lui. De retour chez elle, elle n'avait pas cessé de rêver de lui. Alors, le revoir aujourd'hui en petite tenue…

Elle soupira et s'efforça de se ressaisir.

Elle n'était pas là pour s'abandonner à ses souvenirs.

— Bien, laisse-moi d'abord écouter ta poitrine, pour m'assurer qu'il n'y a rien d'anormal.

Elle prit ensuite sa tension artérielle, parfaite en dépit des circonstances. En examinant ses yeux, elle ne vit aucun vaisseau éclaté, même si le pourtour était enflé. Elle passa d'un examen à l'autre, concentrée, veillant à ce que ses doigts ne s'aventurent pas dans les zones interdites explorées à Reno.

L'état de ses côtes l'inquiétait. Une côte cassée pouvait occasionner une accumulation de fluide susceptible d'entraîner un collapsus pulmonaire, et c'était indécelable.

— Je vais encore écouter ta poitrine avant de revenir à tes côtes. J'ai peur de…

Matt l'interrompit d'un geste.

— C'est pour ça que tu as cessé d'exercer ton métier d'infirmière ? Parce que tu doutais de toi ?

— Il y avait toujours tellement de risques.

— Et tu ne t'estimais pas assez compétente pour les affronter ?

— J'étais douée comme étudiante, mais en pratique, à l'hôpital, c'était trop sérieux…

— Et ce que tu fais maintenant, ce n'est pas sérieux ?

— Si, mais d'une façon différente. Quand j'étais infirmière, mes décisions étaient lourdes de conséquences. Les gens comptaient sur moi, mes actes affectaient leur vie. Il était question de vie ou de mort. Personne ne passait derrière moi pour s'assurer que mon travail était correct.

— C'est comme ça que tu as été élevée ? En doutant toujours de tes décisions, avec quelqu'un pour surveiller constamment tes faits et gestes ?

— Pas mes nounous et mes précepteurs, non. Mais je n'étais jamais assez bonne pour ma mère, elle remettait en question tout ce que je faisais. Soi-disant pour mon bien. Elle prétendait me préparer à lui succéder un jour à la tête de sa compagnie, ce qui n'était pas du tout mon intention.

— D'où ton choix de devenir infirmière.

— Oui. Je voulais me démarquer d'elle, faire de ma vie quelque chose de radicalement différent. Seulement, cela ne m'a pas donné l'assurance qui me manquait.

Elle s'assit au bord du lit.

— Je me rappelle ce nouveau-né tout bleu… Il ne respirait pas. Sa mère faisait une hémorragie, et toute l'équipe médicale luttait pour la sauver. On m'a confié le bébé pour que je le ranime. J'ai essayé, Matt. J'ai vraiment essayé. Mais il n'a jamais respiré. Finalement, la mère a survécu, mais pas son bébé. Si tu avais vu son visage quand elle a appris la nouvelle ! J'ai démissionné le lendemain. J'avais fait de mon mieux, et je n'avais pas pu…

À présent, Matt connaissait la peur la plus profonde d'Ellie.

— Régler le problème ? dit-il en lui prenant la main. Ça arrive, Ellie. Il y a des patients qu'on ne peut pas sauver. Ce n'est pas facile, c'est parfois si insupportable qu'on veut juste se terrer dans un coin et pleurer. Je connais ce sentiment. Je suis passé par là bien des fois. Et, oui, je me suis isolé dans un coin pour pleurer. Mais il y a aussi ceux qu'on sauve, aisément ou pas. Et les miracles. Ils ne compensent jamais ceux qu'on perd, mais c'est pour eux qu'on continue à faire ce métier.

— Pas moi. J'ai baissé les bras. Je n'ai pas pu sauver ce bébé, et je… Je ne me sentais pas capable de revivre ça.

— C'est une réalité très dure à vivre, et je regrette que ça te soit arrivé. Mais tu n'as pas perdu ta compassion ni ton amour de la médecine. Tu as juste pris un chemin différent, un peu comme moi maintenant. Chacun doit trouver sa voie. Tu n'étais pas faite pour l'obstétrique, mais ça ne veut pas dire que tu n'es pas faite pour être mère. L'amour maternel et le travail d'infirmière sont deux choses distinctes. L'amour d'une mère peut tout vaincre. Y compris les peurs.

Il n'avait pas vraiment connu l'amour maternel, mais dans son monde idéal, c'était ainsi qu'il voyait une maman : comme elle. Si seulement elle pouvait s'en rendre compte ! Pas seulement dans l'intérêt du bébé, dans le sien aussi.

— Sauf quand on échoue.

— Tu n'as pas échoué, Ellie. Tu t'es trouvée confrontée à une situation qui aurait eu la même issue avec n'importe qui. Tu sembles convaincue qu'on n'est pas assez bien si on n'est pas meilleur que les autres, mais c'est faux. J'ai regardé ce que tu fais en ligne. Par ton travail, tu apprends aux gens à être de meilleurs médecins, de meilleures infirmières. Tu informes les patients sur les prescriptions et les problèmes de santé. Tu leur apportes de la compréhension, tu les mets en garde à un moment effrayant de leur vie. Ce que tu fais est primordial, Ellie ! Tu as un rôle important, quoi que tu en penses… Et pour ce qui est de mes côtes, tu n'as pas à douter. Ton premier diagnostic est le bon.

— Je peux au moins les bander ? demanda-t-elle en essuyant une larme sur sa joue.

— Bande tout ce que tu veux. Mais je n'ai pas de bande étirable ici. Il faut attendre l'ouverture du cabinet demain.

— Pour une fois, fais-moi plaisir. Laisse-moi aller en chercher. Je peux conduire, et je veux m'assurer…

— Les clés sont dans mon jean, répondit-il en riant. Si tu n'es pas de retour dans une demi-heure, je viens te chercher.

— Tu veux que je t'envoie un texto toutes les cinq minutes pour que tu saches que je vais bien ?

— Seulement quand tu arriveras là-bas, et au moment de repartir.

Ellie avait retrouvé avec émotion sur les traits de Matt le sourire qu'elle avait tant aimé à Reno. Un sourire qui balayait tous ses doutes.

Un quart d'heure plus tard, elle ouvrait la porte du cabinet médical et allumait la lumière.

D'après Matt, les fournitures étaient rangées dans le placard de son bureau. Après avoir envoyé le texto, elle s'y rendit directement. Elle ne comptait pas s'attarder, elle prendrait ce qu'elle était venue chercher et repartirait aussitôt.

En passant, elle sourit en remarquant le télécopieur d'un autre âge.

Si Matt restait assez longtemps, achèterait-il du matériel plus récent ? Elle se rappela les ordinateurs, les tables et tout l'équipement qu'elle avait entreposés au sous-sol de sa société quand ils avaient renouvelé leur matériel. Elle comptait en faire don à une organisation caritative mais n'avait pas encore eu le temps de s'en occuper. Matt serait peut-être content de récupérer quelques affaires ? Elle lui poserait la question, car sérieusement, un télécopieur…

Une feuille était restée dans l'appareil. On avait faxé un document. C'était peut-être important, et Matt ne serait peut-être pas en état d'aller au cabinet le lendemain.

Machinalement, elle le ramassa pour le rapporter et y jeta un rapide coup d'œil.

Il portait son nom ! C'étaient ses résultats d'analyse.

Elle parcourut les données avec curiosité.

Il n'y avait pas beaucoup de changements depuis sa dernière analyse de sang. Sauf pour la ligne imprimée en rouge, sur laquelle le laboratoire voulait attirer l'attention : le taux de relaxine.

Ses mains se mirent à trembler.

Le chiffre était deux fois plus élevé que la normale. Cela signifiait qu'elle avait des problèmes. Et son bébé aussi.

7.

Quand Ellie regagna la maison, Matt dormait, et elle hésita à le réveiller. Mais s'il avait des côtes cassées, il fallait lui bander le torse pour éviter d'éventuelles complications.

Elle resta un moment à la porte de la *casita* à le regarder dormir, admirant son beau torse athlétique.

Elle devrait lui montrer les résultats d'analyse, mais ce n'était pas le moment de l'embêter avec ça. Elle aurait tout le temps le lendemain.

— Matt, murmura-t-elle en s'approchant du lit, j'ai rapporté la bande.

Profondément assoupi, il ne répondit pas. Elle l'appela de nouveau et lui toucha doucement l'épaule. La poche de glace avait glissé de sa joue et avait fondu, formant une petite mare près de son visage.

— Il faut que je te bande, Matt.

Il ouvrit lentement les yeux, tenta de sourire, mais grimaça et se frotta la mâchoire.

— Je crois que j'ai un peu mouillé le lit, grommela-t-il en s'écartant de la zone humide. Je voulais me lever pour changer la glace, mais…

— Je changerai les draps quand j'aurai bandé tes côtes, et tu pourras te rendormir.

Changer les draps d'un patient alité faisait partie de ses anciennes compétences. En quittant la profession d'infirmière, elle n'avait jamais regardé en arrière, mais les automatismes lui revenaient, et, curieusement, elle y prenait plaisir. Mais c'était peut-être parce qu'elle s'occupait de Matt.

— Redresse-toi, et aide-moi à mettre la bande. Bien tenue, mais pas trop serrée pour ne pas te faire mal.

— Tu as un don avec les patients, remarqua-t-il.

Quand la bande extensible fut posée, elle glissa les doigts entre le bandage et la peau pour s'assurer qu'il n'était pas trop serré.

— Tu as mal ? demanda-t-elle, l'entendant haleter.

— Pas exactement…

Soudain, il attira son visage à lui et l'embrassa. Délicatement. Tendrement. Puis il s'écarta.

— Maintenant, oui, ça fait mal, dit-il en se frottant la mâchoire.

— Pourquoi, Matt ?

— Pourquoi j'ai mal ?

— Non. Pourquoi tu m'as embrassée ?

— L'impulsion du moment. J'ai cédé à l'envie naturelle d'un homme en compagnie d'une belle femme désirable.

Ce n'était pas ce qu'elle avait envie d'entendre. Même si elle ne savait pas vraiment ce qu'elle aurait voulu. Peut-être qu'il l'aimait bien et qu'il commençait à craquer pour elle…

Elle coupa court à ces pensées qui ressemblaient trop à des vœux pieux.

— Ce n'est pas ce que nous sommes, dit-elle en se penchant pour fixer l'extrémité de la bande. Ni à Reno ni aujourd'hui.

Même si ce baiser avait été merveilleux. Elle se rappelait les baisers qu'ils avaient échangés à Reno, et tant d'autres choses encore. Leurs rires et leurs discussions, enroulés entre les draps, un peu éméchés. Des moments magiques. Trop, sans doute, pour deux personnes qui refusaient toute implication.

— Nous sommes qui nous voulons être, objecta-t-il.

— Ce que nous sommes, Matt, c'est une femme qui va bientôt retrouver le monde des affaires, et un homme qui va rejoindre une zone de guerre. Comment cela pourrait-il marcher ?

Matt lui prit la main et l'attira à lui.

— Ce serait possible si nous étions moins stricts et si nous profitions juste du moment présent. *Encore.* Comme deux personnes qui se plaisent beaucoup, ont fait un enfant ensemble et cherchent simplement à bien faire, déclara-t-il en se redressant avec effort pour s'asseoir. Ce n'est pas sorcier, Ellie, il suffit que nous soyons en phase, et je ne veux pas dire sexuellement. En as-tu envie ?

— Oui, chuchota-t-elle, se blottissant dans les bras qu'il lui tendait. Mais je ne sais pas comment faire, car je n'ai jamais vraiment eu de relation avec quelqu'un.

Sauf avec son bébé. Une relation qui devenait plus intense de jour en jour.

— Chaque chose en son temps, Ellie. Un pas à la fois.

Il l'attira sur le lit, et ils s'allongèrent, étroitement enlacés. Unis.

Malgré la douleur, Matt avait pris plaisir à dormir près d'Ellie. Il n'avait pas voulu la réveiller quand il s'était aperçu qu'elle dormait profondément, visiblement épuisée. Il avait réussi à la déchausser mais lui avait laissé ses vêtements, et, collé contre elle, il s'était laissé bercer par sa respiration douce avant de sombrer dans le sommeil.

Il avait plus mal encore que la veille, si c'était possible. Mais ça en valait la peine pour se réveiller auprès de cette belle endormie immergée dans un monde d'insouciance.

Avec précaution, il roula au bord du lit et s'accorda un moment pour reprendre son souffle avant de se lever. Mais Ellie changea de position, et son T-shirt en coton remonta, dévoilant son ventre.

Il était beaucoup plus rond qu'il ne s'y attendait, même s'il l'avait déjà touché à travers ses vêtements pour sentir bouger le bébé. Rond et magnifique. Et en contemplant ce ventre dans sa splendide nudité, il essaya d'imaginer que son enfant allait en sortir. *Son enfant*.

Les larmes lui montèrent aux yeux. Il était touché. Sincèrement touché, submergé par l'émotion devant cette chose aussi simple qu'un ventre de femme enceinte. Pour la première fois de sa vie, il se sentait en phase.

Essuyant ses larmes, il voulut se lever, mais le mouvement réveilla Ellie, qui ouvrit les yeux et sourit.

— Je n'avais pas l'intention de dormir ici.

— Tu t'es bien reposée ? demanda-t-il sans la regarder.

— Il y a longtemps que je n'ai pas aussi bien dormi. Tu te lèves ?

— Je dois me doucher avant d'aller travailler.

— Tu n'es pas en état de travailler, Matt.

Il la sentit s'asseoir derrière lui mais ne se retourna pas pour la regarder, les émotions encore à fleur de peau.

— La vie continue, Ellie. Côtes douloureuses ou pas. Des gens dépendent de moi, ils n'ont pas à pâtir de mes problèmes personnels. Quand on a besoin d'un médecin, on a besoin d'un médecin.

— Il n'y a personne que tu puisses appeler pour te remplacer ? Un suppléant ?

— Plus facile à dire qu'à faire. Les options sont limitées, et d'après le Dr Granger, personne n'aime venir ici. Il devait faire une demande des semaines à l'avance quand il avait besoin d'un remplaçant. Et s'il y avait une urgence, il envoyait le patient à la clinique de Whipple Creek, qui se trouve à plus de cent cinquante kilomètres d'ici. Alors, non, je n'ai personne pour me remplacer, et j'ai des patients qui font la queue pour me voir.

— As-tu envisagé de faire venir quelqu'un pour te seconder ?

— Techniquement, ce n'est pas mon propre cabinet médical. Je le dirige, mais il ne m'appartient pas. Cette décision doit être prise par le Dr Granger.

Il fit un effort pour se redresser et s'immobilisa pour reprendre sa respiration avant de se lever. Alors seulement, il se retourna vers Ellie et remarqua qu'elle avait rabattu son T-shirt et couvert son ventre.

— Je dois donc aller prendre une douche.

— Je peux t'aider ?

En temps normal, il aurait sauté sur l'occasion. Il l'imagina serrée contre lui dans la petite cabine de douche, leurs corps nus uniquement séparés par un film de savon glissant. Mais ce n'était pas à l'ordre du jour, et ça ne le serait probablement jamais. Il se dirigea vers la salle de bains aussi vite que le lui permettait son corps perclus de douleurs.

— Non, inutile. Plus tard peut-être, pour remettre le bandage.

— Alors je vais aller nous préparer du jus d'orange. Laisse la porte de la salle de bains ouverte pour que je puisse t'entendre si tu as besoin de quelque chose.

— D'accord, s'empressa-t-il de répondre.

Il était déjà excité et ne voulait pas qu'elle le voie. Mais il avait eu la même réaction à Reno, elle savait déjà quel effet elle avait sur lui.

Il se doucha avec difficulté. De nouveaux bleus marquaient son corps, et le jet d'eau le faisait souffrir. Il avait mal partout. Et, comme il s'en aperçut vite, sortir de la cabine et se sécher n'était pas facile. Les mouvements étaient pénibles pour son corps raide et meurtri. Pourtant, il réussit à regagner le lit, où il s'assit dans le plus simple appareil en attendant de retrouver des forces.

— Matt, tu vas bien ? demanda la voix d'Ellie.

Il eut envie de dire oui. De prétendre qu'il était plus fort qu'il n'en avait l'air. Mais il savait qu'il ne pourrait pas remettre son bandage, et encore moins s'habiller et se chausser seul.

— Oui ! Je m'habille. Ça risque de prendre un peu de temps, je suis plus lent que d'habitude ce matin.

Ellie entra dans la *casita* avec deux grands verres de jus d'orange pressée, les posa sur une table et s'approcha de lui.

— Depuis combien de temps tu es assis ici, tout nu ?

Baissant les yeux, il s'aperçut qu'il n'avait même pas eu l'idée de se couvrir d'une serviette.

— Dix minutes peut-être.

— Tu ne m'as pas appelée pour que je vienne t'aider à t'habiller ?

— Je me refusais peut-être à admettre que j'étais plus faible que je ne croyais, répliqua-t-il, rabattant un pan du drap sur le bas de son corps.

Elle se mit à rire.

— Ah, les hommes ! remarqua-t-elle en se dirigeant vers la porte. Reste où tu es, je vais te chercher des vêtements propres, puis je t'aiderai à t'habiller. Je vais annuler tes rendez-vous de la journée, tu dois la passer assis avec les pieds en hauteur, docteur McClain.

Il aurait voulu protester, mais elle avait raison.

Il était touché par ses attentions et son désir de prendre soin de lui. Triste aussi, car il savait que cette nouvelle intimité n'était que provisoire. Ils partiraient bientôt chacun de leur côté.

Ellie n'avait pas vraiment eu l'intention de passer la nuit dans les bras de Matt, mais l'expérience avait été agréable. Elle s'était réveillée à plusieurs reprises et avait écouté sa respiration forte et régulière, comme à Reno. Après leur première nuit ensemble, elle s'était demandé ce qu'elle ressentirait en s'éveillant chaque matin auprès d'un homme comme lui. Elle imaginait qu'ils paresseraient au lit aussi longtemps que possible, feraient l'amour, se doucheraient ensemble et partiraient travailler…

Cela n'arriverait pas dans la vraie vie, mais leur relation actuelle était plaisante. Et en passant les appels pour annuler ses rendez-vous de la journée, elle ressentait encore la douce plénitude que lui avait laissée leur nuit, et que même ses résultats d'analyse n'arrivaient pas à troubler.

— Tout est sous contrôle au cabinet médical ? demanda Matt quand il vint la rejoindre.

— J'ai appelé tous les patients de ta liste. J'ai parlé directement à trois d'entre eux et laissé des messages à deux. Quant à la visite dans un ranch, je l'ai annulée. J'ai dit au patient que tu le rappellerais dès que tu serais en état de faire la route. Je lui ai précisé qu'il pouvait se rendre à Whipple Creek le cas échéant.

— Une longue journée d'oisiveté m'attend, remarqua-t-il en se laissant choir dans le fauteuil en face de son bureau. Mais il va quand même falloir que j'aille chercher Lucas.

— C'est réglé. J'ai appelé Betty, et elle accepte de le garder ce matin. J'irai le chercher après le déjeuner.

Le moment était venu d'aborder la question des résultats d'analyse.

— Hum, quand je suis passée au dispensaire hier…

Elle lui tendit le document du laboratoire.

Il les étudia un moment puis la regarda.

— Pourquoi tu ne me les as pas montrés hier soir ?

— J'essayais d'accepter la situation. Et tu étais si fatigué, je n'avais pas envie d'en rajouter. Mon taux de relaxine est plus de deux fois la norme, Matt. Ça veut dire que je…

— Je sais, interrompit-il, se levant et contournant le bureau pour l'attirer contre lui. Tu as un risque plus élevé de fausse couche ou d'accouchement prématuré. Mais on va affronter ça ensemble.

Elle aimait se sentir soutenue, elle avait toujours été seule pour régler ses problèmes, cela faisait du bien d'être secondée.

— Comment ?

— D'abord en prenant contact avec une de mes amies spécialisée dans les grossesses à risques. Malheureusement, elle est en Californie. Il t'est difficile de faire un si long voyage tant qu'on ne t'aura pas examinée. Et je ne suis pas qualifié pour le faire. Mais Susie — le Dr Susan Calwell — peut nous orienter dans la bonne direction.

— Et d'ici là ?

— Tu te reposes. Normalement, je te prescrirais un régime sain, mais tu en as déjà un. Il faudra probablement que tu fasses une échographie et plusieurs autres tests. Mais pas de voyage pour le moment. Et pas de travail. En attendant d'en savoir plus, je préférerais t'isoler le plus possible pour t'éviter les rhumes, grippes et autres problèmes de ce genre. Et nous trouver un médecin accoucheur et un hôpital équipé pour un accouchement spécial, s'il faut en arriver là.

Elle s'appuya contre lui.

— À t'entendre, on croirait que je vais rester ici toute la durée de ma grossesse. Mais c'est impossible, Matt.

— Pourquoi ?

— Parce qu'il n'a jamais été dans mes intentions de perturber ta vie. Je devais juste faire l'aller et retour.

— Veiller sur votre bonne santé à toi et au bébé n'est pas un dérangement, Ellie. Qu'arrivera-t-il si tu rentres à Reno ? Y a-t-il quelqu'un là-bas pour t'aider à traverser tout ça ?

— Non, mais je pourrais engager…

— Une nounou ? C'est ce que tu veux ? Une personne payée pour s'occuper de toi, ou quelqu'un qui a vraiment à cœur de prendre soin de toi ?

— Mais je ne veux pas être un fardeau ! Surtout maintenant qu'il pourrait y avoir des complications, répondit-elle en essuyant ses larmes du revers de la main.

— Tu portes mon bébé, Ellie. Veiller sur toi n'est pas une corvée. Je veux le faire. J'ai *besoin* de le faire.

— Et ton retour dans ton unité ? Tu ne peux pas éternellement rester en permission.

— J'avais deux mois de permission, et je vais les prendre. Et j'ai d'autres options sans affecter mon statut. Comme mettre fin à mon contrat et servir le reste de mon engagement comme réserviste. Et à la fin de mon engagement, m'enrôler de nouveau. Du moment que c'est pour une raison familiale légitime, on n'a aucune raison de m'empêcher de réintégrer l'armée le moment venu.

— Tu ferais ça pour moi ? bredouilla-t-elle, bouleversée qu'il soit capable d'un tel sacrifice pour elle. Tu mettrais de côté tout ce que tu aimes pour t'occuper de moi ?

Une partie d'elle espérait qu'il le fasse, mais elle ne s'attendait pas à ce qu'il prenne un tel engagement.

— Bien sûr. Sauf si tu refuses, je veux rester avec toi jusqu'à la fin de ta grossesse.

Mais pas après.

Quand le bébé serait né et que ses hormones retrouveraient

leur fonctionnement normal, aurait-elle encore ces sentiments pour Matt, ou disparaîtraient-ils ?

Elle ne s'attendait pas à craquer comme ça en lui apprenant la nouvelle. Elle pensait rester impassible en l'informant et qu'ils débattraient calmement de la situation. Eh bien, c'était raté. Elle s'était laissé submerger par son émotivité, une vraie épave. Et Matt lui avait été d'un grand soutien.

— Alors, qu'est-ce qu'elle a dit ? demanda anxieusement Ellie quand Matt regagna la *casita* quelques minutes plus tard — les plus longues de sa vie — après s'être entretenu au téléphone avec sa collègue et amie.

— D'abord, tu es en bonne santé, et ça joue en ta faveur. Mais comme tu as déjà un risque de diabète prégestationnel, il faut être très prudent. Et tu dois consulter un spécialiste des grossesses à risques, c'est non négociable. Elle m'en a cité deux, mais l'un est à quatre heures d'ici au nord, et l'autre à quatre heures d'ici au sud. De toute façon, elle déconseille un voyage par la route tant que tu n'auras pas subi un examen. Ce qui veut dire…

— Que je suis dans le pétrin.

— Que tu feras le trajet en hélicoptère. Cruz Montoya, qui a porté ton prélèvement de sang au laboratoire, t'emmènera à l'endroit que tu choisiras.

— Tu lui as parlé ?

Il acquiesça.

— C'est un ancien médecin militaire. Un type bien. Il peut faire le vol demain, et Susie a passé quelques coups de fil pour voir quel spécialiste pouvait te recevoir. Celui d'Arizona est surbooké cette semaine, mais l'autre te casera entre deux rendez-vous par amitié pour Susie. Elles ont fait leurs études de médecine ensemble. D'après Cruz, le vol dure quarante-cinq minutes. Susie trouve ça plus sûr, d'autant que je t'accompagnerai.

— Tu es occupé, objecta-t-elle.

— Mais hyper motivé.

— Mais pas en état de voler, dit-elle calmement. Et tu as pensé à Lucas ?

— Tu ne peux pas y aller seule, Ellie. Et puis, j'en profiterai pour me faire faire une radio des côtes, au cas où.

En dépit de son apparente insouciance, elle savait qu'il était inquiet. Son expression le trahissait.

— Au cas où quoi ? Où je refuse de me faire examiner à la dernière minute et où on serait venus pour rien ?

Il rit doucement.

— Tu as vraiment l'esprit tordu.

— Je tiens ça de ma mère.

— D'abord, tu n'es pas ta mère, et ensuite, tu n'es pas du genre à te montrer soupçonneuse.

— J'exagère peut-être un peu, mais ces nouveaux tests me font peur, même si je sais que je dois les faire.

— Et je serai avec toi, Ellie. N'en doute pas. Quoi qu'il arrive, je resterai avec toi les prochains mois, je te le promets. Quant à Lucas, je vais passer la fin de journée avec lui, et Betty le gardera demain. En attendant, Susie te conseille de limiter tes activités. En cas de fatigue, tu te reposes. Tu peux monter dans la camionnette à condition d'éviter les chemins défoncés. Une marche douce est tolérée si tu n'en fais pas trop.

— On fait la paire, tous les deux, remarqua-t-elle avec découragement. Écoute, Matt, j'apprécie ce que tu fais, et je regrette de te causer tous ces ennuis. Si j'avais su…

— Aurais-tu choisi de *ne pas* me parler du bébé ? demanda-t-il en s'asseyant près d'elle.

— Non. Ça ne m'est jamais venu à l'idée. Ne rien te dire ne me ressemble pas. À ma mère peut-être, à ma grand-mère certainement, mais ce n'est pas mon style.

Il glissa sa main dans la sienne.

— Ce sont des femmes coriaces, mais pas autant que toi.

— Elles sont dures, et je ne veux pas être comme elles. Elles n'aiment pas les hommes. Moi, si… Elles m'ont enseigné qu'une femme forte n'a pas besoin d'un homme. Que quoi qu'elle désire elle peut le réaliser toute seule.

— C'est vrai. Elle peut. Si c'est ce qu'elle souhaite.

— Mais avoir un homme dans sa vie ne rend pas forcément une femme faible ou dépendante. Si c'est le bon.

— C'est pour ça que tu es venue me trouver. Tu espérais que je serais parfait pour élever notre enfant comme un bambin doit l'être ?

— Je suis le sous-produit génétique de ma mère et de ma grand-mère. Deux femmes impitoyables qui ne voulaient pas d'homme. En venant ici, j'espérais que tu élèverais notre bébé, mais je voulais aussi me prouver que je n'étais pas aussi insensible qu'elles, déclara-t-elle, glissant la main sur son ventre en souriant. Elle donne des coups de pied, là…

— Ou *il*, rétorqua Matt en posant une main sur son ventre. Encore un coup de pied énergique.

— Je ne veux pas perdre ce bébé, Matt. Je n'en voulais pas, mais je n'ai aucune envie de faire une fausse couche. Il faut que cet enfant ait le meilleur, même si ce n'est pas moi qui dois le lui donner.

— Nous y veillerons.

Elle l'espérait, car plus cette grossesse se compliquait, moins elle avait envie de la vivre seule. Et Matt était la seule personne qu'elle voulait auprès d'elle. Ces simples mots étaient encourageants, ils lui rendaient l'espoir que tout irait bien. Et elle avait vraiment besoin de ce soutien, car en ce moment, elle n'était pas une dure-à-cuire mais une femme effrayée qui essayait désespérément de ne pas paniquer.

— Puisque je suis autorisée à monter dans la camionnette, si nous allions chercher Lucas pour l'emmener prendre un bon petit déjeuner ? À condition qu'il ne l'ait pas déjà pris chez Betty ?

— Il n'a pas encore déjeuné. Quand j'ai appelé Betty après avoir eu Susie, il dormait encore.

— Alors, je te suggère de te chausser.

— Tu m'aides ? demanda-t-il avec un sourire malicieux.

— Les hommes sont si désarmés, remarqua-t-elle en s'exécutant.

— C'est ta mère qui parle par ta voix, là ?

— Non, c'est moi, en m'efforçant de ne *pas* m'exprimer comme elle. Elle n'est pas un modèle pour moi, Matt. Elle l'a peut-être été autrefois, mais c'est une femme pathétiquement malheureuse, et je ne veux pas finir comme ça. Pendant longtemps, je me suis donné du mal pour ne pas être la fille de ma mère. Ne t'y trompe pas, je l'aime. Mais nous ne sommes pas amies comme peuvent l'être une mère et une fille. Je lui parle à l'occasion, mais on se voit au maximum deux ou trois fois par an alors que nous vivons à quarante kilomètres l'une de l'autre. C'est elle qui le veut ainsi.

— Et ça te convient ?

— Il le faut bien. Bon, si nous y allions ? dit-elle en se dirigeant vers la porte de la *casita*. Je me demande lequel de nous deux est le plus apte à conduire.

— Je suis en état, dit Matt en lui emboîtant le pas avec lenteur.

Elle ouvrit la porte et la lui tint.

— Très bien. Encore faut-il que tu sois capable de monter dans la camionnette.

Il pressa le pas pour la rattraper et glissa un bras autour de sa taille.

— Je suis aussi capable de faire ça, murmura-t-il, l'attirant à lui et lui tendant ses lèvres.

Elle sentit le désir l'embraser et oublia qu'elle devrait s'écarter. Elle en avait trop envie. Trop envie de se laisser emporter par la délicieuse vague de chaleur qui prenait possession d'elle. Les yeux clos, elle voyait le beau visage de Matt dans ses moindres détails. Et elle voulait plus encore.

Elle leva la main pour caresser sa joue, et il lui sourit.

— C'est probablement la pire chose que nous puissions faire, chuchota-t-il d'une voix à peine audible.

Il avait raison, mais elle s'en moquait. Comme elle nouait les bras autour de son cou pour l'attirer à elle, il l'embrassa avec douceur puis se fit de plus en plus passionné, tandis qu'elle se cramponnait à lui comme si sa vie en dépendait. Ses lèvres exigeantes écartèrent les siennes, et elle se pressa contre lui pour mieux savourer le goût de sa bouche.

Mais ça ne pouvait pas durer. Une seconde de plus, et ils ne pourraient plus revenir en arrière.

Alors elle s'écarta, avec son goût sur les lèvres.

— Qu'est-ce qu'on est en train de faire ? dit-elle, haletante.

— Je n'en sais fichtre rien, répliqua Matt, la voix rauque. Sans doute quelque chose qu'on ferait mieux d'éviter.

Mais comment quelque chose d'interdit pouvait être aussi bon ?

— Je crois qu'on devrait aller chercher Lucas avant… Avant que Betty ne lui donne son petit déjeuner.

— Sais-tu depuis combien de temps j'avais envie de faire ça ? demanda-t-il sans bouger. Depuis Reno.

— Mais on ne peut pas revenir à Reno, remarqua-t-elle tristement. C'était une autre vie. Deux autres personnes.

— Tu en es sûre ? dit Matt en l'entraînant vers la camionnette.

Non, elle n'en était pas sûre. Et plus elle voyait Matt, moins elle en avait la certitude.

8.

Pendant le trajet de retour à la maison, Lucas s'agita beaucoup, donnant des coups de pied et gigotant à qui mieux mieux au point de s'arracher à son siège, comme si le pancake qu'il avait mangé au petit déjeuner avait décuplé son énergie.

Aucun argument n'arrivant à le calmer, Matt s'arrêta sur le bas-côté de la route et descendit du véhicule pour aller voir s'il n'y avait pas un problème. Mais tout allait bien. Simplement, d'humeur joyeuse, Lucas s'amusait et gloussait en y mettant tout son cœur.

— Tu crois qu'il a compris quand Betty a parlé de cette balade à poney ? demanda Matt, vérifiant qu'il était bien attaché sur son siège. Il était là quand elle a dit qu'elle l'emmènerait au ranch de son frère.

— J'ignore ce que comprend un bout de chou de cet âge, rétorqua Ellie, je n'ai aucune expérience des enfants. C'est la première fois que je côtoie un bambin d'aussi près, alors je suis mal placée pour te répondre. Tout ce que je peux dire, c'est qu'il semble ravi. Betty lui a peut-être expliqué en quoi ça consistait, et il est excité à cette perspective.

— C'est ça, Lucas ? demanda Matt.

Le garçonnet ne répondit pas, bien sûr, mais il remarqua que ses yeux brillaient davantage.

— Tu as hâte de faire du poney ?

Pour toute réponse, Lucas se tortilla pour essayer de quitter son siège.

— Eh bien, dès qu'on aura ramené Ellie à la maison, on verra ce qu'on peut faire, déclara Matt.

Il ferma la portière, reprit sa place au volant, et soupira.

— Je suis vanné, admit-il, s'adossant à l'appuie-tête. J'ignorais que si peu de mouvements pouvaient occasionner autant de fatigue.

— Mais tu es parti pour être papa. C'est une bonne chose, Matt. Lucas a besoin de quelqu'un pour qui il compte en priorité.

— Je crains de ne pas être le meilleur des pères aujourd'hui.

Ellie lui caressa l'épaule.

— Si tu es avec lui, sa journée sera belle.

— Déclare la femme qui ne connaît rien aux enfants.

— Déclare la femme qui n'a pas eu de père, rectifia-t-elle.

Il la considéra avec sympathie et vit du chagrin dans son regard.

Il comprenait cette souffrance. Il la ressentait aussi profondément qu'elle. Sur bien des plans, ils étaient pareils, et il trouvait agréable d'échanger avec quelqu'un totalement en phase avec lui et Lucas. D'une certaine façon, ils formaient une famille, tous trois ayant été abandonnés dans l'enfance, sans personne qui tienne vraiment à eux.

Plus jeune, il aspirait à fonder une famille. Lorsqu'il traînait dans les rues, il lui arrivait parfois de s'arrêter devant une jolie maison et de rester planté là à s'imaginer à l'intérieur, faisant partie de la famille. Mais il finissait immanquablement par regagner le mobile home sordide du moment, parfaitement lucide quant à ce qu'il était en droit d'attendre : à *rien*. Voilà à quoi se résumaient alors ses perspectives de vie. C'était dur de grandir ainsi, parce que rien, c'était toujours rien, qu'on soit riche ou pauvre.

Lucas ne connaîtrait pas cela. Il serait heureux, quoi qu'il en coûte. Cependant, entre lui, Ellie et le bébé à naître, Matt commençait à aspirer à ce quelque chose qui lui avait toujours été refusé.

— Bien, je te ramène à la maison avant d'emmener Lucas faire cette promenade à poney, dit-il en reprenant la route.

— Si je peux vous regarder en restant assise, j'aimerais vous accompagner, répondit Ellie.

Les yeux sur la route, il sourit.

Encore un moment d'illusion ? Il pouvait faire face. Car passer du temps avec Ellie devenait une habitude. Une habitude très agréable à laquelle il commençait à devenir accro.

Confortablement installée sur une chaise sous un arbre, Ellie regardait Bert Connors promener le poney en longe autour de l'enclos, monté par Matt qui tenait fermement Lucas solidement attaché sur la selle.

Matt semblait à l'agonie, mais pas question pour lui de gâcher le plaisir de Lucas. L'intérêt du garçonnet passait en priorité, encore une chose qu'elle appréciait chez lui. Elle voulait désespérément qu'il élève leur enfant. Maintenant, elle n'imaginait même pas que quelqu'un d'autre puisse le faire. Elle *ne voulait pas* que quelqu'un d'autre s'en charge. Mais elle ne devait plus penser à ça. Elle n'avait pas le cœur à perturber davantage sa vie.

Pourtant, un nouveau plan s'esquissait dans sa tête, un plan qui tentait de s'imposer avec la même force qu'elle essayait de l'étouffer dans l'œuf. Elle prétendait l'ignorer, imaginer l'avenir exactement avant Reno. Mais cette vision commençait sérieusement à brouiller le reste dans sa tête.

— Vous voulez de la citronnade ? proposa Francine Connors, l'épouse de Bert, en lui tendant un verre. Je viens juste de la faire.

— Avec grand plaisir.

Comme elle se penchait légèrement pour prendre le verre, une douleur fulgurante lui poignarda le dos, lui arrachant un cri étouffé.

— Vous allez bien ? demanda Francine.

Ellie s'adossa à sa chaise dans l'espoir que la douleur disparaîtrait, mais elle devint si intolérable qu'elle se plia en deux et tomba de son siège.

— Appelez… Matt, haleta-t-elle, n'osant plus bouger.

Ce n'était pas possible ! Elle savait que ce genre de choses se produisait, mais elle n'avait jamais pensé que ça pourrait lui arriver. Perdre le bébé… Les larmes se mirent à ruisseler sur son visage pour se perdre dans la poussière du sol.

— Ellie !

S'agenouillant devant elle, Matt lui prit le pouls et la tourna vers lui pour scruter son visage.

— Fais que ça n'arrive pas, le supplia-t-elle en sanglotant. Je t'en prie, Matt, fais que ça n'arrive pas…

Il jeta un coup d'œil à Bert qui s'occupait de Lucas et la souleva dans ses bras.

— On peut la porter à l'intérieur, docteur, proposa Francine. L'allonger sur un lit.

— Je ne veux pas la déplacer pour le moment. Pouvez-vous courir chercher ma trousse médicale à l'arrière de ma camionnette ?

Une fois la mallette en main, il en sortit son stéthoscope. Pendant qu'elle pleurait en silence, il écouta son cœur puis promena le capteur sur son ventre et poussa un juron.

— L'appareil est inadéquat pour écouter le cœur du bébé. Nous devons t'emmener à l'hôpital. Francine, vous connaissez Cruz Montoya ?

— Bien sûr. Tout le monde le connaît.

— Pouvez-vous l'appeler pour lui dire que j'ai une urgence, et qu'il faut conduire une patiente à l'hôpital le plus tôt possible dans son hélicoptère ?

Il baissa les yeux vers elle.

— Dites-lui « immédiatement », ajouta-t-il en tendant son téléphone à Francine.

Pendant que Francine téléphonait, il prit à Ellie sa tension artérielle.

— Elle est élevée ? demanda-t-elle.

— Pas tant que ça. Elle est à la limite supérieure de la norme, et ça peut venir du stress. Comment est la douleur ?

— Au début j'avais comme des coups de poignard.

— Et maintenant ?

— J'ai moins mal.

— C'est différent de ce que tu as déjà ressenti ?

— Je ne sais pas, admit-elle, contente qu'il soit là, qu'il la touche, même si c'était pour l'examiner. Pourquoi ?

— Il y a des douleurs différentes associées à une grossesse. J'essaie de déterminer ce qu'il se passe chez toi.

— Tu veux dire que ça pourrait ne pas être…

— Je l'ignore, Ellie, coupa-t-il, se penchant pour l'embrasser sur le front et l'attirer contre lui. Je ne sais vraiment pas…

— Cruz arrive, annonça Francine. Il atterrira dans le pré derrière la maison. Pour la porter là-bas, il vous fait dire qu'il a un brancard.

Matt hocha la tête et regarda Francine.

— Lucas…

— Ne vous inquiétez pas pour lui. J'ai six petits-enfants. J'ai l'habitude des bambins.

— Merci… J'ai vécu ici quand j'étais gosse, et je ne me rappelle pas que les gens aient été aussi bienveillants.

— Je me souviens de vous enfant, remarqua Francine. Je ne vous connaissais pas personnellement, mais tout le monde dans le coin savait que la vie était dure pour vous. Je suis contente que vous ayez réussi à vous en sortir.

Comme il acquiesçait en silence, le grondement d'un hélicoptère attira leur attention.

— Ellie, ça va peut-être être un peu dur, mais je serai avec toi et prendrai soin de toi. Je ne veux pas que tu bouges si tu n'y es pas obligée. Cruz et moi ferons tout le travail, il faut juste que tu te détendes.

— Me détendre ? dit-elle en grimaçant un sourire. Les médecins et leurs attentes irréalistes…

La douleur se calmait, mais pas l'angoisse. Jamais elle n'avait éprouvé une telle peur de toute sa vie. Mais Matt était là, et elle savait qu'il l'accompagnerait jusqu'au bout. Elle pouvait compter sur lui. Elle avait besoin de lui comme elle n'avait jamais eu besoin de personne.

Cruz Montoya arriva en courant avec un vieux brancard de l'armée sous le bras. C'était un homme grand et séduisant aux cheveux striés de gris. Il s'agenouilla près d'elle et lui prit le pouls d'un geste machinal.

— Elle souffre d'un déséquilibre hormonal qui pourrait causer une fausse couche, expliqua Matt. C'est pour ça que j'avais demandé qu'elle soit héliportée à l'hôpital demain, mais la douleur de dos dont elle souffre en ce moment est un symptôme à ne pas prendre à la légère. Je ne veux pas qu'elle bouge.

— Bien, répondit Cruz, dépliant la vieille civière de toile. Dites-moi comment vous voulez procéder, et nous la déplacerons ensemble. Au fait, je m'appelle Cruz, dit-il en souriant à Ellie. Excursions guidées au paradis et ambulance aérienne à l'occasion !

Cruz plaisait à Matt. Il semblait sûr de lui, compétent. Il ne l'avait rencontré qu'une fois, quand il lui avait confié les prélèvements sanguins d'Ellie, mais cela lui avait suffi pour deviner que c'était un homme efficace. Du moins l'espérait-il, car aujourd'hui, il allait lui confier Ellie.

— Roulons-la doucement sur le côté, glissons une partie du brancard sous elle, et soulevons-la pour l'étendre dessus.

— Très bien, acquiesça Cruz. C'est comme ça que je procède toujours.

— Vous avez servi dans des zones de combat ? demanda Ellie tandis que Matt la poussait délicatement sur le côté.

— Oui. J'ai été envoyé en Afghanistan la première fois, puis affecté dans la région de Bagdad durant une période.

— Je m'étonne qu'on ne se soit pas rencontrés, remarqua Matt en aidant Ellie à s'installer confortablement pour le transport. J'ai été en poste à Ramadi quelque temps, et j'ai aussi fait un séjour en Afghanistan.

— J'évacuais les démineurs blessés. On les emmenait à Bagram, d'où on les convoyait vers les hôpitaux spécialisés.

Matt se sentait proche de Cruz. Ils avaient partagé la même guerre, vu les mêmes victimes. Et tous deux avaient échoué à Forgeburn.

— Eh bien, maintenant, nous devons procéder à l'évacuation d'Ellie.

— Prenez les pieds, je prendrai la tête, rétorqua Cruz en souriant. Une superstition qui m'a été transmise par mon père. Il participait à des sauvetages en hélicoptère pendant l'opération « Tempête du Désert », et chaque fois qu'il prenait la tête d'un brancard, tout se passait bien. Il n'y a pas de raison pour que je ne respecte pas la tradition familiale.

— J'espère que vous avez raison, observa Matt tandis qu'ils portaient la civière vers l'hélicoptère.

Comme ils passaient à côté du corral, il fit signe à Lucas qui observait la scène depuis la clôture en compagnie de Bert.

— Je reviens dans un petit moment, lui cria-t-il.

Lucas agita la main.

— Au *voi*, papa.

— Matt…, chuchota Ellie.

Ravalant les larmes qui lui montaient aux yeux, Matt hocha la tête, réprimant un juron.

Bon sang. Son bébé était en danger, Ellie aussi, et Lucas l'appelait papa. Qu'allait-il faire ? *Que diable* allait-il faire ?

Ellie, assise sur la table d'examen en chemise d'hôpital, était suspendue aux lèvres du Dr Anita Gupta, laquelle arborait un sourire rassurant.

— La bonne nouvelle, c'est que nous n'allons pas vous garder. Rien n'indique que vous êtes sur le point de faire une fausse couche. Je penche pour un diagnostic de spasmes musculaires sévères. La mauvaise, c'est que, comme l'a préconisé Susie Caldwell, vous devrez voir un spécialiste en périnatalogie comme moi-même — vous avez toute latitude pour choisir qui vous voudrez — toutes les trois semaines jusqu'à la fin de votre grossesse, voire plus souvent en cas de problèmes de ce genre. Et vous devez impérativement vous reposer. Je sais qu'on vous l'a déjà dit, mais moins vous en ferez, mieux vous vous porterez, votre bébé et vous.

— Mais tout est normal avec le bébé ? demanda Matt.

Il se tenait derrière Ellie, la main posée sur son épaule pour lui témoigner son soutien.

— Nous n'avons pas fait tous les tests spécifiques, qui n'étaient pas indiqués en l'occurrence, mais ce que nous avons observé laisse penser que tout va bien. Et je connais le sexe de votre bébé, si ça vous intéresse.

Ellie tourna la tête vers Matt.

— Qu'en dis-tu ?

— Bien sûr.

Il affectait un air détaché, mais il était tout sauf détendu. Sa nervosité l'avait empêché de vérifier le sexe de l'enfant quand il avait examiné l'échographie d'Ellie.

Le Dr Gupta attendit l'approbation d'Ellie et afficha un grand sourire.

— C'est un garçon.

Matt sentit ses yeux s'agrandir démesurément.

— Je vais avoir un fils ?

Le savoir maintenant conférait au bébé une réalité nouvelle. Il s'agissait de *son* fils, et soudain, l'idée de devenir père lui causait un choc.

— Oui, docteur McClain. De taille normale, il n'y a pas de problème dans le développement fœtal, pour autant qu'on puisse en juger.

Matt était abasourdi que son bébé ait désormais une identité. Mais il remarqua qu'Ellie ne réagissait pas. Non seulement son visage était sans expression, mais il y décela une froideur nouvelle.

Se fermait-elle à cette révélation pour ne pas trop s'impliquer personnellement ?

— Dix doigts, dix orteils ? demanda-t-il.

Il se préoccupait des sentiments d'Ellie, mais c'était plus fort que lui, il avait envie d'avoir des détails.

— Absolument, répliqua le Dr Gupta d'un ton léger.

Elle se tourna vers Ellie pour lui donner ses recommandations.

— Malgré votre grossesse à risques, je préfère vous laisser vivre normalement avec certaines restrictions, au lieu de vous imposer de rester alitée jusqu'à la fin de votre grossesse. Vous en êtes encore loin, et il faut que ça reste ainsi. Compte tenu de vos douleurs lombaires, du stress du voyage en hélicoptère et de votre angoisse d'une fausse couche, je veux que vous limitiez vos activités une fois rentrée chez le Dr McClain. Vous pourrez conduire sur de courtes distances, faire des marches faciles et vaquer à des tâches normales à condition qu'elles ne vous fatiguent pas et n'entraînent pas de douleurs de dos. Alors, s'il vous plaît, faites preuve de bon sens. Ne portez pas de poids supérieur à deux kilos, évitez les escaliers autant que possible, et ne courez pas. Oh ! et pas de longs trajets au volant d'une voiture.

— Et mon travail ? interrogea Ellie.

— Si vous êtes un bourreau de travail, eh bien, il faut que ça cesse. Je vous limite à quatre heures par jour à condition de rester à la maison. Ou chez le Dr McClain si c'est là que vous résidez. Au cas où vous rentreriez à Reno, je vous mettrais en rapport avec un médecin du coin, qui vous imposera probablement les mêmes restrictions en vous interdisant de travailler à votre bureau. Je veux que vous ayez une grossesse facile et sans risque, Ellie, et que votre fils naisse heureux et en bonne santé.

Matt opina.

Au moins, le Dr Gupta donnait quelques options à Ellie, il n'en espérait pas tant. Mais bien sûr, ses espoirs étaient des attentes de père, pas de médecin. Pour le moment, il ne savait pas ce que ressentait Ellie, mais elle serait sûrement contente de ne pas être obligée de garder le lit après cet épisode, car c'était la personne la plus déterminée et résiliente qu'il connaisse.

— Alors, on peut regagner Forgeburn ? demanda-t-il, sortant déjà son téléphone pour envoyer un texto à Cruz en vue du retour.

— Rien ne s'y oppose, à moins qu'Ellie ne se sente pas prête. Elle peut passer la nuit ici pour se reposer.

— Je vais bien, dit l'intéressée. Et je préfère me reposer dans la *casita* chez Matt.

Le Dr Gupta lui tendit la main.

— J'ai été enchantée de vous rencontrer, Ellie. Je serai heureuse de vous voir pour des visites régulières si vous me prenez comme spécialiste. Dans le cas contraire, je vous confierai à un collègue de Reno très compétent. Quoi qu'il en soit, faites-moi part de votre choix.

— J'apprécie, merci beaucoup, bredouilla Ellie avec un sourire un peu forcé.

— Docteur McClain, reprit la spécialiste en tendant la main à Matt, j'admire le genre de centre médical que vous dirigez à Forgeburn. Ça ne doit pas être facile, et je ne voudrais pas être à votre place, alors je vous souhaite bonne chance. Si vous êtes confronté à l'avenir à une nouvelle grossesse à hauts risques, je me ferai un plaisir de suivre la patiente. Et si vous avez besoin de n'importe quel spécialiste, n'hésitez pas à m'appeler. Je serai ravie de vous mettre en rapport avec la bonne personne.

— Merci, répondit Matt.

Il préféra ne pas mentionner que son séjour à Forgeburn était limité dans le temps. Cela ne changerait rien, et cette pensée lui était de plus en plus pénible.

— Je vous envoie l'infirmière pour vous aider à vous rhabiller, Ellie, puis vous pourrez partir. Surtout, appelez-moi si vous avez une préoccupation.

Ellie hocha la tête en silence. Descendant de la table d'examen, elle se glissa derrière le paravent sans attendre l'infirmière et reparut quelques instants plus tard tout habillée. Se dirigeant vers la porte, elle passa devant Matt sans le regarder, sans un mot. Comme s'ils étaient deux étrangers.

— Lucas va être content de nous voir, remarqua-t-il, parlant délibérément d'autre chose.

Elle se contenta d'acquiescer sans ralentir.

Il lui emboîta le pas. Sans trop savoir s'il devait fermer la marche ou cheminer à côté d'elle, il choisit cette dernière option et lui prit le bras. Contre toute attente, elle ne le repoussa pas et l'accompagna pendant les formalités de sortie, jusqu'au taxi qui devait les ramener au petit aérodrome.

— Tu vas bien ? demanda-t-il alors qu'ils roulaient vers leur destination et que les kilomètres défilaient au compteur.

— Je ne sais pas. Cette journée a été… difficile, et je me sens très isolée.

— À cause de Forgeburn ?

— Non. C'est moi. J'ai l'impression d'évoluer dans un brouillard. Rien ne se passe comme il faudrait, et je n'ai pas de solution simple pour régler le problème. Surtout maintenant que je sais que je porte un garçon. L'entendre dire par le Dr Gupta a rendu la chose si… si réelle.

Elle soupira et nicha sa tête au creux de son épaule.

— Je me révèle beaucoup moins forte que je ne croyais, et c'est dur.

Il l'attira contre lui, savourant ce doux contact.

— Je crois que je sais ce que tu ressens. Une fois, lors d'une mission, j'ai dû accompagner l'équipe médicale sur un site pilonné par les tirs ennemis. J'avais dans l'hôpital un ami, Carter Holmes, un autre chirurgien sur lequel j'ai toujours pu compter. Il n'était pas censé venir avec nous, mais à la dernière minute il a sauté dans le camion, prétendant ne pas vouloir que j'affronte ça tout seul. Nous étions brinquebalés sur une route défoncée par les nids-de-poule causés par les bombardements. Carter a eu envie de vomir et a demandé au chauffeur de s'arrêter. Il a sauté du camion, et je l'ai suivi pour m'assurer qu'il allait bien. Alors que nous étions dehors, notre véhicule a été touché par un obus, et tous ses occupants ont été tués. Nous n'avons rien pu faire pour eux…

Il se tut un moment et prit une profonde inspiration avant de poursuivre son récit.

— Ensuite, nous avons été pris pour cibles. On est des médecins, pas des soldats, et on s'est retrouvés au beau milieu de tirs d'artillerie. Comme on cherchait désespérément où se cacher, j'ai vu un trou sous des rochers, et nous avons rampé dedans.

Il poussa un soupir.

— On est restés là presque trente-six heures… Pendant deux jours interminables, les fusillades, les explosions, les tirs n'ont pas cessé, et nous étions coincés sous ces rochers, sans matériel médical, rongés par l'impuissance. C'était un cauchemar de savoir que tout près des soldats avaient peut-être besoin de nous et que nous ne pouvions rien pour eux. Nous nous rongions les sangs. Et ce vacarme…

Matt se sentait ailleurs, revivant chaque instant de cette terrifiante expérience.

— C'était plus facile pour moi, car j'avais passé mon enfance à me cacher de mon père. Je m'étais parfois terré dans les pires trous à rat. Mais la situation est vite devenue insupportable pour Carter. Il a commencé à avoir des tics nerveux. Il ne tenait plus en place. Il se tordait les mains, puis il s'est mis à divaguer, et il a fini par pousser des hurlements.

Matt fit une nouvelle pause, l'évocation devenant par trop pénible. Puis il reprit le fil de son histoire.

— Je n'avais aucun médicament, aucun moyen de le calmer. Je ne pouvais que lui parler, mais il finissait par ne plus entendre ce que je disais… Bref, à un moment donné, il s'est redressé et a jailli du trou pour courir droit vers les tirs ennemis. Il a pris une balle et a été touché au rein droit. Il gisait par terre, hurlant de douleur. Dès que j'ai pu, je suis sorti de ma cachette pour le traîner vers les rochers, en priant pour qu'on ne soit pas repérés. Mais je ne pouvais rien pour soulager mon vieux pote mourant, sinon lui parler pour le rassurer. Et c'est ce que j'ai fait jusqu'à notre évacuation, terrifié à l'idée qu'il mourrait si je me taisais…

Il soupira.

— Je me sentais si seul, Ellie ! Rien ne s'était passé comme prévu. Nous étions sortis pour une mission de routine, et tout avait dérapé… Alors, je sais ce que tu ressens. J'ai connu cette même hébétude, piégé dans une situation que j'étais incapable de résoudre alors que, comme toi, j'avais l'habitude de réparer les choses.

Il la dévisagea longuement.

— Actuellement tu es blessée. Pas comme Carter, mais c'est comparable. Tout ce que je peux faire pour toi, c'est te parler et prendre soin de toi de la seule façon que je connaisse. Et t'écouter, si tu as envie de te confier. C'est une situation inconfortable pour tous les deux, mais on est ensemble. Alors ne me repousse pas. Je t'aiderai à t'en sortir, comme je l'ai fait avec Carter.

— Il a survécu ? demanda Ellie en reniflant.

Matt essuya les larmes qui lui mouillaient les joues.

Il avait été terrifié dans ce trou, mais pas autant que maintenant. Parce que ce bébé devait vivre. Son enfant. Un enfant qu'il aimait comme lui-même n'avait jamais été aimé. Et puis, il y avait Ellie.

— Oui, il a survécu. Mais c'est encore très dur pour lui. Les survivants ont tous besoin de quelqu'un pour les aider à traverser une telle épreuve. Carter a une épouse qui est forte et qui lui porte un amour inconditionnel. Toi et moi, eh bien, nous sommes tous les deux.

— Il s'agit de moi, Matt ? Ou seulement du bébé ?

— Des deux. Tu dois rester là pour que je puisse m'occuper de toi. Tu as autant besoin de mon soutien que moi de t'épauler.

Cependant il ne pouvait pas lui dire qu'il l'aimait, qu'il était peut-être même tombé amoureux d'elle à Reno, parce qu'il n'y avait pas d'issue à cet amour et que cela la stresserait encore davantage. Il n'était plus question de leur métier, mais d'eux-mêmes. Avec Ellie et le bébé en danger, il ne pensait plus qu'à la soutenir et à lui épargner tout le stress possible. Plus tard, après la naissance du bébé, Dieu seul savait ce qu'il se passerait.

Mais pour l'instant, Ellie était inaccessible. Même blottie contre lui, elle était réservée, distante.

Avec un soupir, il s'adossa à son siège et ferma les yeux.

— Je voudrais que tu restes, mais le choix t'appartient, Ellie. Si tu rentres à Reno, je te suivrai.

Ils n'échangèrent plus un mot jusqu'au petit aérodrome.

— Je veux rester, dit-elle alors. Je le voulais avant même de venir ici.

Il poussa un ouf silencieux et remercia Dieu.

Cependant, le problème demeurait entier. Qu'allaient-ils faire au sujet de leur fils ?

Ellie se sentait soulagée, épuisée, et en même temps elle s'inquiétait. Elle avait fait un grand pas. Pas parce qu'elle ne pouvait pas gérer seule sa grossesse compliquée, mais simplement parce qu'elle admettait avoir besoin de s'appuyer sur quelqu'un. Matt.

Avec lui, elle se sentait en sécurité et arrivait même à croire que tout finirait par s'arranger. C'était une situation inédite pour elle, et elle trouvait agréable d'affronter cette épreuve avec quelqu'un qui soit fort quand elle faiblissait et bienveillant quand elle en avait besoin. Et elle en avait besoin.

Est-ce qu'elle l'aimait ? Elle en était presque sûre. Il ne lui avait pas fallu longtemps pour craquer. Bien sûr, c'était une situation impossible, mais elle avait le temps d'y réfléchir maintenant qu'elle avait décidé de rester. Ce délai supplémentaire leur serait-il bénéfique ? Elle l'ignorait. En fait, elle ne savait pas ce que Matt éprouvait vraiment pour elle. Il lui témoignait de l'affection, il trouvait les bons mots, agissait comme il convenait, mais était-il sincère ou agissait-il par devoir ? Car s'il était sincère…

— Qu'en est-il de ta réintégration dans l'armée ? demanda-t-elle en s'allongeant avec son aide sur le lit de la *casita*. Y as-tu pensé ?

— Tu n'as pas à t'inquiéter pour ça. Je suis bien considéré par mes supérieurs, je n'aurai pas de problèmes si je change mes plans.

— Je ne veux pas être un frein à ta carrière, objecta-t-elle, s'abandonnant avec lassitude contre les oreillers.

— Tu ne l'es pas, rétorqua-t-il.

Il s'assit au bord du lit, prit sa main et la caressa doucement.

— La seule chose dont tu doives te préoccuper, c'est de prendre soin de toi.

— Mais je me soucie de toi, Matt. Je t'ai détourné de tes projets. Quand tes collègues m'ont dit que tu étais rentré chez toi, j'ai cru… Si j'avais su que tu appartenais encore au service actif, je ne t'aurais pas demandé d'élever le bébé. Il m'aurait paru évident que tu ne le pouvais pas.

— C'est notre fils, Ellie. Ce bébé est *notre fils.*

Elle s'en rendait compte, mais le formuler à voix haute lui brisait le cœur, car dès qu'elle avait su qu'il s'agissait d'un garçon, elle lui avait donné un prénom : Matthew, comme son père. Et elle avait imaginé le petit Matthew grandissant avec son frère Lucas et ses deux parents. Une vraie famille.

— Je sais qu'on doit parler de ça, Matt, mais je suis tellement fatiguée… Demain peut-être ?

— Ça me va, car je dois récupérer Lucas. Il faut que je passe du temps avec lui. Surtout maintenant que…

— Maintenant qu'il t'a appelé papa ?

Matt secoua la tête.

— Je ne sais pas comment réagir, admit-il.

— Peut-être est-il préférable que tu laisses faire les choses, dit-elle tandis que l'image de leur petite famille revenait la hanter.

— En tout cas, Lucas doit rentrer à la maison, alors…

Il se pencha pour déposer un baiser sur son front, mais elle l'attrapa par le cou pour l'attirer vers sa bouche.

Elle avait envie de ce baiser. C'était une mauvaise idée qui ne mènerait à rien, mais elle ne pensait plus qu'à ça, et elle était du genre déterminé. Elle voulait voir la réaction de Matt.

Il s'écarta doucement.

— Ça, c'est facile, Ellie. Trop facile. C'est pourquoi il ne faut pas… Écoute, je reviens dans un moment. Tu as besoin de quelque chose avant que je ne m'en aille ?

Oh oui ! Mais, contrairement à ce baiser, il ne pouvait pas le lui donner.

— La journée sera courte, annonça Matt le lendemain matin en pénétrant dans la cuisine.

Assise à la table, Ellie aidait Lucas à manger son petit déjeuner.

— Pas de visite dans des ranchs, juste quelques rendez-vous au centre médical, précisa-t-il. Si des touristes se présentent ou si j'ai un appel urgent, je pourrais être retardé, mais si tout se passe bien, je devrais rentrer avec Lucas juste après le déjeuner.

Il avait du mal à regarder Ellie en face après l'avoir repoussée la veille. Mais il le fallait, car jouer avec leurs émotions ne les menait nulle part. Il s'inquiétait pour elle. Elle n'avait pas besoin de ce genre de tension, et il lui incombait de veiller à ce que leur relation ne fasse pas de vagues. Pour le bien d'Ellie… Et pour le sien aussi.

— Et tu emmènes Lucas avec toi ?

Il rit doucement et tapota la tête de l'enfant.

— Nous les hommes, nous avons besoin de passer du temps ensemble, et comme Betty est allée voir sa sœur…

— Je peux le garder.

— Ou te reposer. D'ailleurs, il est trop lourd pour que tu le portes. Alors, pour l'instant, ce petit *hombre* reste avec moi.

— Tu as sans doute raison. Mais on pourrait prévoir un plan B au cas où tu serais coincé.

— J'apprécie ta proposition, mais il s'est attaché à moi, et ça va déjà être dur pour lui au moment de la séparation. Je ne veux pas qu'il souffre aussi à cause de toi.

Il se détestait de parler ainsi, mais Ellie n'offrait aucune stabilité sur laquelle fonder des espoirs, des rêves ou des attentes. Et il n'avait pas le droit d'exposer Lucas à un surcroît de chagrin. Il serait le seul à briser le cœur du petit garçon, ce qui le rendait déjà malade.

— Bon, conclut-il, prenant l'enfant par la main et se dirigeant vers la porte d'entrée. Si tu as repris des forces quand on aura fini, je t'emmènerai déjeuner au nouveau centre touristique à quelques kilomètres d'ici. Je veux faire la connaissance du directeur. Si tu as envie de venir…

— Peut-être, répondit Ellie d'une voix blanche. Appelle-moi avant de prendre la route, je ne tiens pas à ce que tu te déplaces pour rien si je ne me sens pas d'attaque.

Il n'aurait pas voulu la quitter là-dessus, mais il le fallait. Actuellement, pour concilier les intérêts de tous, il n'avait d'autre choix que les cloisonner. En priant pour que la situation s'améliore.

Ellie ouvrit son ordinateur portable en refoulant ses larmes.

Matt l'avait blessée en refusant de lui confier Lucas. Elle comprenait ses raisons, mais cela n'atténuait pas sa peine pour autant. Il l'avait déjà repoussée la veille, ce qui était compréhensible. Une évidence s'imposait à elle : il comptait prendre ses distances et retrouver sa vie, il n'en avait d'ailleurs jamais fait mystère.

En voyant évoluer ses sentiments vis-à-vis du bébé, elle avait espéré qu'il en irait de même pour Matt, mais elle s'était trompée. Et voilà qu'elle se retrouvait avec de nouveaux sentiments et une perspective différente de la vie.

Elle voulait garder son bébé — une idée qui faisait son chemin dans sa tête depuis qu'elle se savait enceinte — même si elle n'avait pas eu le courage de l'admettre au début.

Ce serait dur en étant seule, mais dès le premier petit coup de pied dans son ventre, elle avait pris sa décision. Elle voulait l'élever, le voir grandir et devenir comme son père. Et elle le ferait. Elle n'était pas comme sa mère, elle était capable de satisfaire les besoins de son enfant tout en travaillant.

Elle aimait cet enfant de tout son cœur. C'est pourquoi l'avortement n'avait jamais été une option, et pourquoi elle était si prudente dans ses choix maintenant qu'elle le savait en danger. Matt aussi sûrement… Ou pas. Peut-être avait-elle juste envie de le voir ainsi ?

Quoi qu'il en soit, personne n'adopterait ce bébé. En fait, elle envisageait même d'adopter un autre enfant. Peut-être ne formeraient-ils pas une famille de quatre personnes comme elle en rêvait, mais une famille de trois membres, c'était déjà très bien. Elle, bébé Matthew, et Lucas. Ainsi, Matt pourrait reprendre le cours normal de sa vie.

— Tu sais quoi, Matthew ? murmura-t-elle, la main sur son ventre. On sera toujours ensemble, tous les trois.

Au lieu de la rasséréner, cette promesse ne fit qu'accroître sa tristesse. Car Matt figurait toujours en bonne place dans l'image qu'elle avait de la famille idéale, et dans son cœur aussi. Hélas, la réalité était tout autre, et cela faisait très mal.

9.

La situation pesait à Matt. Pas à cause de son travail, ni même de Forgeburn, car l'éloignement avait modifié sa perception des lieux, même s'il avait des réserves et n'oubliait pas que, à une époque, il avait haï cet endroit.

Son indécision lui faisait horreur. Il voulait élever son fils et Lucas, mais il doutait d'être à la hauteur, miné par la peur viscérale de devenir comme son père.

Ellie et lui avaient été élevés par des parents indignes, cela aurait dû les rapprocher, mais il n'avait pas cette impression. Et il y avait maintenant deux bambins dans la balance.

— Bien, monsieur Albright, je vais écouter vos poumons.

Il déplaça son stéthoscope sur la poitrine du vieillard et entendit le sifflement bilatéral prévisible chez quelqu'un qui fumait trois paquets par jour.

— Vous faites toujours de l'emphysème. Comme vous l'a dit mon prédécesseur, vous devez arrêter de fumer.

— Je veux une bouteille d'oxygène, comme les gens de la ville.

— Je ne peux pas vous prescrire de l'oxygène tant que vous fumez. L'oxygène favorise la combustion, et si vous fumez quand vous portez votre canule, vous pouvez vous embraser. Renoncez à la cigarette, et vous aurez votre oxygène.

L'homme avait les mains tremblotantes. S'il avait sa canule et manquait son but en allumant une cigarette, Matt n'osait pas imaginer ce qu'il se passerait. Il avait soigné trop de grands brûlés en zone de guerre. C'était abominable, et dans son état de faiblesse, M. Albright n'y survivrait pas.

— Prenez votre traitement en aérosol et réduisez les cigarettes.

Si vous n'y arrivez pas et que votre souffle se dégrade, il faudra peut-être envisager un séjour dans un centre de rééducation où vous ne serez pas autorisé à fumer et où on vous donnera l'oxygène dont vous avez besoin.

— Je n'irai pas, docteur. Vous ne pouvez pas me forcer. Et ces aérosols… Je ne les fais plus depuis des mois. Ça ne sert à rien. Comme vous d'ailleurs…

Le vieillard prit une inspiration et, secoué d'une quinte de toux, descendit maladroitement de la table d'examen.

Matt ne répondit pas. Il ouvrit la porte de la salle et regarda sortir M. Albright.

Certaines personnes ne voulaient simplement pas être soignées, songea-t-il en regagnant son bureau pour compléter le dossier du patient.

James Albright, emphysème avancé. Gros fumeur — trois paquets par jour. Sifflement bilatéral sévère. Doigts en baguette de tambour. Légère cyanose des ongles et des lèvres. Risques : complications cardiaques, pneumothorax, vésicules. Possibles signes de confusion mentale. Ne prend pas ses traitements d'aérosols et refuse d'arrêter de fumer. N'autorise pas l'oxygène pour cause de faiblesse et risque important de brûlure ; recommande séjour de longue durée dans centre de soins. Refus du patient.

— Vieil entêté, grommela-t-il.

Il ferma le dossier Albright et jeta un coup d'œil à Lucas qui s'amusait dans la salle de jeux.

— Je reviens tout de suite. Je vais vérifier les stocks avant de partir, dit-il.

En sortant de la réserve quelques instants plus tard, il entendit des cris en provenance de son bureau.

Il poussa un soupir.

Le vieil Albright était revenu ! Il n'était vraiment pas d'humeur à se disputer avec lui.

— Qu'est-ce qui ne va pas ? demanda-t-il, entrant dans la pièce et trouvant le vieil homme vautré dans son fauteuil. Et pourquoi la porte à double vantail est-elle ouverte ?

— Pour laisser sortir le gamin, pardi. Il appelait son papa, alors je lui ai ouvert pour qu'il aille le rejoindre.

Matt sentit son cœur manquer un battement.

— Vous savez où il est allé ?

— Pourquoi je le saurais ? Ce n'est pas mon gosse.

Il sortit du bureau en courant, appelant Lucas. Il le chercha dans la salle d'examen, les toilettes, la salle d'attente.

Aucun signe de lui.

— Lucas ! criait-il à tue-tête, fouillant les moindres recoins sous le regard indifférent de M. Albright. Vous n'avez vraiment pas vu la direction qu'il a prise ?

Le vieillard se contenta de hausser les épaules.

— Quand êtes-vous revenu ? demanda Matt, qui avait du mal à contenir sa colère.

— Sitôt dehors, j'ai fait demi-tour pour vous dire que vous n'êtes qu'un bon à rien.

Lucas avait donc disparu depuis cinq bonnes minutes. Où était-il ? Y avait-il à la clinique un endroit dont il ignorait l'existence et où l'enfant pouvait se cacher ? Avait-il regardé sous le bureau de la salle d'attente ? Dans les placards de la salle d'examen ? Il était forcément quelque part.

Matt entreprit une nouvelle fouille en règle de la salle d'attente, et là, il crut que son cœur s'arrêtait de battre.

La porte du dispensaire était grande ouverte.

Seigneur, Lucas était sorti !

Matt se précipita dehors.

Un enfant de cet âge ne pouvait pas être allé loin en si peu de temps. Un peu rassuré, il courut jusqu'au parking en appelant Lucas, alla dans une direction puis l'autre en espérant le voir surgir.

Mais le petit garçon était introuvable.

En désespoir de cause, il gagna l'arrière du bâtiment et chercha partout, courut jusqu'à la route, revint à la clinique.

Pris de panique, il tremblait, le cœur au bord des lèvres, suant abondamment.

— Lucas ! cria-t-il encore tandis que M. Albright montait dans sa camionnette et s'en allait sans lui proposer son aide.

Le temps passait. L'enfant avait disparu depuis dix minutes.

Où un bambin de cet âge pouvait-il aller en dix minutes ? Où devait-il chercher ? S'il partait dans une direction et que Lucas s'éloignait dans une autre… Planté au milieu du parking, il scruta ce qui l'entourait et ne vit rien.

Il avait besoin d'aide. Il fallait élargir les recherches. Ellie pouvait peut-être appeler des gens à la rescousse.

— Ellie, bredouilla-t-il quand elle décrocha son téléphone. Lucas a disparu. J'ai besoin d'aide.

— Quand ? Comment ?

— Il y a une dizaine de minutes. Un de mes patients a ouvert la porte de la salle de jeux, et il est parti.

— Tu as fouillé le cabinet médical ?

— Oui. Il n'y est pas. Je dois élargir les recherches. Avec tous ces rochers et ces canyons… Il faut que tu appelles du monde. Qu'on m'aide à le chercher. Commence par Francine et Bert. Lucas a peut-être voulu aller faire un tour de poney.

— Il y a autre chose que je puisse faire ?

— Non. Prends juste soin de toi. Et, Ellie… Je suis désolé… Pour beaucoup de choses.

Il coupa la communication et se dirigea vers le lit de la rivière à sec, visible depuis la clinique.

— Lucas ! hurla-t-il. Reste où tu es, mon bonhomme ! Je viens te chercher !

Il pria pour ne pas lancer ces paroles en pure perte.

On réquisitionna toutes les personnes disponibles, et des équipes de recherche furent constituées, Cruz étant chargé de survoler la zone en hélicoptère.

Les nerfs à vif, Ellie arpenta la maison pendant cinq bonnes minutes.

Elle n'avait pas de nouvelles de Matt. Les participants aux recherches étaient des bénévoles. Heureusement un groupe de rangers était en route, mais il leur fallait plus d'une heure pour arriver. Pas de quoi se montrer exagérément optimiste… Le vrombissement de l'hélicoptère lui fit lever la tête, et elle vit que Cruz se dirigeait vers l'est. De cette hauteur, distinguerait-il seulement un petit bout comme Lucas ?

Elle regarda l'heure sur son portable.

Lucas avait disparu depuis presque une heure. Elle n'était pas autorisée à participer aux recherches, mais il fallait qu'elle fasse quelque chose.

Elle décida de se rendre au cabinet médical. Elle ne serait peut-être pas d'une grande aide, mais elle se sentirait mieux au centre opérationnel, et peut-être croiserait-elle Matt. Elle avait besoin de le voir, pour le rassurer, être rassurée par lui.

Avec une prière silencieuse, elle fonça à sa voiture.

Elle roula lentement en scrutant les deux côtés de la route.

Lucas ne pouvait pas être allé aussi loin en une heure. Elle était à moins de cinq kilomètres du cabinet, et elle était seule sur la route. Elle regardait attentivement ce qui l'entourait, les cactus en fleur, de vastes étendues désertiques, des têtes de bétail ici et là, une caravane délabrée…

Sur une impulsion, elle tourna dans le chemin menant au vieux camping-car et s'arrêta devant la porte ouverte. Elle jeta un regard autour d'elle, ne vit aucun signe de présence, et frappa quand même à la porte. Pas de réponse.

Elle décida de jeter un coup d'œil aux alentours avant de reprendre la route. Contournant la caravane, elle tomba sur un vieil homme qui bricolait dans sa remise. Sa fourgonnette rouillée était garée sur le côté, la portière ouverte, le pare-brise crasseux. La cour était si encombrée qu'elle dut regarder où elle posait les pieds pour ne pas trébucher sur quelque chose.

— Un petit garçon a disparu, on est à sa recherche, dit-elle. Vous ne l'auriez pas vu, par hasard ?

Pivotant sur lui-même, l'homme la foudroya du regard.

— Ce que je vois, c'est une intruse sur une propriété privée.

— Je cherche un enfant, rétorqua-t-elle fermement. Et comme vous vivez près de l'endroit où il a disparu…

— Rien à faire des gosses perdus, grinça-t-il. Si les parents sont trop bêtes pour les surveiller, tant pis pour eux. Ce n'est pas mon problème. Fichez le camp de ma propriété.

Il lui tourna le dos pour continuer ce qu'il était en train de faire, et elle n'eut d'autre choix que de partir. De toute façon, Lucas ne pouvait pas être allé aussi loin avec ses petites jambes. Elle avait juste voulu s'en assurer.

Ce vieux cow-boy, quel grossier personnage ! Il devait être amer de ne plus pouvoir travailler, ayant visiblement dépassé l'âge de la retraite. Elle se demanda ce qu'elle éprouverait si l'âge la dépouillait de son identité. Cet homme avait été un cow-boy. Sa selle posée sur un chevalet était exposée aux intempéries, inutilisée depuis très longtemps. Ce n'était pas ainsi qu'elle voulait finir. Maintenant plus que jamais, elle savait qu'elle faisait le bon choix en gardant son bébé et en adoptant Lucas.

Lucas… Seigneur, elle avait si peur.

Elle arriva enfin au centre médical où des gens débattaient des lieux à fouiller. Elle échangea quelques mots avec eux et ne se sentit guère rassurée. Ils étaient bien intentionnés mais travaillaient à l'aveuglette.

— Matt est repassé au cabinet ? demanda-t-elle à Francine qui préparait des boissons pour les bénévoles. J'ai essayé de le joindre par téléphone, mais ça ne passe pas.

— Il paraît qu'il a commencé à fouiller le lit de la rivière à sec là-bas, dit Francine. Qui sait la direction qu'il a prise ?

— Il est seul ? interrogea-t-elle, consciente qu'il n'était guère en état de participer à une telle battue.

Il n'était pas gravement blessé, les radios qu'il avait faites quand elle était à l'hôpital l'avaient confirmé, mais il souffrait encore. Cependant c'était un militaire. Malin. Formé au sauvetage. Il avait survécu en zone de combat, sauvant la vie de son ami sous le feu ennemi.

Elle reprit espoir, sans parvenir à dissiper son inquiétude.

Elle aimait cet homme. Elle aimait ce petit garçon. En peu de temps, ils avaient bouleversé sa vie. Sans doute était-elle prête au changement, n'attendant que le déclic nécessaire. Matt et Lucas lui avaient donné ce coup de pouce. Et son bébé aussi. Les trois êtres qui lui étaient les plus chers au monde. Et maintenant, l'un d'eux était en danger…

— Je suis limitée dans mes déplacements à cause de mon état, mais je vais faire un tour en voiture pour voir la perspective depuis la route. Si Matt revient, dites-lui que je suis là et que je fais attention. Vous voulez bien, Francine ?

Francine lui prit la main et la pressa.

— Bien sûr. Soyez prudente. À en juger par la façon dont ses yeux brillent quand il parle de vous, Matt ne voudrait pas que vous preniez des risques. Ni pour vous ni pour son bébé.

— Il vous a dit qu'il était de lui ? dit Ellie, surprise.

— Non. Mais le jour où vous avez eu ce malaise au ranch, je l'ai compris en voyant la façon dont vous vous regardiez. Je sais reconnaître le véritable amour quand je le vois.

Quand Ellie monta dans sa voiture, les paroles de Francine résonnaient dans sa tête.

Se pouvait-il que Matt… L'aimait-il vraiment ? Elle n'osait l'espérer, et pourtant…

Matt avait croisé des bénévoles, vu Cruz survoler la zone à plusieurs reprises. Il était découragé et ne savait plus quoi faire. Il consulta son téléphone portable.

Lucas avait disparu depuis une heure et demie. On aurait déjà dû le retrouver. Il n'avait pas pu parcourir une bien longue distance. Un bambin de deux ans ne pouvait pas faire des kilomètres à pied. Si personne ne l'avait vu, ça pouvait signifier…

Il ne voulait pas penser au pire, mais malgré lui, il l'imaginait tomber d'un rocher, disparaître au fond d'un canyon, et gisant, blessé, dans un trou où on ne le retrouverait jamais…

Au 'voi, papa…

Ces paroles trottaient dans sa tête. Il était bel et bien papa.

Le papa de Lucas et celui de son bébé. Il avait essayé de l'ignorer, de se retrancher derrière des raisonnements. Mais maintenant que Lucas était en danger et qu'Ellie luttait pour que leur bébé naisse en bonne santé, il était peut-être temps qu'il arrête de fuir.

Se traitant d'imbécile, il regagna la route menant au centre médical.

Il allait regrouper les bénévoles et tout reprendre à zéro. Et il appellerait Ellie. Il avait besoin de lui parler. De l'entendre lui dire qu'on allait retrouver Lucas, que tout irait bien. Parce que, de son côté, il n'y croyait plus.

En arrivant sur la route, il aperçut une voiture qui roulait lentement vers lui.

Encore un bénévole qui cherchait l'enfant, songea-t-il, content de ce soutien inattendu des habitants de Forgeburn. La communauté avait changé, elle était différente aujourd'hui. Ou peut-être était-ce lui qui était différent. Quoi qu'il en soit, tout le monde s'était uni pour lui venir en aide, et il leur en était reconnaissant. Pourrait-il rester ici ? Garder le centre médical, son fils et Lucas, et rester à Forgeburn ?

Il y réfléchissait quand il identifia la voiture qui n'était plus qu'à quelques mètres.

— Ellie ! s'écria-t-il, courant vers le véhicule, qui stoppa dans un nuage de poussière.

Elle sauta de la voiture et se jeta dans ses bras.

— Tout le monde le cherche, Matt. De plus en plus de gens viennent se joindre à nous.

— Tu vas bien ? demanda-t-il, incapable de la lâcher.

— Oui, je vais bien.

— Tu ne devrais pas être là.

— Où veux-tu que je sois ? Je ne pouvais pas rester assise à attendre. Ça ne me ressemble pas.

— Non, admit-il tendrement, desserrant enfin son étreinte. Ça se présente mal, Ellie. Il n'a pas pu aller loin et…

Il s'interrompit, la gorge serrée.

— Nous allons le trouver, Matt. Je parie qu'il s'est faufilé dans un coin ombragé pour dormir. C'est l'heure de sa sieste.

Il essaya de sourire mais n'y parvint pas.

— Nous, hum… Quand nous aurons récupéré Lucas et qu'on se sera reposés, nous aurons une conversation, toi et moi. Il y a des choses… des choses stupides auxquelles je m'accrochais, et je ne peux plus continuer ainsi.

— Moi non plus, dit-elle en lui caressant la joue. Mais pour l'instant, je te ramène au cabinet. Francine a préparé des rafraîchissements. Tu dois te réhydrater, et peut-être que d'ici là…

— Oui, peut-être, dit-il d'une voix éteinte en montant dans sa voiture.

— Tu es sûr d'être d'attaque ? demanda Ellie à Matt qui s'apprêtait à rejoindre les trente-cinq bénévoles à l'œuvre. Tu devrais te reposer encore un moment.

— Je ne peux pas, dit-il en posant son troisième verre d'eau. Si Lucas est là-bas, c'est là-bas que je dois être.

— Raconte-moi d'abord ce qu'il s'est passé. Parle-moi du patient qui l'a fait sortir.

— C'est un vieillard grincheux atteint d'un emphysème avancé qui lui fait probablement perdre la tête. Il dit avoir libéré Lucas pour lui permettre de rejoindre son papa.

— D'accord, alors ce type a peut-être un problème. Il a aussi laissé ouverte la porte d'entrée du cabinet ?

— Sans doute, puisqu'il venait de sortir.

Le reste de la conversation se perdit dans le bruit du rotor de l'hélicoptère, qui fit un cercle avant de se poser au bout du parking. Cruz en sauta et les rejoignit quelques instants plus tard.

— Le sol est accidenté. Je vois très mal, et je perds en efficacité, déclara-t-il. Je n'ai pas couvert autant de terrain que j'aurais voulu. Matt, voulez-vous m'accompagner pour que je me concentre sur le vol pendant que vous examinez le sol ? J'ai survolé tous les lieux où il aurait pu aller compte tenu de son jeune âge, mais il y a des endroits moins évidents où je veux descendre, et je ne peux pas le faire seul.

Matt hocha la tête, stoïque.

Ellie avait compris aussi : les gorges, les rochers.

Elle lutta pour refouler ses larmes. Elle refusait de penser que Lucas pouvait…

Elle pressa le bras de Matt. Sans un mot, elle l'embrassa avant qu'il reparte avec Cruz. Et quand l'hélicoptère s'éleva dans le ciel, elle se rendit dans la salle de jeux de Lucas, s'assit par terre et pleura toutes les larmes de son corps.

Vingt minutes plus tard, encore secouée de sanglots secs, elle se redressa et examina les lieux.

Matt était très fier de cette pièce, l'endroit idéal pour Lucas quand il était au centre médical. Elle en voulait terriblement au vieil homme qui avait mis l'enfant en danger en ouvrant la partie inférieure de la porte, même s'il n'avait pas toute sa tête.

Évitant de penser au pire, elle ravala ses larmes, sortit et remonta dans sa voiture.

Où aller ? Elle avait déjà exploré les environs du cabinet, et les nombreux bénévoles s'étaient égaillés dans toutes les directions. Devait-elle retourner à la maison ? Lucas essayait peut-être de rentrer, même si c'était peu probable.

Elle reprit néanmoins la route menant chez Matt, passa devant la forêt de cactus croisée un peu plus tôt et dépassa le camping-car miteux du vieux cow-boy grincheux…

Elle parcourut une centaine de mètres et freina brusquement.

Grincheux ? Il y avait peut-être un rapport…

Levant les yeux, elle vit l'hélicoptère de Cruz plonger dans un défilé et retint son souffle jusqu'à ce qu'il ressorte du canyon. Elle jeta un coup d'œil à la vieille caravane et fit marche arrière.

Il n'allait pas être ravi de la revoir, mais tant pis. Elle allait l'interroger de nouveau. Elle avait trouvé les habitants de Forgeburn plutôt gentils, était-il possible qu'il y ait deux vieux râleurs dans le même coin ? Ce n'était pas impossible, mais elle devait vérifier. Un instinct diffus la poussait à le faire. Un sentiment qu'elle n'avait jamais ressenti.

L'instinct maternel ?

Elle contourna le camping-car, dépassa la camionnette rouillée et marcha vers le vieux cow-boy qui lui tournait le dos, assis sur une chaise, soufflant comme un phoque.

Emphysème ? Comme le patient de Matt !

— Où est-il ? s'écria-t-elle.

— Qui ? grogna-t-il sans daigner se retourner.

— Le petit garçon disparu. Où est-il ?

L'hélicoptère passant au-dessus d'eux, elle leva la tête et se mit à sauter en agitant les bras dans l'espoir d'attirer son attention. Mais la cour était encombrée de bric-à-brac, Matt ne pouvait pas la voir. L'appareil poursuivit sa route.

— Le garçon que vous avez fait sortir de la salle de jeux au cabinet médical. Où est-il ?

— Je ne sais pas de quoi vous parlez. Et maintenant, dégagez de chez moi, je ne vous le répéterai pas.

— Vous l'avez pris, lança-t-elle d'un ton accusateur en se penchant vers lui. Vous avez intérêt à me dire…

Une douleur fulgurante lui scia les reins. Elle prit une inspiration et, soufflant lentement, elle crut voir un mouvement à travers la vitre sale de la camionnette.

Il fallait qu'elle sache.

Elle marcha à pas lents vers le véhicule, serrant les dents contre la douleur de plus en plus intense.

La porte du fourgon était ouverte comme lors de son premier passage. Comme la porte de la salle de jeux et celle du centre médical. Comme celle du vieux camping-car. Une preuve de démence sénile ? Elle tenta d'accélérer le pas, pria pour que Cruz revienne et la repère.

— Lucas ! cria-t-elle. Tu m'entends ?

Elle contourna la camionnette, poussa la porte…

Elle trouva l'enfant assis à la place du chauffeur, tenant le volant comme s'il conduisait.

Elle fondit en larmes.

— Lucas, je suis si heureuse de te voir…

— Papa ? demanda-t-il, levant les yeux vers elle.

Elle grimpa dans le véhicule et le prit dans ses bras.

— Je t'emmène le retrouver. Il te cherche partout, il va être content de te voir.

Lucas lui jeta un regard innocent et se blottit contre elle. Elle s'assit avec lui, les lombaires parcourues d'élancements intolérables.

Elle avait retrouvé Lucas, c'était l'essentiel.

— Attendez-moi, cria Cruz, occupé à couper les gaz.

Mais Matt s'était déjà élancé vers le vieux camping-car.

Il avait vu Ellie en bas, repéré son signal, et les minutes qu'il avait fallu pour poser l'hélicoptère avaient été les plus longues de sa vie. Qu'est-ce qu'Ellie faisait là ? Avait-elle trouvé Lucas ? Avait-elle des ennuis ? Ses pensées fusaient tandis qu'il courait aussi vite qu'il pouvait dans la poussière.

Il vit d'abord James Albright qui toussait et crachait ses poumons, assis parmi un tas d'objets hétéroclites. Et en avant de la caravane, il aperçut la voiture d'Ellie.

— Ellie ?

— Par ici !

La voix venait d'une vieille camionnette entourée de bric-à-brac. Il se précipita, jeta un coup d'œil par la fenêtre et, se ruant à l'intérieur, prit Ellie et Lucas dans ses bras.

— Tu vas bien ?

— Non, répondit-elle.

Matt vérifia l'écoulement de la perfusion d'Ellie et contempla la jeune femme.

Elle était stable, le bébé allait bien, mais elle devait se reposer jusqu'à la fin de sa grossesse. Plus de travail, plus d'opérations de sauvetage.

Il s'assit au bord du lit, lui prit la main et l'embrassa.

— Comment va Lucas ? demanda-t-elle.

— Bien. Il ne présente aucun signe de traumatisme. J'ai parlé au shérif chargé de l'enquête. D'après lui, Lucas a dû sortir du cabinet et monter dans la fourgonnette d'Albright en la prenant pour la mienne. Comme Albright a l'habitude de laisser les portes ouvertes, celle de son véhicule devait l'être, ce qui a permis à Lucas de grimper dedans. Albright ne savait probablement même pas qu'il était là.

— Où est-il maintenant ?

— Sur le dos d'un poney, chez Francine et Bert. Des tas de gens ont proposé de le garder un ou deux jours pendant que je suis ici avec toi.

— Tu n'es pas obligé de rester, Matt. Lucas a besoin de toi.

— Toi aussi, répondit-il, la main sur son ventre rond. Et notre fils aussi.

— Il faut qu'on parle de ça, dit-elle. Le Dr Gupta est relativement optimiste, elle pense que je peux arriver au terme. Elle accepte que je fasse les allers et retours en hélicoptère car je dois la voir chaque semaine désormais.

Elle le regarda dans les yeux.

— Veux-tu vraiment continuer à m'héberger ? Ça ne va pas être facile. Je vais devoir rester allongée à ne rien faire. Je serai un fardeau, alors c'est à toi de voir. Je sais que tu t'es engagé à me garder jusqu'au bout de ma grossesse, mais le veux-tu vraiment ? Moi, j'ai changé d'avis sur certaines choses pour te permettre de retrouver ta vie d'avant.

— Quelles choses ? demanda-t-il, soucieux.

— Je compte garder le bébé et l'élever comme il doit l'être. Tu n'es pas forcé de t'impliquer, c'est ma décision. Par ailleurs, j'ai parlé avec l'assistante sociale il y a quelques jours. Je veux adopter Lucas. Je l'aime comme mon propre fils, et je ne supporterais pas de le confier à quelqu'un d'autre. Je pense que tu m'approuveras, car c'est une bonne chose que les garçons grandissent ensemble.

— Tu veux que je te parle de *mes* projets ? J'en ai aussi.

Ellie ferma les yeux, prit une profonde inspiration.

— Tu ne vas pas me briser le cœur ? Parce que je tiens vraiment à ce que les garçons et moi formions une famille.

— Ton plan est bon, et je le trouverais parfait si j'en faisais partie.

Elle lui jeta un regard abasourdi.

— Que veux-tu dire ? demanda-t-elle prudemment.

— Ça commence par une demande en mariage. Veux-tu m'épouser, Ellie ?

— À cause du bébé ?

— À cause de toi. Tu es la femme la plus attachante, la plus courageuse, la plus optimiste que je connaisse. Je crois être tombé amoureux de toi à Reno, et ça s'est confirmé ici, à Forgeburn. Je t'aime encore plus de vouloir adopter Lucas. Au fond, j'ai toujours su que je ne l'abandonnerais pas. Je préférais ignorer l'évidence à cause de mon passé. C'est dur d'aller de l'avant quand on est figé dans le passé et qu'on croit toujours qu'on va être rejeté.

— Tu croyais que je te rejetterais ?

— Tu as toujours voulu retourner à Reno.

— Parce que toi, tu comptais regagner l'armée. Qu'étais-je censée faire ?

— Nous avons tous les deux refoulé nos sentiments, d'une part pour ne pas être rejetés comme nous l'avions été enfants, de l'autre parce que c'est effrayant de changer radicalement de vie quand on a trouvé un havre rassurant. Mais je t'aime, Ellie Landers. Et s'il faut partir à Reno avec toi, je le ferai.

— Je ne veux pas retourner à Reno, répliqua-t-elle. Idéalement — je croyais ça irréalisable —, je voulais rester ici et élever nos garçons avec toi. Mais tu semblais si déterminé à retrouver ton poste de chirurgien des armées que je me sentais incapable de rivaliser avec ça.

— Tu l'as pourtant fait dès notre première rencontre, mais j'étais trop stupide pour l'admettre. J'ai fait fi de ces sentiments en pensant pouvoir abandonner Lucas, et en refusant d'élever notre bébé et de m'engager avec toi. Mais je ne suis plus le gosse qui habitait dans une décharge et qui fuyait toujours.

Je suis un homme, et je ne fuirai plus. Je compte devenir ton mari et le père de nos garçons.

Ellie poussa un soupir.

— Oh ! Matt ! Moi, je ne voulais plus te quitter après avoir vu qui tu étais, mais je n'étais pas sûre de pouvoir mener l'existence que j'avais été formée à vivre avec un enfant. En te laissant prendre les décisions, je choisissais la facilité… Mais il y avait toi et Lucas. Une famille toute faite pour une femme obsédée par sa carrière au point de ne rien voir d'autre. Je me retranchais derrière mon métier comme toi derrière le tien, aspirant toujours à plus, à mieux… Mais c'est de toi, de Lucas et du bébé que j'ai besoin. Vous êtes mon plus, mon mieux, je m'en suis aperçue peu à peu ces derniers jours. J'ai pris conscience que je ne suis pas comme ma mère. Elle et moi n'avons pas les mêmes aspirations.

Elle lui sourit tendrement.

— La mienne, c'est de t'épouser. J'en ai besoin. Pas parce que je suis enceinte, mais parce que nous sommes une famille tous les quatre.

— Alors, ce sera Reno ou Forgeburn ? murmura-t-il, en lui essuyant une larme sur la joue. Ou ailleurs, où nous pourrons repartir de zéro ?

— Nous sommes déjà repartis de zéro à Forgeburn, Matt. J'aimerais rester. Si tu le souhaites aussi, je t'aiderai à surmonter tes mauvais souvenirs. Je me plais ici. J'aime les gens, c'est là que je veux élever nos garçons. J'adore le désert. Je garderai ma société et la transplanterai ici, et quand tu regagneras l'armée, je t'accompagnerai quand on m'y autorisera. Je sais que des familles de soldats le font. Avec les garçons, nous te suivrons quand nous pourrons, et le reste du temps, nous attendrons ton retour ici.

Il secoua la tête, ému au plus profond de son être.

— Ellie, je tiens à ce que ma famille connaisse la stabilité. En travaillant comme chirurgien dans un hôpital pour vétérans, je ne serai absent que quelques jours par mois. Le reste du temps, j'exercerai ici comme généraliste.

— Comment ça ?

— Je t'ai dit que j'avais plusieurs options. J'ai choisi de faire le reste de mon service actif comme réserviste. Mon temps de service sera prolongé, mais je ne travaillerai que quelques jours à la fois. J'ai déjà commencé les démarches pour acheter le cabinet médical et la maison au Dr Granger… Et pour info, sache que je n'aurais jamais accepté de confier notre bébé à l'adoption. Je l'ai aimé dès que j'ai su que tu le portais, même si je ne voulais pas l'admettre, comme le reste.

— Ce jour-là, quand Lucas t'a appelé papa…

— J'ai compris que j'étais un imbécile, et j'ai su que nous étions destinés à être une famille.

Il se pencha pour l'embrasser sur le front.

— Ce ne sera pas une vie facile. Je ne peux pas te promettre grand-chose, sinon un amour inconditionnel.

— Et une vie dont j'ai toujours rêvé et que je n'osais espérer. Moi non plus, je ne voulais pas l'admettre, parce que c'est dur de changer de vie et que je l'avais déjà fait sans réussir à savoir qui j'étais vraiment. Mais finalement, ce n'est pas compliqué : je veux être une épouse, une mère et, oui, une femme d'affaires. Avec toi, Lucas et Matthew.

— Matthew ?

— C'est ainsi que je veux l'appeler. Je ne connais pas ton second prénom, mais je voudrais aussi qu'il le porte.

— Non, dit-il avec une grimace. Dis-moi d'abord le tien.

— Je m'appelle Eleanor Landers, point. Je n'ai pas d'autre prénom. Ma mère trouvait ça inutile. Elle m'a nommée Eleanor comme la sage-femme qui m'a mise au monde. Elle n'avait pas eu le temps de me choisir un prénom, et quand on lui a demandé comment je m'appelais, elle a lu le badge de l'infirmière.

— Heureusement qu'elle ne s'appelait pas Cunégonde…

— Une chance. J'aime mon prénom. Mais tu n'as pas l'air d'apprécier ton second prénom. Quel est-il ?

— Strandrew.

— Strandrew ? répéta Ellie en gloussant. Matthew *Strandrew* McClain.

— Je crois que mon père était soûl quand il est allé me déclarer à l'état civil. À mon avis, ça voulait être Andrew, expliqua-t-il, joignant son rire au sien.

— Tu as raison, dit-elle, pas Strandrew ! Mais Matthew Andrew, c'est pas mal.

— Maintenant que notre fils a un nom et que tu as accepté ma demande en mariage, quelle est la prochaine étape ?

— Appeler l'aumônier de l'hôpital ? suggéra-t-elle.

— Ça ne commence pas par un baiser ? murmura-t-il en se rapprochant.

— Ou peut-être par un coup de pied dans le ventre, rétorqua-t-elle, prenant sa main pour la poser sur son abdomen rebondi.

— Il a bien mérité un baiser, souffla-t-il, se penchant pour embrasser son ventre où le bébé s'agitait. Après tout, il nous a réunis.

— Je suis d'accord, répondit Ellie en se blottissant dans ses bras. Et maintenant, embrasse-moi !

1.

Depuis l'escabeau branlant où elle était perchée en équilibre précaire, Mim McCarthy fusilla du regard son amie Skye, l'infirmière-chef du cabinet.

— Tu plaisantes. Moi, essayer de l'impressionner ? Comment peux-tu croire une chose pareille…

Elle se remit à barbouiller avec énergie la tache en forme de carte de Tasmanie qui souillait le plafond.

— Je me suis juste dit qu'il était temps de régler son compte à cette fichue Tassie.

Skye, qui agrippait l'escabeau d'une main et le pot de peinture de l'autre, eut un sourire malicieux.

— C'est donc une simple coïncidence si tu as décidé de retaper le bureau le jour de la visite de l'expert de la caisse de financement Matrix ?

— D'accord, admit Mim avec un soupir. Tu as raison. Je ferais n'importe quoi pour obtenir ce financement. Il nous faut cet argent, ou…

— Ou c'est la fin du centre d'accueil de Dana ? Non, Mim. Tes patients ne laisseront pas faire ça. Ils ont besoin de toi.

— Je ne permettrai pas qu'on en arrive là. Je vendrai mon âme au banquier, une fois de plus…

La fermeture du centre d'accueil obligerait les patients à voyager des heures pour accéder à la clinique la plus proche, et pour elle, ce serait la fin d'un rêve. Un rêve étroitement lié à la promesse qu'elle avait faite à sa mère. Et ça, en aucun cas elle n'y renoncerait.

Elle n'était pas femme à baisser les bras. Ses dures années à l'école de médecine lui avaient appris à se battre pour obtenir ce qu'elle voulait. Son enfance non conformiste aussi. Très tôt, elle avait appris à ne compter que sur elle-même.

— Un coup de peinture égaiera la pièce tout en cachant la fissure. Prions pour qu'il ne pleuve pas les prochains jours.

— La météo annonce du soleil. Heureusement que tu as pris de la peinture sans odeur, nota Skye en fronçant son nez orné d'un piercing. Ou l'expert aurait éventé la ruse.

— Si on ne peut pas gagner, il faut tricher.

— Un autre fameux dicton typique de Dana ?

Mim hocha la tête en soupirant.

— Oui. Et pertinent, hélas.

Dana, sa mère, avait toujours eu des citations inspirées. Dans ses rares moments de lucidité, elle était adorable, lâchant constamment des plaisanteries. Sur l'amour, les liens familiaux, la tricherie, les rapports avec ses dealers…

— J'ai connu cet expert pendant mon internat, reprit-elle. Le Dr Singh est un amour. Nous allons le mettre dans notre poche avec notre approche novatrice de la médecine générale.

Skye lui fit un clin d'œil.

— Si quelqu'un peut le mettre dans sa poche, c'est toi. Tu as déjà transformé cet endroit. Et tu as besoin de souffler.

— Je sais. Nous étions débordées à la consultation de néonatalogie, hier. Je crois que le message passe enfin. Et le fait que le centre reste ouvert toute la journée aide beaucoup.

Même si ses longues journées l'épuisaient, la fierté de réhabiliter le nom des McCarthy aux yeux des autochtones était la meilleure des motivations.

Elle quitta l'escabeau et prit pied sur le bureau. Debout sur le plateau, elle repoussa sa frange du poignet et scruta le raccord de peinture blanche.

— Le reste du plafond a besoin d'être repeint, maintenant.

— Le reste du dispensaire aussi, répliqua Skye en lorgnant les fenêtres et les murs écaillés. Mais on n'a pas le temps, en trente minutes. Et la peinture est le cadet de nos soucis.

— Premier objectif, gagner le Dr Singh à notre cause, renchérit Mim, évitant de s'appesantir sur l'aspect financier.

Skye posa le pot de peinture et se frotta les mains.

— D'accord. Comment on procède ? Tu prends la subornation et moi la corruption ?

Mim gloussa.

— Non ! Je serais radiée de l'ordre des médecins. D'un autre côté…

Une main sur la hanche, elle retroussa sa jupe et agita les hanches, mimant une salsa torride.

— Pour influencer un homme, quoi de mieux que les bonnes vieilles méthodes féminines ?

— Hum, toussota une voix masculine derrière elle.

Les joues brûlantes, elle lâcha sa jupe, plaqua sur ses lèvres un sourire conciliant et se retourna lentement vers le Dr Singh, s'efforçant de masquer son embarras.

— Oh !

Son cœur s'arrêta à la vue de son visiteur *qui n'était pas* le Dr Singh.

C'était Connor Wiseman qui se dressait devant elle, sa haute silhouette élégante se détachant dans l'encadrement de la porte.

Les années avaient harmonieusement sculpté son beau visage viril, et il exsudait la réussite par tous les pores. Mais dans ses yeux sombres qui la scrutaient, il n'y avait plus trace des paillettes dorées qui la fascinaient tant à une époque. Ils n'étaient que deux billes d'onyx noir et froid.

Connor, plus vieux de trois ans, et avec trois années de questions dans les yeux.

— Connor ? souffla-t-elle, médusée. Qu'est-ce que tu… ?

Esquissant un sourire sarcastique, il pénétra dans le petit bureau où sa présence toute d'autorité et de charme parut occuper tout l'espace.

— Voilà donc la mystérieuse disparition de ma fiancée enfin élucidée ! On va pouvoir arrêter les recherches.

La colère brillait dans ses yeux, après tant de temps.

Bien sûr. Quelqu'un comme lui, à qui tout souriait, n'avait pas l'habitude d'être rejeté, il avait dû souffrir d'être dédaigné par quelqu'un d'aussi insignifiant qu'elle.

Comment avait-il pris sa démonstration de salsa ?

Pas bien, à en juger par son air sévère.

Elle rentra le ventre, redressa les épaules, et descendit de son perchoir aussi dignement qu'elle put.

— J'ai pourtant été claire, Connor. Je t'ai appelé, et tu as refusé de me parler. Et dans ma lettre d'adieu, je t'ai bien précisé que je passerais ma vie à Atanga Bay.

— Je bénis l'occasion qui m'est offerte de voir enfin cet endroit unique, si supérieur à Auckland ! persifla-t-il.

Lèvres pincées, il détailla les coussins rembourrés et les objets disparates aux couleurs vives destinés à donner au vieux centre médical une atmosphère accueillante.

— Tu as hérité de tout ça, ou tu aimes les vieux trucs ?

— Ça ne correspond peut-être pas à tes critères citadins, mais ça me convient. J'arrange le décor peu à peu.

— Postmoderne, peut-être ? ironisa-t-il en étudiant la tache de peinture blanche qui tranchait sur le plafond jauni.

— En voie de réhabilitation, riposta-t-elle, vexée mais décidée à ne pas se laisser faire. Et j'adore travailler ici.

— Je vous laisse vous retrouver, souffla Skye en s'empressant de sortir avec le pot de peinture et l'escabeau.

Mim aurait aimé la suivre.

Elle avait souvent pensé à ces retrouvailles, imaginé ce qu'elle dirait, comment Connor réagirait. Mais elle n'avait jamais envisagé cette souffrance, cette hébétude.

Elle leva les yeux vers le visage qu'elle connaissait par cœur et qui hantait encore ses rêves.

Que dire à un homme qu'on avait abandonné la veille des fiançailles ? Même ci c'étaient les fiançailles les plus inattendues, les plus précipitées qui soient ?

— Alors, tu passais par là ? s'enquit-elle avec nonchalance.

— Je suis là pour affaires.

— Oh. Naturellement, bredouilla-t-elle, le cœur serré.

Il n'était pas là pour la voir. Pourquoi en aurait-il été autrement ? Et puis, quelle importance ? En trois ans, elle aurait dû avoir largement le temps d'oublier son premier — et dernier — amour.

— Two Rivers prend de l'expansion, dit-elle. Mais il n'y a pas de projet médical, je crois. Juste des logements.

— Je ne sais pas. Je viens d'arriver.

Il regarda par la fenêtre d'un air perplexe et haussa les sourcils, visiblement impressionné par ce qu'il voyait.

A vrai dire, le spectacle était unique avec l'océan à perte de vue et les plages de sable blanc d'Atanga Bay.

— Ça a du potentiel, admit-il.

— Typiquement Wiseman : prendre la plus belle vue du monde et la réduire au fric. Ton père serait fier de toi.

— J'en doute, fit Connor, crispé.

Elle avait oublié que ses rapports avec son père étaient plus des relations d'affaires que des liens familiaux.

— Je voulais dire que tu as toujours été doué pour apprécier le potentiel des choses, expliqua-t-elle avec un sourire forcé.

— Pas toi, apparemment.

— Je m'en tiens à mes décisions.

Trois ans plus tôt, ils avaient cru tous deux avoir un potentiel, justement. Représenter une force face à l'hostilité du père de Connor. Le garçon riche et la fille excentrique prêts à affronter le monde. Pour des rêves d'avenir très différents, qu'elle avait été incapable de réaliser.

Mais elle ne l'avait jamais oublié. Elle regrettait qu'il n'ait pas fait partie de sa vie, que la maladie de sa mère ait tué sa capacité à faire confiance…

Mais voilà, une mère furieusement dépendante avait élevé une fille farouchement indépendante.

— Cinquante maisons vont être construites, ça devrait m'amener des patients, remarqua-t-elle.

— Tu as des problèmes ?

— Rien que je ne puisse résoudre.

— Tu as toujours su te débrouiller. Tu n'avais pas peur d'affronter les choses… sauf quand c'était important.

— Tu ne m'aurais pas écoutée, Connor.

— Tu ne m'as pas donné la moindre chance de le faire, rétorqua-t-il en tournant vers elle un regard dur.

Son intransigeance l'avait attirée, mais c'était aussi pour cela qu'elle l'avait quitté. La rigueur, c'est sexy, sauf quand cela piétine les rêves… Mais elle n'avait pas le temps d'évoquer son douloureux passé avec Connor.

Elle consulta sa montre.

Où était le Dr Singh ? Pourquoi ce retard ?

— Ecoute, j'ai un rendez-vous maintenant. On pourrait peut-être reprendre cette conversation une autre fois ?

— Je suis ici pour affaires. Je fais partie de l'administration régionale de la santé publique, rétorqua Connor, l'air vaguement amusé. La caisse de financement Matrix, précisa-t-il en lui tendant sa carte.

— L'administration de la santé publique ? Tu as suivi les traces de ton père et abandonné la médecine ?

— J'ai juste pris une voie secondaire. Bref, je suis là.

— Tu es là pour m'évaluer ? bredouilla-t-elle, incrédule.

Quel gâchis ! Elle avait presque réussi à le chasser de sa mémoire, et voilà qu'il revenait la torturer ! Un amant plaqué allait décider de son avenir ! Un amant qu'elle avait quitté sans explication, creusant le fossé entre lui et son père autoritaire. Un amant plaqué avec des idées opposées aux siennes sur la médecine générale. Elle croyait à la flexibilité, au choix. Il croyait à la routine, aux procédures strictes…

— Je sais qui tu es, dit-elle en jetant la carte sur le bureau. Et le Dr Singh ? Et ton cabinet ?

— Singh est malade. Et j'ai vendu mes parts du cabinet.

— Et tu travailles avec *papa* ? Tu le remplaceras à la tête du conseil d'administration quand il prendra sa retraite ?

— Mon avenir ne te concerne pas. Ma secrétaire t'a envoyé un mail hier soir pour tout t'expliquer. Et pour ta gouverne, j'ignorais que tu étais là, et je n'ai pas demandé à venir.

— J'espère que ton évaluation sera équitable en dépit de notre passé. Je n'ai pas lu le mail, désolée, j'ai été trop occupée, articula-t-elle avec un regard au vieil ordinateur obsolète et poussiéreux sur son bureau.

— Trop occupée à comploter pour trouver comment m'influencer ? Subornation ? Corruption ? Bonnes vieilles méthodes féminines de séduction ?

Seigneur, il avait tout entendu. Il avait dû bien s'amuser à la voir tortiller du derrière sur le bureau.

— C'était une plaisanterie.

— Je suis trop cher pour toi, de toute façon.

Il avait raison, ils ne faisaient pas partie du même monde. D'ailleurs, elle n'avait plus envie de le corrompre. Elle voulait le frapper. Ou mieux encore, le liquider et cacher son corps.

— Je ne peux pas attendre que le Dr Singh aille mieux ?

— Tu risques d'attendre longtemps : il va subir une opération cardiaque. Ne t'inquiète pas, je suis impartial. Si je pense que tu n'es pas à la hauteur, je te le dirai. Et rappelle-toi, j'évalue des comptes, du matériel, des procédures. Pas toi. Mais tu peux retirer ta candidature, ajouta-t-il avec un regard dédaigneux autour de lui.

Il la tenait, et elle ne pouvait que prier pour qu'il oublie leurs dissensions.

Son regard glissa sur elle, éveillant dans son corps un trouble embarrassant.

Réaction nerveuse ?

Ridicule. Tout cela appartenait au passé. Leur liaison passionnée n'avait été qu'une folie passagère. Surmonter la perte de Connor avait été dur mais possible. Se remettre de la mort de sa mère avait pris plus de temps. Et elle ne voulait pas s'exposer à de nouvelles souffrances.

— On dirait que je suis coincée avec toi, alors.

— Une chance pour toi. Et pour moi.

— Combien de temps ça va prendre ? demanda-t-elle, ravalant sa frustration.

— Trois mois.

— C'est ridicule…

D'un autre côté, si elle passait l'évaluation avec succès, ces trois mois lui sauveraient la vie, et cela en valait la peine.

— Je suppose qu'un bon comportement donne droit à du temps libre le week-end ? plaisanta-t-elle.

Connor s'assit au bureau, ouvrit son attaché-case, et sortit un épais questionnaire.

— Je ne vois pas de meilleure façon de passer mes week-ends qu'ici, à Nullepartville, avec une ex qui avait si piètre opinion de moi qu'elle s'est empressée de filer la veille de nos fiançailles…

Il ne leva pas les yeux et ne vit pas la rage qui bouillonnait dans les siens.

Elle ne lui donnerait pas d'explications ! Elle leur avait rendu service en le quittant.

Alors, pourquoi le regret la rongeait-il depuis ?

— J'espère que ça se fera vite et sans douleur, dit-il en feuilletant les pages. J'évaluerai des aspects spécifiques de tes méthodes de soins et te laisserai le temps d'y apporter des changements. J'ai d'autres choses à faire en même temps.

— Comme quoi ?

— Evaluer d'autres cabinets, notamment.

Il n'avait pas mentionné de famille ni d'épouse. Mais pourquoi lui aurait-il parlé de sa vie privée ? Elle avait perdu ce droit en s'enfuyant de chez lui au beau milieu de la nuit.

Connor sortit un smartphone de la poche de son élégante veste qui coûtait au moins un mois du salaire de Skye et jeta un regard à la tache en forme de carte de Tasmanie.

— Mettons-nous au travail. Plus tôt nous commencerons, plus tôt je partirai. Tout d'abord, pourquoi ce nom de « Centre d'accueil de Dana », inhabituel pour un dispensaire ?

Avec un soupir, Mim s'assit à son tour.

Elle n'était pas prête pour ça. Elle se résignait aux milliers de questions qui allaient suivre sur son travail, sa stratégie, ses projets d'activité, son cabinet. Mais cette première question, la plus dure, lui broyait le cœur.

— Il porte le nom de ma mère, Dana. Es-tu obligé d'écrire tout ça ? s'enquit-elle, le voyant griffonner dans un carnet.

— Non. Je suppose que tu as une explication à me donner ? Cela peut contribuer à expliquer ta décision.

— Voyons, Connor ! Tu connais le passé de ma mère. Elle avait une maladie qui l'empêchait d'accéder aux soins médicaux de façon régulière. Elle était toxicomane.

— Ça a dû être très douloureux.

— C'est le passé. Et nous devons tous aller de l'avant.

Ils avaient tous deux connu un drame. La sœur de Connor, une fillette blonde dont elle avait vu la photo, était morte enfant. Mais quand elle l'avait interrogé à son sujet, il était resté silencieux, et elle n'avait pas eu le courage d'insister.

Parler de sa mère réveillait en elle un féroce instinct de protection à l'égard de celle qu'elle avait tendrement aimée. Et Connor devait ressentir la même chose pour sa sœur.

Elle haussa les épaules.

— La drogue ne l'a pas seulement détruite, elle a ruiné toute vie de famille. Elle avait peur d'aller chez le médecin de crainte d'être jugée. Et elle l'aurait été. Elle l'a été toute sa vie. Pour ce qu'elle aurait pu être. Pour ce qu'elle n'était pas. C'est triste quand une ville met tous ses espoirs en vous et que vous échouez. Elle détestait le côté aseptisé des cabinets médicaux, leur odeur, les blouses blanches. J'ai pensé qu'en rendant ce genre d'endroit accessible, ouvert et bienveillant, davantage de gens comme elle s'y rendraient.

Posant son stylo, Connor la regarda enfin, comme s'il la voyait pour la première fois depuis son arrivée.

— Je l'ignorais… Je suis surpris que tu t'en sois sortie indemne.

— Qui a dit que je l'étais ?

— D'après mes souvenirs, tu l'es plus que la majorité des gens, répondit-il en souriant, les chaudes paillettes dorées étincelant de nouveau dans son regard.

Elle se détendit un peu.

— A défaut de Dana, ma grand-mère m'a servi de modèle.

Désormais, je me concentre sur la médecine familiale, je soigne les familles et assure leur sécurité. Et…

Elle se força à sourire pour chasser sa tristesse.

— « Centre d'accueil de Dana », ça sonne bien, non ? Imagine qu'elle se soit appelée Cunégonde ou Dieu sait quoi ?

Connor se mit à rire. De ce rire grave et profond dont elle avait gardé le souvenir. Ce rire communicatif qui lui avait manqué.

— L'appeler « Centre médical d'Atanga Bay » aurait été très bien aussi.

— C'est moins parlant. Je veux rappeler aux gens comment était Dana avant de sombrer. Combien ils étaient fiers d'elle quand elle est partie pour représenter leur ville. Dana la Divine, pas Dana la Droguée revenue dans le déshonneur, qui volait et mentait et dont on avait honte… Tu dois reconnaître que le concept est unique. C'est une maison ouverte à tous, où on sert gratuitement du café et du thé. Un endroit où on s'assoit pour bavarder, avec une petite bibliothèque gratuite. Et ça marche. Avant, il n'y avait pas de services médicaux dans la région. La liste de mes patients ne fait que croître.

— Je vois ça. C'est un endroit surprenant pour installer un cabinet. Au milieu de nulle part. Et tu as une approche très originale. Mais tu as toujours été imprévisible.

Connor sourit, comme s'il se rappelait un épisode passé. Il tendit la main, et sous l'élégant costume de couturier elle entrevit un instant l'homme passionné qu'elle avait éperdument aimé.

Puis il retira sa main.

— Question numéro deux…

Connor était enfermé dans le petit bureau depuis deux heures quand la voix de Mim lui fit lever la tête.

— Alors, comment ça se passe ?

Adossée au chambranle, elle l'interrogeait du regard tout en se mordillant la lèvre.

Une manie qu'il n'avait pas oubliée. Tout lui revenait : le

parfum fruité de sa lotion corporelle flottant dans son sillage, le sourire d'abord hésitant qui illuminait son visage, la peau pâle de ses cuisses entrevues un peu plus tôt, sa façon de le regarder comme si elle savait ce qu'il pensait, c'était tout Mim…

Mim, qui avait disparu sans laisser de trace, le laissant désemparé.

Après elle, il avait blindé son cœur, ne voulant plus être vulnérable. L'amour faisait mal. Et la perte encore plus.

On le disait fermé. Froid. Ça marchait aussi avec son père. Après tout, il ne faisait que suivre l'exemple paternel.

Mais la voir rire et danser sur le bureau lui avait causé un choc. Cette apparition semblait avoir déjà fissuré son armure malgré toutes les promesses qu'il s'était faites.

Il devait se focaliser sur son travail. Le travail, c'était facile, structuré, prévisible. Il pouvait en contrôler les impacts. Contrairement aux relations humaines.

— Je suis occupé, Mim.

— Désolée. Si tu as besoin de quelque chose…

— J'appellerai. C'est si petit ici que tu m'entendras même si je chuchote, remarqua-t-il avec agacement. Tu es prête à tout pour réussir cette évaluation, n'est-ce pas ?

— Je ne suis pas prête *à tout*, non…, rétorqua-t-elle fièrement.

Il se rappela son orgueil, sa farouche indépendance qui l'avait fait tant souffrir.

— Mais j'ai besoin de cette accréditation. J'ai des projets à réaliser. Il me faut plus de place, la collaboration d'un kiné, d'un psychologue, d'un nutritionniste.

— Commençons par les rapports financiers. Je vais les lire, puis nous discuterons rapidement des budgets et de l'audit.

— Tu sais vraiment parler aux femmes, commenta-t-elle en riant. Pardon, c'est nerveux…

— Tu t'es coupé les cheveux, observa-t-il.

Pourquoi avait-il fait cette remarque ?

Mim passa machinalement la main dans ses cheveux courts.

— Il y a quelque temps, oui.

— Ça te va bien.

C'était sans doute une bonne chose qu'elle n'ait plus ces longues boucles brunes où il aimait tant glisser les doigts. Pas de tentation possible.

Sa nouvelle coupe lui donnait l'air plus âgé, plus mûr. Elle était plus mince aussi.

Elle détourna les yeux, les joues rouges.

— Tu n'es pas mal non plus. Tu fais très cadre supérieur. Ça change de… D'avant.

Etait-elle embarrassée ou juste nerveuse ? Prête à tout ?

Il suivit du regard la ligne de son cou, imaginant le faire avec les lèvres, puis il serra les dents.

Bon sang !

Il ne voulait pas se souvenir. Les souvenirs et les émotions ne servaient à rien. Cela ne pouvait pas résoudre un problème ni ramener l'être aimé. Et ça faisait trop mal. Il n'aurait plus jamais mal. Il finirait cette mission et s'en irait indemne.

Mais si elle empiétait sur son espace, ça ne marcherait pas.

— Allez, file. J'ai beaucoup de paperasserie à étudier. Je t'appellerai quand j'aurai besoin de toi.

— Juste une question.

— Tu es insupportable.

Elle l'avait toujours été, et ça ne l'avait pas empêché de l'aimer.

— Je te donne deux secondes, puis tu t'en vas. D'accord ?

— D'accord, patron. Je voulais juste connaître… tes premières impressions ? fit-elle, ses yeux chocolat le fixant à travers sa frange épaisse avec une expression indéfinissable.

Ses premières impressions ? Elle était sexy comme l'enfer !

— Ça prendrait plus de deux secondes. Et ça pourrait te déplaire.

Il détourna les yeux, essayant de trouver quelque chose de positif à dire avant de lui asséner la vérité. Peut-être alors partirait-elle.

— J'ai étudié le registre des vaccinations, et je suis surpris.

— En bien ?

— Ecoute, Mim, je ne fais que commencer. Il y a encore

beaucoup de travail à faire, mais ton taux de vaccination est exceptionnel. C'est un bon point.

— Chaque fois que je vois un patient, je lui demande où il en est de ses vaccins, répondit-elle fièrement.

Elle se donnait tant de mal pour l'impressionner qu'il avait presque pitié d'elle. Un mauvais point, maintenant.

Il passa la main sur le rebord de la fenêtre et lui montra les éclats de peinture jaune sur ses doigts.

— C'est très bien. Mais la structure et l'organisation laissent beaucoup à désirer. Tes intentions sont bonnes, mais de mon point de vue c'est un cabinet miteux au milieu d'un trou perdu. J'espère trouver de meilleures choses dans tes projets d'activité et tes principes d'application.

— Les principes, bien sûr, ton cheval de bataille ! Ne te fais pas trop d'illusions, ce n'est pas mon fort. Mais…

— Je sais, le dispensaire est en pleine évolution. Mais ça pourrait ne pas suffire. Nous devrions peut-être faire cette évaluation dans un an ou deux, pour que tu aies le temps de te préparer conformément aux directives.

Il la vit tressaillir.

Allons, il n'était pas là pour la protéger mais pour réaliser une évaluation objective en tant que représentant d'une autorité locale.

— Les réglementations permettent aux choses de tourner en douceur, Mim. D'épargner des vies sur le long terme. Sans ça, on est perdu. Les accidents arrivent. Des gens meurent…

Janey.

Son cœur se serra à la pensée de sa sœur. Mais il n'avait pas envie d'en parler à une ex indigne de confiance. Même sexy.

— Je t'ai dit que je serais honnête.

Mim le foudroya des yeux.

— D'accord, le centre n'est pas conventionnel, il n'est pas standardisé et anonyme comme tes bureaux chics d'Auckland. Et j'ai besoin de méthode. Mais ça marchera, Connor. Ce n'est pas toi qui parlais de potentiel ?

— Je pensais à Atanga Bay en général, pas à ce dispensaire.

Tout chambouler et repartir de zéro arrangerait bien des choses. Mais tu as toujours été… « bizarre », disait mon père.

— Je suis peut-être bizarre selon ses critères, mais mon style fonctionne ici, Connor. Si tu aimes les défis, creuse un peu, et tu verras aussi ce que je vois.

— Heu… pardon de t'interrompre, Mim…

La fille au piercing venait de faire irruption dans le petit bureau.

Mim n'avait pas pu trouver mieux dans ce bled ?

— Il y a eu un accident à Two Rivers. Il y aurait eu une explosion suivie d'un incendie. Tony nous amène les blessés légers. Quatre ou cinq, jusqu'ici.

Mim hocha la tête, le regard calme et déterminé. Professionnelle.

— Merci, Skye. J'arrive tout de suite.

Il bondit, mû par une poussée d'adrénaline.

— Vous allez avoir du pain sur la planche. Je t'accompagne.

— C'est gentil à toi, répondit-elle en lui souriant.

Son regard glissa sur lui, le prenant par surprise, et il sentit son corps s'embraser.

— Mais nous nous débrouillerons ici. Retourne à ta paperasserie, ce serait dommage de salir ce beau costume.

2.

Mim constata avec irritation que sa remarque acérée n'avait eu aucun effet sur Connor : ses yeux d'onyx lançant des étincelles, celui-ci était en train d'enlever sa veste et de relever les manches de sa chemise italienne.

— Tu as peur de te brûler, Mim ? railla-t-il en jetant sa veste sur le bureau. Je ne resterai pas assis pendant qu'il se passe un incident grave. Je vais voir là-bas si je peux aider.

— Qu'est-ce que tu vas faire ? Eteindre le feu avec ton questionnaire ?

Il tressaillit, l'éclat de son regard ne laissant rien présager de bon.

— Ça marcherait mieux que tout l'air que tu brasses.

Ils avaient toujours aimé se défier, et apparemment, les années n'y avaient rien changé. Ils ne pouvaient pas s'empêcher de se lancer des piques.

— Tu n'as pas changé, Connor. Toujours prêt à emmerder le monde. Mais les pompiers n'ont pas besoin qu'un dandy bien intentionné vienne les gêner dans leur travail.

Elle s'engouffra dans le couloir en s'efforçant de se concentrer sur une chose à la fois.

Priorité : le feu de broussailles. Des vies en danger.

Le temps n'avait pas changé Connor, il fonçait toujours sans se préoccuper de ce que disaient les autres. Mais elle ne pouvait se permettre de refuser son aide.

Elle se tourna vers lui.

— Il y a un terrain de camping non loin de Two Rivers, expliqua-t-elle. L'été a été très sec, et les broussailles s'enflamment facilement. Un feu peut gagner très vite. Nous sommes le seul centre médical à des kilomètres à la ronde, et le protocole stipule qu'on doit nous amener les blessés. C'est plus sûr et à l'écart de la ligne de feu.

Protocole. Un mot magique pour Connor.

— Restons donc ici pour le moment. Mais tu vas avoir besoin de toute l'aide possible.

— Nous allons nous préparer. Les paquets de pansements et les bouteilles d'oxygène sont dans les salles de soins, les tiroirs et les étagères sont étiquetés…

Elle fut interrompue par le hurlement de sirènes fonçant vers le lieu du sinistre.

— Tu peux t'occuper de ça, *city boy.* Nous avons des consultations en ce moment, et c'est chaud le lundi matin.

Son sourire la surprit, à la fois agaçant et scandaleusement séduisant. Il s'approcha, et elle sentit son souffle sur son cou.

— C'est une menace, Mim, ou une promesse ?

— Je ne fais pas de promesses que je ne peux pas tenir, rétorqua-t-elle, déstabilisée.

— Vraiment ? commenta-t-il, haussant un sourcil. Dis-le à mes parents, au traiteur et aux invités de la réception…

— Je n'ai *jamais* demandé de réception de fiançailles ! Ta mère n'en a fait qu'à sa tête.

— Très bien. Mettons les choses au clair une fois pour toutes : ma mère voulait se rendre utile. Et tu m'as plaqué. C'était il y a longtemps, et je m'en suis remis. Pas de seconde chance, comme tu disais toujours. Ne jamais regarder en arrière. Belle philosophie. Tu as manqué le bateau, princesse. Ne me le reproche pas si tu es passée à côté de quelque chose de beau.

— Je savais que ce n'était pas pour moi, objecta-t-elle.

Mais leur relation avait vraiment été belle. Jusqu'à ce qu'elle ait à faire des choix impossibles. Atanga Bay ou Auckland. Trahir les promesses qu'elle avait faites à sa mère ou celles qu'elle avait faites à Connor.

— Et j'ai pris la bonne décision. Tu as bien réussi, et je suis heureuse ici.

— Mais à l'évidence, ça te tracasse encore, avoue-le. Ne dit-on pas que la première défense est l'attaque ?

Son after-shave flottait autour d'elle. Le même qu'avant, un mélange de cuir, d'épices et de terre. Evoquant les longs après-midi où ils paressaient au lit, quand ils croyaient leurs rêves possibles. Avant qu'elle ne soit entraînée dans une vie dont elle ne voulait pas.

Elle se rappela le goût de ses lèvres sur les siennes. Un mélange de chardonnay, de cannelle, de café.

Connor.

Elle secoua la tête.

— Ça ne me tracasse pas, et je n'essaie pas de t'agresser. Je regrette que tu aies cette impression.

— Tu veux un petit conseil ? Tu as plus besoin de moi que moi de toi en ce moment. Tu es coincée entre cet audit et une urgence. Et je pourrais franchir cette porte et ne plus jamais me retourner. Mais tu n'as pas besoin de ça. Et si tu veux que je t'aide, tu devrais te montrer un peu plus courtoise.

Elle se détourna, la gorge nouée.

Connor avait raison. Par un cruel caprice du destin, il était son seul espoir. Elle devait faire un effort.

La porte s'ouvrit avant qu'elle puisse répondre. Quatre hommes entrèrent, le visage noir de suie, les vêtements roussis. Ils laissèrent leurs casques et leurs bottes à la porte.

— Reposez-vous un peu, messieurs, proposa-t-elle.

Elle installa les ouvriers blessés et les examina rapidement.

— Que s'est-il passé, Tony ? demanda-t-elle au contremaître, un ami de longue date.

— Une bouteille de gaz a explosé, et deux gars ont pris des éclats en pleine figure. Ils ont été évacués par hélicoptère à l'hôpital général d'Auckland. L'incendie sur le chantier est incontrôlable, expliqua-t-il en toussant. Ceux-là ont surtout inhalé de la fumée, avec quelques coupures et ecchymoses, et je crois que Boy s'est cassé un doigt en tombant.

— Bien, intervint Connor. Tony, suivez-moi, vous avez

besoin d'oxygène pour dégager vos poumons. Boy, allez avec Mim. Skye, emmenez les deux autres en salle de soins n° 2.

— Vous êtes qui ? questionna Tony en se tournant vers lui.

Génial, songea Mim, le cœur battant.

Depuis quelques mois, Tony lui faisait une cour discrète, et elle l'avait gentiment éconduit quand elle avait compris ses intentions. Il était gentil, mais elle ne voulait pas d'un homme dans sa vie. Elle refusait d'avoir besoin d'un homme, de compter sur lui. Elle détestait perdre le contrôle, surtout de ses émotions.

— Tony, je te présente Connor Wiseman, dit-elle calmement en s'interposant. Il vient pour l'audit dont je t'ai parlé. Il est aussi médecin et désire nous aider.

— Très bien. Un petit conseil, Connor, dit Tony en lui tendant la main, notre Mim n'aime pas qu'on lui dicte sa conduite.

— Je le sais, croyez-moi. J'ai des cicatrices qui en témoignent.

Connor serra la main de l'homme, le cœur serré sous l'effet de la jalousie.

« Notre Mim. » De toute évidence, Tony et Mim étaient plus que de simples connaissances. Elle l'avait jeté pour *ça* ? Pour ce trou perdu et ce mastodonte ?

Eh bien, il leur souhaitait bonne chance. Il n'était pas là pour la reconquérir, de toute façon. Aucune chance. Il avait assez souffert une fois, il n'était pas près de recommencer. Mais pour la gouverne du mastodonte…

— Je connais Mim depuis longtemps, précisa-t-il.

— Moi aussi, rétorqua Tony en posant une main possessive sur l'épaule de la jeune femme. L'école primaire ? Le lycée ?

Mim réprima un rire nerveux.

Elle n'avait pas embrassé un homme en trois ans, et voilà qu'elle s'interposait entre deux individus qui rivalisaient de testostérone à cause d'elle ! Surréaliste.

— Réflexion faite, tu viens avec moi, Tony, déclara-t-elle. Boy, allez avec Connor.

Elle entraîna Tony en salle de soins, lui mit le masque à oxygène et prit ses constantes.

— Respire profondément. Tu as mal quelque part ?

— Non, ça va. Mais j'ai eu peur. Ces types ont été gravement blessés.

— Je les connais ? fit-elle, consciente que c'était probable, puisqu'elle connaissait tous les habitants d'Atanga Bay.

— Macca Wilson et Toby Josiah.

— Oh non ! Je vais appeler l'hôpital pour prendre de leurs nouvelles. Shelly aura besoin d'un coup de main avec les enfants pendant l'hospitalisation de Macca, et la mère de Toby doit se faire un sang d'encre. D'autres blessés ?

— Il n'y a pas eu d'autres victimes de l'explosion. Juste nous, et nous étions un peu plus loin. Mais le souffle a attisé le brasier. La défense civile est sur place avec les pompiers. Ils évacuent le terrain de camping par mesure de précaution.

— Je vais aller ouvrir la maison associative. On y installera provisoirement les campeurs.

Elle reprit les constantes de Tony et sourit.

— Pas de problème majeur. Je vais te laisser sous oxygène quelques minutes, le temps de passer des coups de fil. On va avoir besoin de lits, de nourriture et d'eau pour les réfugiés.

Après avoir ouvert la maison associative voisine du dispensaire, donné des coups de téléphone pour mobiliser la communauté et libéré Tony, elle alla rejoindre Connor qui suturait une vilaine plaie à la jambe d'un ouvrier.

Il leva la tête et ses yeux noirs plongèrent dans les siens, irradiant une énergie troublante.

Le voir ici, dans *son* espace, d'une élégance incongrue dans sa salle de soins décrépite, la déstabilisa de nouveau. Elle inspira profondément pour reprendre ses esprits.

Erreur fatale, qu'elle regretta immédiatement en sentant le parfum familier de cuir et d'épices déchaîner ses sens.

Trois ans plus tôt, elle avait réussi à surmonter son chagrin après leur séparation, quand il était devenu évident qu'elle ne pouvait pas lui donner ce qu'il voulait. Ce qu'ils voulaient tous les deux. Son esprit l'avait accepté, mais à l'évidence son corps vivait dans une autre dimension spatiotemporelle.

Si seulement elle pouvait aller en avance rapide au terme de cette évaluation, obtenir les crédits qu'il lui fallait pour exploiter tout le *potentiel* du cabinet, et voir partir Connor !

— Mim, tu me passes la gaze, s'il te plaît ? Je referme. Tommo a eu sa piqûre antitétanique, et je le mets sous antibiotique par mesure de précaution. Je lui disais que ce genre de plaie est un nid à bactéries. Vous irez au bout du traitement, n'est-ce pas, Tommo ?

— Oui, docteur. Et j'évite de picoler aussi ?

— Réduisez votre consommation d'alcool. Contentez-vous d'un verre le soir. Votre foie doit vous durer toute la vie, sourit Connor en prenant congé de lui. Et n'oubliez pas votre rendez-vous à la consultation prophylactique de prévention des maladies. Vous ne le regretterez pas.

— Sûr. Au revoir, docteur.

Apparemment, il n'y avait rien à redire aux méthodes, aux compétences, à l'efficacité de Connor. Il était sûr de lui, professionnel, rapide.

Mais elle devait satisfaire sa curiosité sur un point.

— La consultation prophylactique ? Je te souhaite bonne chance. J'ai essayé d'en créer une, et personne n'est venu.

— Ici ? Ce n'est pas adapté. Essaie plutôt le pub.

— On ne peut pas donner une consultation au pub !

— Ça a marché dans certaines régions de l'Ouest où nous avons organisé des mini check-up dans des bars. Nous avons maintenant formé les clients à aller dans les dispensaires où il y a de meilleures installations. Mais le pub est un bon endroit où commencer.

Il arracha ses gants et les lança dans la poubelle, atteignant son but du premier coup.

Bien sûr. Il était précis, pro, parfait. Très loin des réalités de la médecine rurale.

— Tu ne connais pas ces gens, Connor. Rares sont ceux qui utilisent du déodorant, et aucun ne met du gel pour cheveux, dit-elle, amusée, en fixant la coiffure savamment ébouriffée de Connor. Ils trouvent ça efféminé. Ce sont des rudes, et pour eux la maladie est une faiblesse.

— Si on essayait avant une soirée de festivités ?

— Un samedi soir ? La médecine préventive est un projet chimérique pour eux. Ces types n'acceptent de voir un médecin que quand leur cœur lâche. Ou s'il y a une catastrophe comme aujourd'hui. Au fait, qu'est devenu Boy ? Tu en as déjà fini avec lui ?

— Oui. Mais ce serait bien d'avoir du matériel de radiologie.

— Je sais. Mais il y a deux ans, il n'y avait même pas de dispensaire ici avant que je crée celui-ci. Il faut de l'argent pour avoir du matériel dans le vrai monde, soupira-t-elle. Demande à ton père d'agiter sa baguette magique. Pendant qu'il y est, je voudrais une machine à IRM, une cafétéria décente, et plein, plein de chaussures. D'ici là, on s'arrangera avec ce qu'on a. Les cas plus compliqués iront en ville.

— A une heure et demie d'ici. Pas drôle si on souffre, commenta Connor, ignorant ses sarcasmes.

Visiblement, il était moins sensible à ses railleries.

Et tant mieux, non ? Elle ne voulait pas lui faire le moindre effet. Sauf une impression positive pour l'audit financier. Après quoi elle reprendrait le cours de sa vie sans un regard pour Connor Wiseman.

— Heureusement pour Boy, son doigt n'était pas cassé, il doit avoir une foulure. Je lui ai posé une attelle. Il revient dans deux jours pour un contrôle.

Connor finit de réapprovisionner le chariot de pansements et s'étira.

— Ça fait du bien. Il y a longtemps que je n'avais pas mis la main à la pâte.

Elle le foudroya du regard.

— Tu veux dire que tu n'exerces plus du tout ? Dis-moi que tu as un certificat d'exercice en bonne et due forme !

— Bien sûr, pouffa-t-il. Sois rassurée, je fais plusieurs heures de consultation par mois pour garder la main.

— Pourquoi avoir pris la peine d'étudier la médecine toutes ces années pour n'exercer que quelques heures par mois ? Les internats, la formation de généraliste… Quel gâchis !

— Pourquoi ? Je connais parfaitement le métier, répondit-il, l'air mal à l'aise pour la première fois depuis son arrivée. Mais la gestion des systèmes est aussi importante. Quelqu'un doit s'assurer que les médecins ont un certain niveau.

Il serrait les poings, comme s'il s'efforçait de se dominer et semblait incroyablement triste.

— Connor ? Ça va ?

Il tourna vers elle des yeux froids, dénués d'émotion.

— Tu as tes démons, Mim, et j'ai les miens.

Parlait-il de sa sœur ? Inutile de lui poser la question, elle n'avait jamais réussi à briser sa carapace.

Elle lui effleura le bras du bout des doigts.

— Si nous repartions de zéro ? Comportons-nous avec courtoisie. Qui sait ? Ça marchera peut-être.

Connor inspira profondément.

Mim avait raison sur un point : aller de l'avant était le seul chemin possible. Il ne pouvait pas changer leur rupture destructrice. Ni ce qui était arrivé à Janey. Il ne pouvait que veiller à ce que ce genre de drame ne se reproduise plus.

Leurs milieux différents et leur vision de l'avenir les avaient poussés dans des directions opposées. Elle avait choisi de le quitter, et trois ans n'avaient rien changé à son idéalisme naïf. Mais cette fois, c'était lui qui partirait. Entre-temps, il garderait avec elle une distance toute professionnelle.

— Très bien. Recommençons. Bonjour, je suis le Dr Connor Wiseman, venu faire l'audit de votre cabinet.

— Bonjour, docteur Wiseman. Je m'appelle Mim. Bienvenue dans notre belle région d'Atanga Bay, où vous aurez le soleil et les sourires à profusion. Oh… et éventuellement un feu de broussailles, mais seulement tous les trente-six du mois, dit-elle avec malice, les bras croisés sur son torse menu.

Elle était pleine de contradictions, à la fois combative et défensive. Il savait qu'elle appréciait autant que lui une bonne prise de bec. Personne ne l'avait jamais autant irrité qu'elle, mettant toujours dans le mille, l'excitant comme personne, au propre comme au figuré. Leurs bagarres avaient été légendaires, et leurs ébats de réconciliation sublimes.

Il détailla son corps à la dérobée.

Elle était plus mince, mais il devinait ses courbes cachées sous son pull informe. Elle était toujours la femme de son souvenir. Et plus encore.

Et il allait devoir endurer sa présence les trois prochains mois — plus s'il devait être constamment retardé par des incendies et des crêpages de chignon.

Mais il devait se maîtriser, rester concentré.

— Donne-moi un indice. Comment entrer des données dans un ordinateur qui refuse de démarrer ?

Elle ramassa un stylo et le lui agita sous le nez.

— Tu ne peux pas travailler sans gadgets ? Essaie d'utiliser un bon vieux stylo.

— Tu plaisantes ? On est en Nouvelle-Zélande au vingt et unième siècle, pas dans *Les Papiers posthumes du Pickwick Club* !

— Quand l'ordinateur me lâche, je prends des notes et je les tape plus tard. Tout est à jour en fin de journée. Mais tu as raison, nos ordinateurs ont besoin d'être renouvelés. J'envisage d'acheter des portables, mais il me faut de l'argent pour ça, et j'ai besoin des ordinateurs pour gagner de l'argent, c'est un cercle vicieux. Mais ça figure en tête de mes priorités.

Hochant la tête, il regagna la réception, partagé entre l'envie de continuer à soigner ses patients et le désir d'en finir au plus vite avec son rapport. Il n'avait qu'une hâte : fuir Mim, fuir Atanga Bay.

Il ravala sa frustration et introduisit le patient suivant en salle de soins.

3.

Le hurlement de nouvelles sirènes fit tressaillir Connor. Il aurait pourtant dû y être habitué, au bout de trois heures.

Il se dirigea vers la porte du cabinet et vit un hélicoptère des pompiers en vol stationnaire qui aspirait l'eau de mer pour la verser sur le feu et étouffer l'incendie. Au loin, de la fumée montait des broussailles, une âcre odeur de brûlé imprégnait l'air, et des cendres voletaient autour de lui comme des confettis. Plus loin sur la route, des camping-cars se dirigeaient vers Atanga Bay, fuyant le terrain de camping.

Mim le rejoignit et croisa les bras sur sa poitrine, inquiète.

— Tu crois qu'ils commencent à maîtriser l'incendie ?

— Je ne sais pas. Ça arrive souvent, ici ?

— Non. C'est une petite station balnéaire très tranquille. Il est interdit de faire du feu l'été, bien sûr. Mais ce genre d'explosion peut se produire sur n'importe quel site de construction. Tu crains que tes papiers prennent feu, ou quoi ?

— Je me souciais plutôt du fait que *tu* vis dans un endroit dangereux. A quelle distance se trouve Two Rivers ?

— Cinq kilomètres, répliqua-t-elle tandis qu'un nouveau camion de pompiers passait à toute allure. Pourquoi ?

La petite communauté était en danger, et il n'allait pas rester les bras croisés à regarder passer les secours.

— C'est sur la route principale, au bout de la péninsule ?

— Tu n'envisages quand même pas d'aller là-bas ?

Il sortit ses clés de voiture.

— Le cabinet est calme. Je ne vais pas rester là à attendre. Je dois faire quelque chose.

— Il vaut mieux qu'on nous amène les blessés ici, loin

de la zone de feu. On nous le dira s'il faut évacuer. D'ici là, nous attendons. C'est *notre* protocole, Connor. Elaboré par moi-même et le chef des pompiers. Il m'en coûte de l'avouer, mais j'ai besoin que tu restes ici, avec moi, dit-elle en posant la main sur sa poitrine avec le sourire conciliant qu'elle avait eu pour Tony le mastodonte.

En sentant la chaleur de ses doigts se répandre dans son torse, il eut soudain envie de l'embrasser mais recula.

Trois ans plus tôt, Mim avait dicté ses termes, elle n'allait pas recommencer au bout de quelques heures. Elle ne l'empêcherait pas de faire ce qu'il avait à faire.

— Content que tu puisses te reposer sur quelque chose de concret. Moi, j'y vais.

— Tu ne suis donc que tes propres règles ? gronda-t-elle, les mains sur les hanches, les yeux lançant des éclairs. Ce sont les consignes, Connor. Reste ici, en sécurité.

— Tes consignes, ton problème. Si tu veux rester ici à attendre, libre à toi. Moi, je vais *agir*.

Il fonça vers sa voiture et mit le contact.

Loin des yeux, loin du cœur. Loin des bras aussi. Et pendant qu'il y était, il demanderait aux pompiers de l'asperger d'eau froide.

— Attends, cria Mim en tapant à la vitre de la voiture de Connor.

— Inutile de discuter, j'y vais.

Elle rit malgré elle.

— Je viens avec toi. Skye peut se débrouiller une ou deux heures. Il n'est pas dit que je ne viendrai pas en aide à un toubib borné et suicidaire.

— Décidément, plus personne ne suit les règles, de nos jours, railla Connor d'un air lugubre.

— Elles sont faites pour être enfreintes, tu ne le savais pas ?

Et c'était précisément ce qu'elle était en train de faire : fouler aux pieds ses principes. Il était dangereux de monter en voiture avec des étrangers. Connor n'était peut-être pas un étranger, mais il était dangereux.

Toutefois, il semblait décidé à voler au secours de ses amis, et elle devait aller avec lui.

— Il y a des maisons près de l'incendie. Il pourrait y avoir des blessés. Tu auras besoin d'un coup de main.

— Je crois que ça ira, répondit-il en se penchant vers elle, effleurant sa joue de son souffle tiède. Je sais quoi faire quand ça devient chaud.

Non.

Cinq heures, il n'avait fallu que cinq heures pour que commencent les sous-entendus. A ce train-là, ils passeraient vite aux propos ardents, aux baisers brûlants, aux ébats torrides. Puis ce seraient les promesses, qu'ils renieraient. Encore.

S'efforçant de se calmer, elle contourna la voiture pour venir s'asseoir sur le siège passager.

— Dis donc, il y a un an de frais de fonctionnement de mon cabinet dans cet habitacle, lâcha-t-elle en admirant le tableau de bord en cerisier et les sièges en cuir pleine peau.

— Tu aurais pu avoir de belles voitures, tu sais, Mim. Et plus encore. Beaucoup plus.

Elle ne prit pas la peine de répondre.

A l'évidence, Connor ne comprenait toujours pas pourquoi elle l'avait quitté.

Elle avait besoin de contrôler sa vie. Elle ne croyait pas à une petite vie pépère et rangée. Pas pour elle, en tout cas. Ces rêves puérils s'étaient envolés quand elle avait vu sa mère passer d'une relation minable à une autre à la recherche d'une nouvelle dose d'amour et de drogue.

Dana n'avait jamais été rassasiée et était morte en poursuivant cette quête stérile. Mim, elle, maîtrisait sa vie. Elle ne laisserait jamais le besoin et la dépendance diriger son cœur. C'était pour cela qu'elle avait quitté Connor.

A l'entrée du camping, un policier et Tony leur firent signe de rebrousser chemin.

— Génial, un comité d'accueil, grommela Connor en freinant. On se croirait dans *Délivrance*...

Connor ouvrit sa fenêtre en scrutant les alentours à la recherche d'hommes armés. Dieu merci, il n'y en avait pas.

— Besoin d'aide ? proposa-t-il.

Tony se dirigea vers la voiture, imbu de son importance. Il salua Mim et tourna vers lui un visage peu amène.

— Les pompiers ont contenu le feu. On n'a pas besoin de vous, doc. Vous vouliez jouer les héros ?

— J'ai pensé que vous pourriez en avoir besoin. Ne devriez-vous pas vous ménager après cette explosion ?

— Non.

Mim se pencha, la main sur l'épaule de Connor.

— Laisse-moi lui parler.

Il ravala son irritation.

Il était sur leur territoire, il comprenait le besoin de protection de Tony, la rivalité primaire qui l'opposait à lui. Sa méfiance pour cet étranger trop bien habillé pour être utile. Mais cela ne l'arrêterait pas.

— Je ne marcherai sur les plates-bandes de personne. Mais je me demandais si je pouvais aider en quoi que ce soit ?

— Sûr. Retournez à Atanga Bay. La route est coupée à partir d'ici. Personne n'est autorisé à passer. Ni Mim ni vous. Ce sont les ordres.

— Y a-t-il eu des évacuations ? Des blessés ? Des personnes qui ont besoin d'aide là-bas ? J'ai des compétences qui pourraient vous servir.

Le policier s'avança et posa la main sur l'épaule de Tony.

— Ecoute, vieux, ils peuvent peut-être nous aider à descendre Steph en ville pour la mettre à l'abri ? Si le sens du vent change, le feu pourrait être poussé par ici.

Tony tourna vers le policier un visage dur, indéchiffrable. Puis il hocha la tête.

— Cette tête de mule refuse de partir, grommela-t-il. Mim pourra peut-être lui faire entendre raison.

Mim se mordilla la lèvre.

— Je vais essayer, mais elle ne voudra sûrement pas m'écouter, dit-elle sans conviction.

Connor sentit qu'il y avait un contentieux entre les deux femmes. Mais il avait une urgence à traiter, le reste était secondaire.

Ils gravirent la colline jusqu'au terrain de camping noyé dans la verdure.

Tirant un gros tuyau noir, une femme enceinte surgit à l'angle du bureau de réception, chaussée de bottes en caoutchouc. Elle haletait, livide. Elle haussa les sourcils d'un air interrogateur en les voyant approcher.

— Mim, Tony, Bruce. Je vous l'ai dit, je n'irai nulle part. Fichez-moi la paix.

Connor s'avança, la main tendue.

— Bonjour, Steph. Je suis médecin. Je m'appelle Connor, et je suis un ami de Mim. Je suis là pour quelques jours.

— Bonjour, répondit Steph en lui jetant un regard soupçonneux.

Elle glissa sa main dans la sienne et la serra brièvement.

Elle avait la paume moite, le front couvert de sueur, les joues rouges. Elle semblait désemparée, pas spécialement ravie de le voir. Il était prêt à parier qu'elle était au bord de l'éclampsie. Et qu'elle refuserait de faire quoi que ce soit pour y remédier.

— C'est chez vous, ici ? demanda-t-il négligemment, ne voulant pas l'effrayer ni la stresser davantage.

— Oui, répliqua-t-elle, enfonçant sa paume dans son flan avec une grimace. Et alors ?

— C'est un bel endroit. Vous vous en occupez très bien. Vous l'avez échappé belle. Vous avez dû avoir peur.

— Ça va. Je fais juste mon boulot.

Carrant les épaules, elle brandit le tuyau d'arrosage, et il ne put s'empêcher d'admirer sa force dans son état.

— J'ai fini de mouiller l'extérieur. Et j'ai réussi à évacuer tous les clients.

— Mauvais, ces incendies de broussailles, commenta-t-il, les yeux fixés sur son ventre rond. L'accouchement est pour quand ?

— Dans six semaines. Et le gaillard gigote, vous pouvez me croire ! dit-elle en se passant la main sur les reins.

Il fallait lui prendre la tension, vérifier l'enflure de ses chevilles, faire une recherche de protéines dans ses urines, sentir la position du bébé… Ils n'avaient pas de temps à perdre.

Voyant Steph se plier en deux en se tenant le ventre, Mim s'approcha et lui prit le bras.

— Ça va ? Tu as besoin d'un coup de main ? Tu devrais vraiment quitter la zone dangereuse.

— J'ai dit que je ne partirais pas d'ici, inutile de me le demander, Mim McCarthy, ni toi ni personne !

Difficile de dire si Steph se méfiait de Mim ou de tout le monde en général. Mais Mim retira sa main, visiblement blessée par ce refus.

Etait-ce le genre de réaction qu'elle obtenait d'habitude ?

Si elle devait affronter ce type d'antagonisme, il lui fallait plus qu'une évaluation favorable pour monter le cabinet de ses rêves. Elle avait besoin de soutien, de confiance, de foi en ses capacités. Il n'était pas là pour ça. Si ?

Non. Il était là pour aider Steph, réaliser l'audit, puis il partirait. Facile.

— Vous avez bien fait votre travail, Steph, laissez-moi faire le mien maintenant, dit-il en s'avançant. Je vois que vous ne vous sentez pas très bien. Mim et moi pourrions vous emmener en ville pour vous ausculter, qu'en dites-vous ?

— Pendant un feu de broussailles une fois, une ville a été évacuée, et elle a été ravagée par des pillards. Je ne peux pas me permettre de me faire faucher mes affaires.

Elle n'en avait donc pas spécialement après Mim. Mais contre toute logique, il persistait à vouloir soutenir celle-ci.

Elle l'obsédait vraiment, pour une ex qui l'avait jeté comme un Kleenex !

— Et moi, je ne peux pas vous laisser vous mettre en danger, vous et le bébé, rétorqua-t-il, inquiété par ses doigts bouffis et son essoufflement.

Il ne connaissait pas les habitants d'Atanga Bay, mais il y avait un argument auquel aucune femme ne résistait.

— J'ai réservé une chambre luxueuse au pub de la ville. Avec un lit *king-size*, du linge propre. Elle est à vous pour la nuit, si vous voulez. Pour vous reposer, prendre un bain moussant, souffler un peu. Tony peut rester ici pour surveiller les lieux. N'est-ce pas, Tony ?

Il regarda l'intéressé, dont le teint avait viré au rouge brique.

— J'ai autre chose à f…

— Un bain moussant ? murmura Steph, tentée.

Bouche bée, Mim semblait littéralement abasourdie.

C'était bon de l'impressionner… Ce qui était absurde, en y réfléchissant, puisqu'elle lui avait clairement précisé ses sentiments.

Il s'efforça de se convaincre qu'il rendait service à une femme malade par simple bonté d'âme.

— Bien sûr, acquiesça-t-il. Mais vous devez nous promettre que vous nous laisserez vous examiner. Pour nous assurer que tout va bien pour le bébé. Qu'en dites-vous ?

— D'accord. Juste pour une nuit, alors, dit Steph avec le sourire, comme si elle leur rendait un immense service.

Génial. Maintenant qu'il avait Steph de son côté, il allait pouvoir s'occuper des autres péquenauds.

— Je viens de parler au chef des pompiers. Le danger est écarté. Au moins pour le moment, annonça Mim en posant un plat chinois et une boisson chaude devant Connor.

Il la remercia avec un sourire irrésistible qui lui coupa les jambes.

Le danger n'était plus dehors, il était là, dans le bureau !

Après avoir pris une douche et changé de vêtements, Connor s'était métamorphosé en *beach boy*. Mais même en short et T-shirt, il dégageait une autorité et un sex-appeal scandaleux.

Fascinée, elle suivit des yeux le mouvement de sa pomme d'Adam pendant qu'il buvait, puis elle détourna le regard et se dirigea vers la porte.

— Apporte ton dîner dehors, la soirée est tiède et la brise souffle du large. L'air est pur, sans la moindre fumée.

Passant la main dans ses cheveux, il leva les yeux de la pile de dossiers. Son regard sombre la transperça.

— Non, vas-y, toi. J'ai une journée de travail à rattraper.

— As-tu pensé à l'endroit où tu allais dormir cette nuit ?

En rentrant en ville, il avait donné sa chambre à Steph et s'était rendu compte que l'hôtel était complet, pris d'assaut par les campeurs. Maintenant, il n'avait plus de lit où dormir.

Elle se sentit coupable.

Il avait enfreint ses principes en fonçant au secours de ses amis et en donnant son lit à Steph, et il lui en coûtait.

Elle hésitait à lui proposer son canapé dans le petit appartement qu'elle occupait à l'arrière du dispensaire. C'était risqué, compte tenu de l'état de ses hormones.

— Je n'ai pas grand choix. Ou je dors dans l'entrée du cabinet, ou sur un matelas dur dans une salle commune avec une foule de gens que je ne connais pas. Ou dans ma voiture. Je crois que je vais plutôt travailler cette nuit, conclut-il avec un haussement d'épaules en désignant les dossiers devant lui.

Bien. Plus tôt il aurait fini avec ses comptes, mieux ça vaudrait. Il partirait, et tout redeviendrait comme avant.

— Mange. Tu ne peux pas travailler l'estomac vide. Le plat a été préparé par la mère de Steph pour te remercier d'avoir sauvé sa fille de l'incendie. Tu es le héros du jour. Boy t'envoie le bonjour, et Tommo te fait dire qu'il ne boira rien ce soir. Tu sembles avoir déjà fait grosse impression sur mes amis !

Le torse de Connor parut gonfler sous son T-shirt.

Se pouvait-il qu'il éprouve de la fierté d'avoir aidé cette petite communauté au milieu de nulle part ?

— On ne te remercie jamais, à l'administration de la santé ?

— Si… Ou plutôt non, pas vraiment, répondit-il après réflexion. On félicite plus qu'on ne remercie. Quoi qu'il en soit, je faisais juste mon travail.

— Oh ! Et Steph m'a chargée de remercier, je cite, « le nouveau doc ». Je crois que ton numéro avec Tony l'a impressionnée. Sa tension est un peu élevée, mais rien d'inquiétant. Je vais la surveiller. Ses chevilles ont dégonflé après quelques heures de repos et un bon bain. Pour une fermière, elle apprécie le confort citadin. Si j'avais su qu'il suffisait de leur fournir des draps propres pour me gagner la sympathie des habitants d'Atanga Bay, j'aurais ouvert une boutique de linge de maison au lieu d'un dispensaire !

— Les Draps de Dana, ça sonne plutôt bien…

— Touché. Tu n'es pas aussi cinglé que tu en as l'air, commenta-t-elle en le contemplant — puisque c'était tout ce qu'elle pouvait faire. Je crains que tu aies une note de service en chambre plutôt salée.

Connor sourit, d'un sourire franc, chaleureux, qui l'émut.

— Ça ne ruinera pas la banque. Et pense à mon karma !

Elle se percha sur le bureau en veillant à garder ses distances, se rappelant la sensation de ses bras autour d'elle.

Pas de seconde chance. Pas de regard en arrière. Elle n'avait jamais regretté ses décisions, et la présence de Connor n'y changerait rien.

— Ça t'a fait passer du stade de limace à celui de cafard pour ta vie future. Tu as encore du chemin à parcourir.

— Moi qui me voyais en taon ou en scarabée !

— En tout cas, c'est sûrement l'avis de Tony.

— Ah, Tony ! s'esclaffa-t-il avec un rire grave qui la propulsa trois ans en arrière, lui rappelant leurs ébats joyeux à l'époque de l'insouciance. J'espère qu'il me pardonnera, mais je n'ai pas pu résister.

— Tony n'est pas le genre à pardonner ni à oublier.

Le regard de Connor glissa sur son pull délavé et revint à son visage, sur lequel il s'attarda.

— Pas quand quelqu'un empiète sur son territoire ou travaille à proximité étroite de l'adorable Dr McCarthy ? murmura-t-il.

— Nous sommes juste amis, rétorqua-t-elle, troublée. Sérieusement, il n'y a rien entre lui et moi.

— Alors, il est encore plus stupide que je ne pensais.

Elle devait se ressaisir, s'en aller. La présence de Connor, son odeur de cuir excitaient ses sens, elle avait envie de le toucher, de sentir battre son cœur sous ses doigts.

Assez. Le dispensaire lui prenait toute son énergie, elle n'avait pas de place pour une relation amoureuse. Surtout avec un homme qui vivait loin d'ici et avec qui elle avait partagé une passion torride. De l'eau avait coulé sous les ponts depuis, elle ne voulait pas revivre ça.

Elle sauta sur ses pieds.

— Je dois aller au centre associatif voir si tout le monde va bien. A plus tard. Si tu as besoin de quelque chose… En tout cas, merci, ajouta-t-elle, reconnaissante pour l'aide qu'il lui avait apportée ainsi qu'à ses amis.

Elle se détournait pour partir, mais Connor la retint par le poignet, et elle resta pétrifiée par le désir qui vibrait entre eux.

Il se planta devant elle, le souffle court, et son parfum lui donna le vertige.

Elle leva les yeux, le corps en feu.

— Dors bien, Mim, murmura-t-il d'une voix rauque. A demain pour un nouvel épisode. Je ne doute pas que le Dr Singh t'aurait fait réussir haut la main cette évaluation. Il aurait suffi qu'il te voie danser sur ce bureau… Dommage. Moi, il en faudra plus pour me convaincre.

4.

— Il t'arrive de dormir ?

Occupée à remuer une grande marmite de porridge dans la cuisine du centre associatif, Mim sursauta en entendant la voix grave de Connor.

Elle inspira puis se tourna vers lui.

— Bien sûr que oui. J'ai dormi jusqu'à 5 heures du matin. Et toi ? Tu n'as pas l'air d'avoir passé une nuit blanche.

Avec son élégant costume et sa chemise pastel, il paraissait un peu déplacé dans la cuisine en formica mais avait toujours l'air aussi bien dans sa peau.

Elle ne pouvait pas en dire autant d'elle-même. Sa présence déclenchait en elle un tel tourbillon d'émotions qu'elle avait du mal à respirer. Elle avait passé la nuit à se retourner dans son lit en pensant à lui, et elle avait l'impression de sortir d'un match de boxe, les yeux bouffis, le teint barbouillé, le visage fripé.

Il se pencha vers elle en souriant, et sa main enveloppa la sienne pour lui prendre la cuillère en bois.

— J'ai réussi à rattraper mon retard. Je vais pouvoir te laisser tranquille dans peu de temps.

— Génial. Le plus tôt sera le mieux.

La peau avait-elle une mémoire ? Elle sentait des picotements dans le bras qu'il touchait, au point de presque en oublier ses résolutions.

Elle se dégagea avec brusquerie, maudissant ses sens qui la trahissaient. Puis elle croisa son regard brûlant et comprit qu'il avait ressenti la même chose. Et que cela lui avait plu.

A elle aussi, elle s'en rendait compte avec effroi. En fait, elle prenait conscience que depuis qu'elle avait revu Connor, elle se sentait… *vivante.*

— Je meurs de faim, dit-il et, goûtant le porridge, il lui tendit la cuillère. Goûte. Il manque quelque chose…

Elle prit une bouchée de porridge chaud, avala trop vite et se brûla. Elle s'éventa la bouche et se mit à tousser, les yeux noyés de larmes.

— Désolé, dit Connor, mi-amusé mi-contrit, en lui frottant le dos. Tu veux de l'eau ?

Elle le repoussa et se força à ne pas rougir.

Bon sang, elle trouvait moyen de se soucier de son image alors qu'elle était en train de s'étouffer !

— Ça va… Merci.

— Tu es sûre ? fit-il avec un doux sourire en lui glissant un doigt sur la joue. Sinon, je peux utiliser la méthode de Heimlich pour dégager tes voies respiratoires…

— Oui… Maintenant, arrête. S'il te plaît.

Il se détourna et ajouta trois grosses cuillerées de sucre dans la marmite.

Elle sentait sa peau la brûler là où il avait posé son doigt. Elle recula, s'essuyant la joue du revers de la main.

— C'est mieux, dit-il après avoir goûté la bouillie d'avoine. Ça manquait de sucre. Bon, je vais finir la première partie de mon travail ce matin, et je te laisserai quelques idées à étudier. Je reviens vendredi pour la deuxième partie.

— Ça avance bien. Génial, dit-elle, décidée à coopérer. Je serai ravie d'examiner tes suggestions.

— Vraiment ? fit Connor, moqueur.

— C'est toi l'expert. Après réflexion, je pense que tu as raison, il faut peut-être améliorer nos procédures, admit-elle, consciente que ces concessions lui vaudraient sûrement des bons points. Bon. Allons servir le porridge.

Connor prit la lourde cocotte et poussa la porte de la grande salle du centre associatif.

Une joyeuse pagaille régnait dans la pièce. Des bébés hurlaient, des campeurs en pyjama s'interpellaient depuis leurs sacs de couchage, des bambins rampaient à quatre pattes sur le lino.

— Quel bazar, souffla-t-il, médusé. Je parie que tu seras contente que les choses reprennent leur cours normal demain.

— C'est peu probable, pouffa Mim en lui désignant la porte d'entrée où des écoliers faisaient la queue. Le car scolaire est là pour le petit déjeuner des enfants, pile à l'heure. Les campeurs ne font qu'en rajouter une couche.

— Tu veux dire que c'est comme ça tous les jours ? s'écria-t-il, horrifié.

— Sauf les jours fériés et les vacances.

Il frissonna. Il nageait en plein cauchemar.

— Ils sont nombreux. Et bruyants. Les gosses me donnent des boutons, avoua-t-il en se grattant machinalement la joue.

— Tu n'envisages pas d'être père un jour ?

Il posa la marmite sur la table.

Des enfants ? Plus jamais ça. Il avait assez investi émotionnellement dans sa petite sœur avant d'avoir le cœur brisé par sa mort.

— Pas dans cette vie. Je suis allergique aux marmots.

— Il est impossible d'être allergique aux enfants en médecine générale, où l'exposition à l'allergène est intensive. C'est une bonne opportunité de te soigner, dit-elle en ébouriffant affectueusement les cheveux d'un petit garçon.

L'enfant réprima une quinte de toux et lui adressa un grand sourire. Il semblait l'adorer, et c'était réciproque.

Curieusement, il n'avait jamais imaginé Mim en mère. Elle ne lui avait pas dit qu'elle voulait des enfants. Encore une chose dont ils n'avaient pas parlé avant qu'elle le plaque. Mais elle était à l'aise avec tout le monde, jeunes ou vieux.

— Prends des fruits, Oakley, dit-elle à l'enfant en désignant les saladiers de kiwis et de bananes coupés en morceaux. Puis nous examinerons cette toux, d'accord ?

— D'ac, Mim, répondit le garçonnet en mordant dans un

toast, ses yeux soupçonneux fixés sur Connor. Vous êtes le maire, m'sieur ?

— Non, pourquoi ?

— Vous êtes riche, alors ?

— Je viens juste rendre visite à Mim.

— Vous êtes son amoureux ?

— Pourquoi ? Tu veux qu'on se batte pour elle ?

— Heu, non… J'aime pas les filles, grogna le gamin avant de disparaître dans la foule.

Connor éclata de rire.

Il se rappelait très bien ses sept ans, quand il détestait les filles, lui aussi. Une époque heureuse, où la vie était simple et prévisible. Avant sa rencontre avec Mim.

Le parfum fruité de son lait pour le corps flottait autour de lui. Il avait les nerfs à fleur de peau quand elle était dans les parages. Epuisant.

Elle empila des tranches de pain grillé dans un plat.

— Les gosses posent des questions difficiles, n'est-ce pas ?

— Je n'ai pas l'habitude, c'est tout.

— Tu n'as pas souvent l'occasion de te mêler au vrai monde, hein ? fit-elle, l'air amusé.

Il rit, ne sachant trop que penser de l'univers chaotique et coloré de Mim. A côté, il se sentait un peu guindé mais solide. En sécurité.

— Mon conseil d'administration consacre un certain temps au silence tous les jours. Pour la réflexion.

— Tu en as de la chance, railla-t-elle. Pour moi, qui dit silence dit sommeil. Ou mort.

— D'où vient la nourriture ? cria-t-il pour se faire entendre dans le brouhaha, tandis que les gens défilaient devant eux pour se servir de porridge, de fruits et de toasts.

— L'épicerie fournit le pain et le beurre, et les paysans locaux nous donnent les fruits. Le reste vient d'aides gouvernementales et de dons. Les enfants adorent ce petit déjeuner qui leur permet de démarrer sainement la journée.

Il détailla les tenues des bambins, allant des vêtements de créateurs aux occasions dénichées dans des friperies.

— Ils ne viennent pas tous de milieux défavorisés ?

— Non. Les parents des familles aisées travaillant loin et partant tôt le matin, leurs enfants manquent souvent le petit déjeuner, d'où leur présence ici, expliqua Mim en ramassant les assiettes sales. Quant aux plus pauvres, ils ne peuvent simplement pas s'offrir trois repas par jour.

Elle se figea, l'air étrangement triste.

Il se demanda soudain si elle avait fait partie de ces enfants qui commençaient la journée sans petit déjeuner.

Elle n'en avait jamais parlé, mais il était prêt à parier qu'elle avait souffert de la négligence et de la pauvreté dans son enfance. Parmi sa clientèle, il avait eu des toxicomanes, et il les savait incapables de pourvoir aux besoins de leur progéniture. Mim avait dû avoir une jeunesse à l'opposé de l'éducation privilégiée qu'il avait reçue.

Soudain, il désirait en savoir plus sur elle, il voulait comprendre quand les choses avaient mal tourné entre eux. Ce n'était pas le moment d'en discuter, mais il pouvait au moins essayer de combler les vides.

D'après ce qu'elle lui avait dit, son affectation de six mois à Auckland lui avait fait prendre conscience de son besoin de rentrer chez elle. Il avait tenté de la convaincre qu'elle se trompait et de lui faire miroiter une vie différente, persuadé que son beau cabinet citadin était un modèle pour tous les médecins de Nouvelle-Zélande.

Aujourd'hui, il n'en était plus si sûr. Mais voir Mim dans son propre milieu faussait peut-être son jugement.

— Ah, Mim, te voilà. Salut, Connor.

La punk au piercing était de retour. Elle lui jeta un regard méfiant.

Une réaction courante ici, il commençait à s'habituer.

— J'ai ouvert la consultation. Tanisha a besoin d'une ordonnance pour son inhalateur. Jordan a des plaies aux jambes.

Et j'ai eu Shelley Wilson au téléphone, Emily a recommencé à mouiller son lit.

Il regarda Mim prendre les choses en main.

Il avait toujours su qu'elle serait un médecin dévoué, mais il croyait à tort qu'elle avait des œillères et qu'elle était idéaliste. En fait, elle était l'idéalisme en action, et il ne s'attendait pas à ça.

— Merci, Skye. Installe Jordan en salle de soins et prépare le chariot de pansements. Je vais le mettre sous antibiotique. Tu trouveras l'ordonnance de Tanisha dans son dossier. Je rappelle Shelley dès que possible, je crois qu'il est temps de mettre Emily sous Minirin. Avec son papa à l'hôpital, son énurésie ne s'arrangera pas de sitôt. J'arrive dans deux minutes. Oh ! Et Oakley tousse encore, amène-le au cabinet.

— Vous formez un sacré duo, toutes les deux, remarqua Connor en suivant Mim dans la cuisine avec la marmite vide. Que faites-vous pendant votre temps libre, si tant est que vous en ayez ? Vous le consacrez aux rendez-vous torrides ?

— Non, à la salsa, cria Skye depuis la salle qui se vidait. Mais tu le sais déjà, ajouta-t-elle avec un clin d'œil.

— Le plat mexicain ? Tu fais aussi la cuisine ?

Mim rit pour cacher son embarras.

Connor la faisait-il marcher ? Elle aurait préféré que Skye reste en dehors de tout ça. Elle ne voulait pas partager sa vie avec lui. Surtout pas les choses qu'elle faisait pendant ses rares moments de liberté. En particulier celles qui étaient liées au souvenir de sa mère.

— Non, idiot. La danse.

— J'ignorais que tu aimais danser.

— Il y a des tas de choses que tu ignores de moi. J'adore danser. Je tiens ça de ma mère.

— Tu me montreras un jour ?

Le sourire coquin de Connor l'émut, et elle se détendit.

Il y avait des années qu'elle ne s'était pas détendue avec un homme, dommage que cela lui arrive avec lui. Lui auquel tous les autres n'arrivaient qu'à la cheville. Lui qui l'avait laissée partir sans même se retourner.

— Non, certainement pas.

— D'accord. Pourtant, ça pourrait m'aider à supporter ces longues soirées de travail, seul dans ma chambre, ajouta-t-il, les yeux pétillants de malice. Tu travailles tout le temps, toi aussi, Mim. Quand t'es-tu lâchée pour la dernière fois ?

Il y avait très, très longtemps.

— Je ne sais pas…

— Allez, c'est une super-idée ! Amuse-toi un peu. En souvenir du bon vieux temps, supplia-t-il, une lueur friponne dans l'œil. Montre-moi les tiens, et je te montre les miens.

— Connor !

— Je parle de pas de danse, dépravée que tu es. Tu vois, tu ris rien que d'y penser. Mais je te préviens, je suis nul.

Elle avait l'impression de ne pas avoir ri depuis des lustres. Mais rire avec Connor, cela pouvait être dangereux. Excitant. Et stupide. Elle avait une meilleure idée.

— Très bien. Si tu arrives à faire venir les hommes en consultation de médecine préventive samedi soir au pub, je te donne un cours de salsa d'une heure.

— Trop facile.

— Facile ? Avec ces types qui pensent que les médecins sont pour les chochottes ? Tu plaisantes ! Et tu devras aussi prendre Tony, ou le marché ne tient pas.

— Tony ? répéta-t-il, l'air un peu refroidi.

— Oui, Tony.

— D'accord. Marché conclu.

Elle était tranquille, cela n'arriverait jamais.

Elle lui serra la main pour sceller leur accord.

Il allait perdre. Mais s'il gagnait le pari, il aurait réalisé un miracle en initiant les hommes à la médecine préventive, et elle serait tout près d'atteindre ses objectifs. La leçon de danse était un bien petit sacrifice, pour une telle cause. Elle la lui donnerait en le tenant à distance, à l'ancienne.

Danser avec Connor…

Cette pensée l'excitait et lui faisait peur. Mais comment arriverait-il à convaincre ces hommes de subir un check-up ?

— Tu n'as aucune chance. Bon courage, *city boy* !

Incrédule, Mim fixa le tensiomètre enroulé autour du bras tatoué de Tony.

— Ce n'est pas possible. Comment as-tu… ?

Elle était furieuse, au point d'oublier les pensées troublantes qui l'agitaient depuis l'arrivée de Connor.

L'idée qu'il pouvait gagner le pari ne l'avait même pas effleurée pendant qu'elle s'habillait pour la soirée, mettant une robe portefeuille ultra-sexy et des chaussures de danse à talons très hauts, histoire de lui montrer.

Et maintenant, dans la petite salle d'attente de fortune, un groupe de malabars était en train de consulter des brochures sur le cancer de la prostate, comparant leur tension comme des rugbymen leurs scores.

Incroyable. Non seulement Connor avait réussi, mais parmi tous ces hommes, elle avait l'air d'une putain en train de draguer !

Connor hocha la tête dans sa direction, visiblement fier d'avoir réussi à gagner le respect des autochtones, détendu dans son T-shirt noir au logo des All Blacks qui moulait son torse athlétique comme une seconde peau.

— Ah, Mim. Tu nous a sous-estimés. Les hommes d'Atanga Bay prennent leur santé au sérieux. Il faut juste savoir les prendre. A présent, si tu veux bien attendre derrière le paravent, Tony et moi devons bavarder un peu.

Elle fusilla Tony du regard.

Le traître !

Mais, les yeux fixés sur le brassard du tensiomètre qui se gonflait, il écoutait le laïus de Connor sur les maladies cardio-vasculaires et paraissait même intéressé !

Avec un sourire suffisant, Connor la poussa derrière le

vieux paravent fleuri qu'il avait déniché dans un placard du dispensaire.

Elle revint dans la partie salle d'attente, adressa un sourire gêné à ceux qui patientaient et, s'appuyant au rebord de la fenêtre, massa ses pieds douloureux.

Le médecin et son patient réapparurent bientôt.

— J'insiste, Tony, articula Connor d'un ton ferme. Revenez à la première heure lundi matin.

— Juré. Tchao, mon pote, dit Tony en lui serrant la main.

« Tchao, mon pote » ? Rêvait-elle ?

Elle se frotta les yeux en veillant à ne pas étaler son mascara.

Inouï. Maintenant, Tony serrait la main de toute la fichue population masculine d'Atanga Bay faisant la queue pour se faire examiner !

Elle aurait dû s'en réjouir — elle avait dû appeler l'ambulance pour trop d'entre eux, trop tard —, mais le succès de Connor l'irritait. Il l'impressionnait mais l'irritait.

Connor l'attira à l'écart. Son regard glissa sur sa robe moulante puis remonta vers son visage, s'attarda sur sa bouche, attisant une étrange chaleur dans son ventre.

Elle tenta de l'ignorer, mais en trois ans, elle n'avait pas oublié les sensations qu'il avait éveillées en elle.

Elle ne pouvait pas danser avec lui. Impossible. Elle n'avait pas assez de volonté pour le tenir à distance. Et on ne se tenait pas à bout de bras quand on dansait la salsa.

— Tu es magnifique, murmura-t-il d'une voix douce et chaude. Tu as des yeux superbes quand tu retires tes lunettes. Tu portes des lentilles ?

— Non. Je préfère voir les choses floues. Surtout toi.

— Parce que j'ai gagné ? Tu n'aimes pas voir tes échecs en face ? Es-tu prête à remplir ta part du marché ?

— Rien ne presse.

— Je te retrouve dans une demi-heure. Chez toi ?

Elle sentit ses jambes se dérober sous elle et enfonça ses ongles dans ses paumes.

C'était un cours de danse, rien de plus. Une heure pendant

laquelle ils pourraient oublier chiffres et règlements, et s'amuser. Danser. *Juste danser.* Où était le mal ?

Les paroles de sa mère résonnèrent dans sa tête.

« Encore une fois. Il n'y a pas de mal à ça. »

Mais elle n'était pas sa mère. Elle était Mim, calme et posée. Elle savait où s'arrêter. Il s'agissait juste de danser.

Connor sourit lentement, les yeux pétillants.

— Alors, Mim ? Tu me dois bien ça.

En effet. Elle devait honorer sa part du marché.

— D'accord. Donne-moi une demi-heure.

— J'ai hâte d'y être, répondit-il avant de retourner à ses patients en fredonnant un air de salsa. Suivant !

Elle déambula dans le pub, évitant les regards, s'efforçant de contrôler sa respiration.

Qui essayait-elle de leurrer ? Il s'agissait juste de danser, oui, mais pas n'importe quelle danse. La salsa, la plus sensuelle de toutes les danses !

— Salut, Mim, l'interpella Tommo, une chope à la main, en désignant le paravent fleuri. Un gars bien, le nouveau docteur ! Ce serait chouette qu'il reste.

— Il ne peut pas. Il doit rentrer à Auckland.

— Dommage. C'est sympa, les tournées gratuites.

— Je croyais que vous ne buviez plus, Tommo ?

Bizarre. Il n'y avait jamais de tournées gratuites au pub, le patron était connu pour son avarice. Et tous ces types qui s'intéressaient soudain à leur santé, c'était suspect.

— Que voulez-vous dire ? Des tournées gratuites ?

— Heu, rien, balbutia l'homme en se détournant.

— Rien ? Tommo Hayes, dites-moi la vérité. Maintenant !

Tommo haussa les épaules, mal à l'aise.

— Ben, il a envoyé un message à tous les gars pour qu'ils viennent au pub à 6 heures se faire prendre la tension, après quoi il y aurait de la bière gratis jusqu'à 8 heures.

— Je vais le tuer !

Elle se sentait trahie. Connor n'avait pas cherché à l'aider.

Comment arriverait-elle à quelque chose s'il corrompait les hommes pour qu'ils se fassent examiner ?

Otant ses stupides chaussures, elle les ramassa et rentra chez elle en courant.

5.

Devant la porte, Connor appuya sur la sonnette.

— Mim, ma biche, je suis rentré à la maison !

Il se sentait fier comme Artaban, grisé par sa réussite. Il avait sûrement prolongé des vies grâce à cette consultation. En avait même peut-être sauvé. Et maintenant, il allait fêter ça. Par une heure de danse. Avec Mim.

Mim qui l'avait quitté et s'était enfuie sans se retourner, confirmant ce qu'il savait déjà : qu'il n'y avait pas d'amour heureux, qu'aimer faisait toujours mal.

Cependant, pour une raison inconnue, il avait accepté ce pari stupide, et il commençait à douter. Danser avec Mim, n'était-ce pas une idée idiote ?

De l'autre côté de la rue, les lumières du pub lui faisaient signe…

Le pub était peut-être une meilleure idée.

A travers l'œilleton, Mim vit Connor hésiter.

Bon. Il allait partir.

Oui, mais s'il s'en allait, elle ne pourrait pas lui dire ce qu'elle pensait de la façon scandaleuse dont il avait suborné les hommes d'Atanga Bay !

Elle était partagée entre une fureur et un désir incontrôlés. Une colère disproportionnée par rapport à ce qu'il avait fait, à laquelle se mêlait la peur de danser avec lui. Quand il s'agissait de Connor, toutes ses émotions étaient exacerbées.

Il se détourna pour s'en aller.

Le chagrin de le voir partir l'emporta sur ses craintes. Elle ouvrit la porte à toute volée.

— Ce n'est pas ta maison. Alors, va-t'en !

Connor sursauta et se força à se retourner lentement.

— Tu m'as fait peur… C'était juste une façon de parler.

Mim avait remis ses lunettes. Mauvais signe. Et elle avait troqué sa robe de danseuse sexy contre un pyjama marine.

Dommage. Ses charmes étaient plus intéressants, moulés dans la soie rouge.

Alors, pourquoi tout son corps la désirait-il ? Cela devenait vraiment par trop dangereux.

— Qu'est-ce qu'il se passe, Mim ? As-tu oublié la leçon de danse ? Tu n'aimes pas perdre un pari ?

Elle le fusilla du regard.

— Quelque chose ne va pas ? s'enquit-il, mal à l'aise.

— Oui, j'en ai marre de toi ! Retourne avec tes potes.

— Mais…

— Je te verrai le mois prochain quand tu reviendras. J'ai beaucoup de travail d'ici là. Parce que tu sais quoi ? On ne peut compter que sur soi-même pour avancer.

Sa colère avait fait place à une tristesse inattendue. C'était sérieux, apparemment.

Comme elle refermait la porte, il la coinça du pied.

— Qu'est-ce qui ne va pas ?

— C'est toi qui ne vas pas, Connor. Un moment, j'ai cru que nous formions une équipe, que tu allais m'aider à changer les mentalités, à instaurer un sentiment de bien-être positif ici. Mais tu as corrompu ces hommes pour qu'ils viennent consulter ce soir. Ils ne s'intéressent pas à leur santé, ils voulaient juste des bières gratuites !

— Ah, c'est donc ça ? dit-il avec soulagement, souhaitant plus que tout voir ses jolies lèvres retrouver le sourire. J'ai gagné, et tu n'aimes pas perdre !

En face, des hommes sortant du pub leur firent signe.

— Merci pour la bière, doc ! Salut, Mim !

— Voyons, dit-il en lui prenant la main pour l'entraîner à l'intérieur avant de claquer la porte derrière eux, une pinte de bière ne peut pas leur faire de mal, surtout si ça leur permet de voir un médecin.

— C'était de la triche, Connor. Et je déteste ça.

Mim se dégagea pour entrer dans la cuisine, où une bouteille de vin et un verre à demi plein étaient posés sur la table.

Il la suivit, prit machinalement le verre et le vida d'un trait pour oublier l'envie qu'il avait de l'embrasser.

Le vin capiteux lui réchauffa l'estomac, le détendant un peu. Il s'éclaircit la gorge.

— Quoi qu'il en soit, la consultation a bien eu lieu. Tu vas être occupée la semaine prochaine avec les suivis. Des quinze types que j'ai vus, huit ont une tension élevée. Un a la goutte. Et, strictement entre nous, Tony fait de la glycosurie.

Elle le regarda, alarmée.

— Tu crois qu'il est diabétique ?

— Il n'y a pas tant de raisons pour qu'un homme en surpoids ait du sucre dans les urines. Mais je lui ai dit de revenir faire d'autres tests. Je pense qu'il s'agit d'un type 2.

— C'était peut-être dû à l'alcool avec lequel tu l'as acheté ? railla-t-elle, sarcastique.

Elle tapota sa frange, et sa veste de pyjama se tendit sur ses seins. Il aperçut un peu de chair pâle entre deux boutons.

Elle ne portait pas de soutien-gorge.

Qu'est-ce que c'était que cette pensée au milieu d'une conversation sur le diabète ?

Il s'efforça de se concentrer.

— Je lui ai interdit de boire ce soir. Je ne suis pas idiot. Il revient lundi, alors sois coopérative, je t'en prie.

— Je le suis toujours, surtout avec mes amis.

— Eh, commenta-t-il, piqué par la jalousie, Tony n'est pas ton ami. Il a envie de toi.

« Comme moi. ».

L'évidence le frappa de plein fouet.

Il détestait l'admettre, mais il ne voulait pas juste danser avec elle. Il ne tenait pas à calmer sa colère. Il aimait la voir énervée, indignée, croire si fort en quelque chose qu'elle était prête à se battre pour cela. Il la désirait de nouveau.

Depuis qu'il l'avait vue danser la salsa sur son bureau.

L'imbécile. Il fonçait droit au désastre.

Les joues empourprées, les yeux lançant des éclairs, Mim le fixait comme s'il l'avait giflée.

— Il n'y a rien entre Tony et moi. C'est un type gentil et droit, qui ne me manipulerait pas. Je n'aime pas être escroquée. Ni contrôlée. C'est pour ça que je t'ai quitté.

Comme son tempérament fougueux et son ardeur passionnée lui avaient manqué !

Il lui effleura la joue, l'obligea à lui faire face.

Ses lèvres humides étaient à quelques centimètres des siennes. Son souffle était rapide. Sa poitrine se soulevait. Elle éclatait de vie, d'énergie.

— Je croyais que tu avais peur de rester, dit-il. Tu avais la tête si farcie d'idéaux que pour toi, tout le monde avait tort, y compris moi.

— Non, Connor. Tu n'as pas tort, tu poursuis un rêve. Un rêve honorable. Mais qui n'est pas le mien.

Le bon sens soufflait à Mim de s'éloigner.

Ses relations avec Connor devaient être basées sur le travail, pas sur un pari stupide ayant pour enjeu un cours de danse où elle aurait accès à sa peau chaude. Il l'irritait, mais elle se rendait compte que ses émotions n'étaient qu'un écran de fumée pour masquer son désir. Elle devait s'accrocher à sa fureur, seul moyen de lui résister.

Elle posa la main sur son torse pour le repousser mais fut incapable de retirer sa main. Le battement de son cœur sous sa paume était trop réel. Le désir flambait en eux comme un accès de fièvre.

Incapable de lutter, elle lui effleura les lèvres d'un doigt, et il lui saisit le poignet, le regard rivé au sien.

— J'ai envie de t'embrasser, Mim, gronda-t-il d'une voix rauque qui lui arracha un frisson.

— Non…

— Pourquoi ?

Elle avait beau chercher, elle ne trouvait pas de raison. Depuis son retour, elle sentait qu'ils en arriveraient là. Elle ignorait ce qu'il se passerait ensuite, mais elle s'en moquait. Elle voulait juste le toucher, le sentir, le goûter de nouveau.

— Tu as un manuel de procédure pour ça ?

— Je pensais te suivre. A l'instinct.

— Tss, on va encore violer les règles…

Il effleura ses lèvres des siennes puis l'attira à lui, la pressa contre son corps.

Toute résistance était vaine. Aucun autre homme n'avait jamais eu cet effet sur elle. C'était tout ou rien avec Connor. Et elle voulait tout. Maintenant.

Elle lui offrit ses lèvres et sentit un plaisir indicible la parcourir quand leurs langues se mêlèrent.

Bon, c'était stupide, mais pour la première fois depuis trop longtemps, elle se sentait vraiment vivante.

Le désir la rendit audacieuse. Glissant les mains dans son dos, elle sortit son T-shirt de son jean et pressa ses seins contre son torse.

La leçon de danse. Le pari.

Elle renversa la tête en arrière.

— Tu n'es pas tiré d'affaire. Je t'en veux encore, tu sais.

— Je vois ça, murmura-t-il, son sexe dur frôlant sa cuisse. Tu m'as promis une salsa, non ? Allons danser.

— Tu ne m'auras pas comme ça.

S'embrasser était une chose, mais *danser* ? Les seuls pas de salsa qu'elle connaissait consistaient à remuer le bassin, hanche contre hanche. Elle ne s'en sortirait jamais indemne.

— Tu es sûre ? chuchota-t-il en léchant son cou, la faisant frissonner de plaisir. Allons, Mim, donne-moi mon prix.

Elle contempla son pyjama, ses pieds nus aux ongles vernis de rouge, seule chose vaguement sexy dans sa tenue.

— Je ne suis pas habillée pour ça.

— Tu l'es davantage pour le lit ? questionna-t-il. C'est une invitation ? Jolis orteils. Tu ne veux pas savoir ce que j'aimerais leur faire ? s'enquit-il en lui léchant l'index.

Elle était déchirée entre la crainte, le désir et l'excitation. Elle avait envie de lui, mais elle voulait savourer l'instant. Car il n'y en aurait pas d'autres.

— Très bien. Allons danser.

Dans le salon, dès qu'elle eut sélectionné une radio latino et que les accents d'une salsa endiablée résonnèrent, Connor glissa un bras autour de sa taille et prit sa main dans la sienne. A l'ancienne. Il tortilla le bassin, posa la main sur ses reins et se frotta contre elle.

— Et maintenant ?

— Connor, ça, c'est du sexe, pas de la danse, pouffa-t-elle, savourant le simple bonheur d'être dans ses bras.

Elle lâcha sa main, garda son bras autour de sa taille et se plaça près de lui, épaule contre épaule.

— C'est plus facile si on se place de côté.

— Mais j'aime mieux te tenir. Te sentir contre moi.

Secouant la tête, elle éclata de rire.

— Ça, c'est la salsa *confirmée.*

— J'apprends vite.

Jouer avec lui était trop facile. Elle était retombée dans le piège. Les trois ans s'étaient abolis en une seconde. Trois années de souffrance, de chagrin. Et il y en aurait d'autres, si elle n'arrêtait pas immédiatement.

Mais elle en était incapable. Du reste, quel mal y avait-il à danser une fois ?

— Bon. Regarde, et suis bien. En avant à gauche, un, deux, trois, dit-elle en avançant sur le pied gauche, lui montrant le pas, avant de reculer. Puis recule du droit. Cinq, six, sept.

— Une minute, je suis perdu. Tu recules avec… ?

— Avec le droit.

— Ah, tu veux dire l'autre, s'esclaffa-t-il en trébuchant. Je t'ai dit que j'étais nul.

Elle ne sut pas trop comment, elle se retrouva face à lui, plaquée contre son corps.

Elle saisit son poignet, posa son autre main sur son cou.

— Suis le rythme de la musique. Un, deux, trois, quatre.

Connor se balança contre elle, ses doigts glissèrent dans son dos, et il la suivit à gauche, à droite…

Puis la musique changea pour un slow, et ses mains descendirent vers ses reins. Et elle n'eut plus conscience de rien, sinon de ses bras. De son parfum épicé, de ses doigts qui la caressaient.

Elle renversa la tête, lui offrant sa bouche, et il l'embrassa ardemment, les doigts dans ses cheveux, comme dans son souvenir.

C'était le même Connor. Merveilleux, fort. En plus sensible. Fou de désir. Parfait.

Mais défendu.

Ce qui ne l'arrêta pas. Plus rien ne pouvait l'arrêter, il n'y avait pas de retour en arrière possible. Elle ne pouvait qu'aller de l'avant, foncer tête baissée dans l'inconnu.

Quand ils s'écartèrent, il la contempla avec une telle intensité qu'elle en eut le vertige.

— La chambre ? haleta-t-il. Le canapé ?

Son corps dur se pressait contre le sien, et c'était si bon. Si évident. Une faim brûlante avait pris possession de son corps et de son esprit.

La seule option était de prendre le contrôle. De le posséder. Pour exorciser ses désirs. L'oublier une fois pour toutes. Ensuite, elle pourrait de nouveau suivre son rêve.

— Le canapé est plus près, répondit-elle.

Mim s'éveilla nichée au creux du bras de Connor, adossé à l'accoudoir du canapé. Un soleil éclatant inondait le salon, éclairant le visage insouciant de Connor, magnifique.

Ils n'étaient même pas allés jusqu'au lit. Combien de temps avait-elle dormi ? Pas huit heures, quand même ?

Elle consulta sa montre.

Mince, alors !

La soirée s'était déroulée dans un brouillard flou de baisers et de caresses. Trois ans de désir concentrés en quelques heures d'ébats, les plus merveilleux qu'elle ait jamais connus. Elle avait perdu le contrôle dès leur premier baiser. Avec toute pensée logique, toute raison. Elle était devenue accro à ses baisers, à ses caresses. En voulant toujours plus.

« Encore une fois. Quel mal y a-t-il à ça ? »

Finalement, elle n'était pas différente de sa mère.

Elle se rappelait les promesses de Dana. Le remords. Les larmes.

« Je regrette tellement, chérie ! Je ne le ferai plus. Plus jamais. Maman t'aime. »

Pas assez. L'addiction l'avait toujours poussée à en vouloir plus. L'éloignant de ses responsabilités.

A la froide lumière du jour, Mim frissonna, consciente que son seul moyen de contrôle était de rester loin de Connor. Ou il y aurait trop de dégâts. A son cœur. A ses rêves.

Elle écarta doucement le bras de Connor et rampa vers le bord du canapé.

— Reviens, Mim, grogna-t-il, l'agrippant pour la retenir. On s'est toujours merveilleusement bien entendus au lit, hein ? murmura-t-il avec un sourire sensuel.

Elle ne répondit pas.

Si elle avait voulu faire l'amour avec lui pour l'oublier, elle s'était plantée. La seule façon de l'oublier, c'était qu'il s'en aille. Et qu'il ne revienne jamais.

Elle s'arracha à ses bras, ramassa son pyjama et se dirigea vers la porte.

— Je vais préparer du café.

— Mim ?

— Non, Connor.

A la cuisine, loin du salon où flottait encore l'odeur de leurs ébats, elle chercha les mots.

Elle n'en trouvait pas qui ne soient pas banals ou cruels, mais elle devait les dire si elle voulait rester saine d'esprit.

Elle attendit que l'eau se mette à bouillir, regarda la vapeur s'élever vers le plafond.

La bouilloire s'éteignit.

Elle la remit en marche. Recommença une troisième fois. Tuant le temps, passant le temps, perdant son temps, avant de devoir le rejoindre pour lui dire l'inévitable.

— Je crois que l'eau a assez bouilli comme ça, dit-il. Il faut que nous parlions.

Il n'avait pas besoin de lui dire combien il regrettait ce qu'ils avaient fait. C'était inscrit sur son visage.

Il se tenait sur le seuil, son jean ouvert pendant sur ses hanches. De charmants épis hérissaient ses cheveux ébouriffés. Sa poitrine nue se soulevait rapidement, et elle se rappela fugitivement cette même poitrine se soulevant à l'unisson de la sienne pendant leurs ébats.

Pourquoi fallait-il qu'il soit si beau ? Pourquoi fallait-il que ce soit si dur ?

Elle saisit la perche qu'il lui tendait. Même si elle-même n'avait aucun regret.

— Tout va bien, Connor. Tu n'es pas obligé de dire quoi que ce soit. C'était une grossière erreur, n'en parlons plus. Nous vivons trop loin l'un de l'autre, nous avons trop à perdre et trop peu à gagner.

Il voulut parler, mais elle poursuivit :

— En outre, tu es en train de faire mon audit, et je ne veux pas qu'on croie que j'ai essayé de t'influencer. Tu sais que je n'ai pas couché avec toi pour avoir un traitement de faveur, n'est-ce pas ? ajouta-t-elle avec un sourire forcé. Et ma réflexion sur les méthodes de coercition féminines était une plaisanterie, bien sûr.

— Je sais, Mim. Même toi, tu ne t'abaisserais pas à ça.

« Même toi. » Il avait vraiment des regrets.

— Tu devrais peut-être y aller, suggéra-t-elle, changeant de sujet. Tu dois avoir des rendez-vous à Auckland, demain ?

Il lui prit la bouilloire des mains, remplit deux mugs et la poussa vers la table.

— Au moins, tu me parles encore. Même si tu causes à tort et à travers, c'est mieux que de découvrir que tu t'es évanouie dans la nature… Assieds-toi et écoute. J'ai quelque chose à te dire.

Elle obéit docilement, méfiante.

— Qu'est-ce qu'il y a ? Tu me fais peur.

Il s'éclaircit la gorge.

— Un des préservatifs s'est déchiré.

Le cœur de Mim s'affola.

Elle était en plein milieu de son cycle. La période la plus fertile. Le cauchemar ne finirait donc jamais ?

— Mais nous avons fait attention. Quand ? Lequel ? Pourquoi ne m'en as-tu pas parlé avant ?

— Nous passions un si bon moment, je n'ai pas voulu le gâcher, c'était si…

C'était si quoi ? Beau ? Intense ? Stupide ? Tout cela à la fois ?

Connor parut se secouer et se força à sourire.

— C'était magique, Mim, et j'étais distrait. J'ignore lequel s'est rompu. C'était la troisième fois. Oui, j'en suis presque sûr. Bon sang, c'était sacrément bon !

— Connor ! s'écria-t-elle, déconcertée de s'entendre rire en un tel moment. On ne devrait pas plaisanter là-dessus. On n'évoque pas des souvenirs, là. On établit des faits.

— Médecin envers et contre tout, hein ?

— Il faut bien que quelqu'un le soit.

Mais il avait raison. La troisième fois avait été la meilleure. D'une lenteur et d'une tendresse exquises. Il lui avait fait connaître des plaisirs insoupçonnés.

— Bien, ne nous affolons pas, dit-il en s'asseyant en face d'elle. C'est le moment de me dire que tu es sous pilule ou un autre moyen contraceptif.

— Pourquoi le serais-je ? fit-elle, ruinant ses espoirs. J'ai des règles régulières, et je n'ai pas eu de rapport en trois ans.

— D'accord. Il faudrait vraiment un manque de chance terrible pour que tu tombes enceinte.

— Un manque de chance, oui, répéta-t-elle.

Il était allergique aux enfants, après tout. Sans parler du fait qu'aucun des deux n'était en situation d'élever un enfant. L'incident du préservatif ne faisait que confirmer ce qu'elle savait déjà : leurs étreintes passionnées étaient fondées sur un désir passager, ça n'avait rien à voir avec une relation solide.

— La pilule du lendemain marche jusqu'à cinq jours, observa-t-elle, pratique.

— Son efficacité diminue avec le temps. Plus tôt tu la prendras…

Il fit reculer sa chaise, et le raclement résonna dans le silence. Le fossé qui les séparait devint un gouffre infranchissable.

Sonnée, elle se leva et traversa la cour.

Connor la suivait, son café à la main. Torse nu. Pieds nus. Débraillé comme elle ne l'avait jamais vu. Et sexy comme jamais.

Mais la menace d'une grossesse refroidissait leur libido.

Elle écarta les stores pour jeter un coup d'œil dans la rue.

— J'ai l'impression d'être un voleur entrant par effraction dans mon propre dispensaire.

— Ne sois pas ridicule. La pilule du lendemain est gratuite pour toutes. Je peux te faire une ordonnance, si tu veux.

— Ça ira. C'est le côté furtif que je déteste.

Etait-ce ce que sa mère ressentait quand celle-ci volait de l'argent dans le sac de ses amies pour s'acheter de la dope ? Quand elle roulait la nuit avec sa fille de sept ans à la recherche d'un dealer ? Quand, rongée par la culpabilité, elle tentait maladroitement de réparer ses erreurs ?

D'une certaine façon, elle comprenait maintenant son désespoir. Sa honte d'avoir manqué à ses promesses et de devoir en affronter les conséquences.

Elle sortit un petit paquet du placard à médicaments.

— Je l'ai.

— Génial, fit Connor en remplissant un verre d'eau.

— Tu n'as pas besoin de me surveiller, tu sais. Je vais la prendre, cette fichue pilule. Je sais que tu ne veux pas courir de risque, je connais ton opinion sur les enfants.

— Désolé, fit-il, haussant les épaules, distant. Mon père m'a appris que les hommes de la famille n'étaient pas faits pour être pères. Je n'infligerai pas ça à un gosse.

Connor se détourna, s'efforçant de se calmer.

Bon sang, lui qui se vantait de ne pas être un imbécile ! Il nageait en plein désastre, alors qu'il s'était promis que cela ne lui arriverait jamais.

Il était ébranlé. Par leur prodigieuse étreinte, qualifiée par Mim de « grossière erreur ». D'avoir couché avec elle alors qu'il s'était juré de ne plus l'approcher. Et maintenant, par ce préservatif déchiré.

Ils regagnèrent l'appartement dans un silence pesant. Mim ouvrit les fenêtres, et la chaleur de fin d'été s'insinua dans la pièce, chassant les derniers vestiges de leur nuit d'amour tandis qu'il ramassait ses vêtements épars sur le sol.

C'était étrange, ils avaient partagé tant de choses la nuit dernière, et maintenant ils n'arrivaient même pas à avoir une conversation normale. Elle avait raison, ils n'auraient pas dû coucher ensemble. Il avait vraiment perdu la tête.

— Il faut que je m'en aille.

— Oui, ça vaut mieux, dit Mim, comme si elle avait hâte de se débarrasser de lui.

— Je reviens dans quelques semaines pour la suite de l'audit. Je t'enverrai un mail de confirmation.

Elle arrangea les coussins du canapé et leva vers lui un regard où se mêlaient le désir et la frustration.

Il souffrait de partir, mais rester ne changerait rien. Mim aussi regrettait ce qu'ils avaient fait. Au moins, cette fois, aucun des deux n'avait pris la fuite à la cloche de bois. Ils arrivaient même à se sourire.

— Il vaut mieux qu'on ne recommence pas, hein ?

— On redevient amis, acquiesça-t-elle, les yeux brillants.

— Appelle-moi si… Enfin, tu sais. En cas de changements. C'est mieux comme ça, insista-t-il, conscient qu'il avait failli se perdre en elle, et qu'il ne devait plus mettre son cœur en danger, plus jamais.

Il l'embrassa sur la joue, ramassa ses clés et s'en alla.

6.

Quatre semaines plus tard

— Elle est absolument magnifique, dit Mim en rendant le petit paquet rose et vagissant à Steph, ravie.

Elle était excitée de tenir dans ses bras ce tout petit bébé. De contempler ces doigts minuscules, cette vie qui commençait. Un tout nouveau départ.

L'idée se développait en elle. D'abord, elle n'y avait pas vraiment songé. Puis elle s'était demandé ce qu'elle ferait si ça arrivait. Enfin, elle avait été prise de panique. Tout cela en l'espace d'un mois. Voir des nouveau-nés n'arrangeait pas les choses. Et il y en avait beaucoup à la clinique, ces temps-ci. Ils la rendaient sottement sentimentale.

Les cris se répercutaient sur les murs de la salle d'examen, mais la jeune mère ne semblait même pas s'en rendre compte.

— Elle se calme, souffla Mim, le cœur serré devant la petite frimousse qui se détendait. Elle est superbe. Je suis contente que tu puisses l'allaiter, Steph. C'est excellent pour elle. Voilà la prescription pour ton infection oculaire. Lave-toi bien les mains, et ne les approche pas des yeux de Bella.

Elle lui tendit le papier en souriant, contente que Steph se soit décidée à venir la consulter.

— Si tu as besoin de quelque chose, viens ou appelle-moi. La sage-femme est là le mardi et le jeudi. Merci d'être venue.

— Tu n'es pas Dana, et tu n'es pas responsable de ce qu'elle a fait, répondit Steph. On dit que tu es un bon toubib.

— Merci. Je fais de mon mieux.

Steph avait gardé le sourire enfantin qu'elle avait autrefois, quand elles étaient les meilleures amies du monde.

Avoir une mère toxicomane avait fait fuir les amies de Mim. Si elle en avait gardé quelques-unes, beaucoup, comme Steph, lui avaient tourné le dos. Mais les choses étaient en train de changer. On mûrissait. Des bébés naissaient. Et peut-être commençait-on à oublier.

— Rentre te reposer. Dors quand Bella dort, et ne te stresse pas à essayer de tout faire.

— Aucune chance. On arrive en basse saison, il y aura moins de clients. Mais c'est l'époque où je m'occupe du planning, de la paperasserie, des rénovations pour l'année suivante. Je ne peux pas m'arrêter de travailler.

— Tu as de l'aide, au camping ?

— Bien sûr, rétorqua Steph en attachant le bébé dans une poussette de couleur vive dont elle déploya la capote, mais tu sais ce que c'est. Si on veut que quelque chose soit fait, on a intérêt à le faire soi-même.

Mim la regarda sortir, laissant dans son sillage un doux parfum de lait pour bébé.

Mère célibataire et chef d'entreprise, Steph n'était pas au bout de ses peines. Elle n'avait personne sur qui s'appuyer, personne pour l'épauler. Mais elle l'acceptait avec sérénité.

Ce matin-là dans la salle de bains, en imaginant son avenir, Mim avait décidé d'être positive. Elle commençait à redorer la réputation des McCarthy et à faire marcher le dispensaire. Et l'audit était presque terminé. Si un bébé arrivait, elle ferait face.

Connor devait débarquer dans cinq minutes, et malgré tout elle était morte de peur. Elle ne craignait pas seulement sa réaction et l'avenir incertain qui les attendait. Elle se demandait avec angoisse quelle mère elle serait. Une maman heureuse et détendue comme Steph ? Indifférente comme Dana ?

Dana était une bonne mère quand elle était clean, bien sûr. Mais ces moments étaient devenus de plus en plus rares. Elle avait trop dépendu des excitants, des tranquillisants et de types minables qui lui faisaient plus de mal que de bien.

Mim inspira pour se concentrer sur le présent.

Elle ne serait pas comme sa mère. Elle ferait passer son enfant en priorité, avant ses propres besoins et ceux de Connor.

Il ne restait plus qu'à lui annoncer la nouvelle.

— Tu as fini ? demanda Skye en passant la tête par la porte. Oakley ne va pas bien du tout, il m'inquiète sérieusement.

— Je vais le voir tout de suite. Il est là ?

— Oui, on vient de le ramener de l'école. J'essaie de joindre sa mère, sans succès.

— Fais-le entrer.

— J'ai pensé que tu avais peut-être besoin d'un coup de main, dit la voix grave de Connor qui pénétra dans la pièce, portant Oakley dans ses bras.

Ses vêtements étaient mouillés de pluie, ses cheveux ébouriffés par le vent mordant qui se déchaînait au-dehors. Il était tel qu'elle l'avait quitté après leur nuit d'amour. Sexy, échevelé, mais parfaitement maître de lui.

Elle sentit ses jambes se dérober sous elle et porta ses mains fraîches à ses joues brûlantes.

Elle avait tant à lui dire. Mais cela devrait attendre.

— Salut, étranger.

— Salut à toi. Désolé de ne pas avoir donné de nouvelles, mais j'étais occupé…

— Trop d'allergies en ce moment ?

— Hein ?

— Allergie aux enfants, au téléphone aussi, peut-être ? On parlera plus tard ?

— D'accord, répondit-il, plus détendu, en étendant Oakley sur la table d'examen. Voilà, bonhomme. Tu es en de bonnes mains, maintenant. Mim est là.

Le compliment la fit rougir.

De bonnes mains ? Elle l'espérait. Elle avait examiné l'enfant deux semaines plus tôt et n'avait rien décelé de grave.

— Salut, mon grand. Qu'est-ce qu'il se passe ?

— Il a de la fièvre et se plaint de douleurs articulaires,

expliqua Connor d'une voix douce, en tapotant la tête du garçonnet. Tu as mal aux genoux, hein ? Et aux mains ?

Il semblait attendri par Oakley. Mais il n'était pas prêt à l'admettre, se targuant de toujours garder ses distances avec autrui, comme il l'avait fait avec elle. Pour lui, passion et amour étaient deux choses distinctes.

Elle passa la main sur son ventre en priant pour qu'il reconnaisse son *erreur*, même s'il refusait de l'aimer.

— 'jour, Mim, souffla le petit garçon, souriant faiblement.

La sueur perlait sur son front, il semblait mal en point.

— Tu as de la fièvre, on va essayer de te rafraîchir.

En s'approchant du petit corps tremblant, elle frôla Connor au passage et s'efforça d'ignorer l'émotion éveillée par ce simple effleurement.

Elle devait se focaliser sur Oakley.

— Ça va aller, bonhomme, n'aie pas peur. C'est normal. Ton corps lutte pour combattre les vilains microbes qui te rendent malade. On va arranger ça, ne t'inquiète pas.

Elle déboutonna sa chemise et lui posa un linge humide sur le front. Puis elle glissa le tensiomètre automatique à son bras menu tandis que Skye lui donnait des détails.

— Il est patraque depuis une quinzaine de jours, ronchon, irritable, fatigué. D'après sa maîtresse, il n'arrivait pas à tenir son stylo pendant la leçon d'écriture ce matin. Elle a essayé de lui faire faire un jeu de construction, mais il n'a pas pu. Ça ne lui ressemble pas. Tout ça combiné à sa fièvre l'a poussée à nous appeler. A propos, je vais encore tenter de joindre sa mère.

Elle disparut dans le couloir.

— Oakley ? questionna Mim, s'efforçant d'assimiler les divers symptômes. Où as-tu mal en ce moment ?

Le garçonnet mit du temps à fixer son regard.

— Ici. J… jambes… et… m-m-main.

— D'accord, chéri, on va voir ça.

Connor regardait Mim s'affairer autour de leur jeune patient, concentrée sur son travail.

Il y avait quatre semaines qu'il n'avait pas entendu sa voix. Mais son image le hantait chaque nuit. Chaque jour. Tout le temps. Il avait respecté ce qu'ils avaient décidé, seule façon d'éviter un nouveau désastre. Lui faire l'amour avait été une grosse erreur, et recommencer serait carrément de la folie.

Apparemment leurs ébats n'avaient pas eu de suites. Si elle était enceinte, elle le lui aurait dit. Elle avait toujours été honnête avec lui. Trop, parfois. Il allait terminer son audit comme prévu et s'en irait aussi vite qu'il pourrait. Puis il essaierait de l'oublier.

Il réfléchit aux symptômes d'Oakley. Il lui fallait davantage d'informations pour établir un diagnostic.

— Il semble avoir du mal à prononcer les mots. C'est étrange. Quels sont ses antécédents médicaux ?

— Il n'y a rien dans son dossier. Il toussait et avait mal à la gorge il y a quelques semaines, c'est tout. On est en automne, il y a beaucoup de petites infections sans gravité.

Connor avait immédiatement reconnu le petit garçon qu'il avait vu au centre associatif. Son grand sourire, ses cheveux en pétard, ses yeux noisette, innocents mais sages.

— C'est le gamin qui m'a pris pour le maire.

Ou pour le petit ami de Mim. Mais il se garda de le préciser, ne voulant pas la voir rire à ses dépens.

Oakley lui avait rappelé les souvenirs heureux de son enfance insouciante. Et maintenant, il présentait d'étranges symptômes et tremblait de fièvre sur cette table d'examen.

Depuis la mort de Janey, Connor avait refusé tout lien avec ses patients, surtout les enfants. C'était plus facile quand ils étaient anonymes. Mais les grands yeux effrayés de ce gosse le fixaient, lui demandant des comptes.

Il avait parlé avec cet enfant, ri avec lui. Il avait découvert qu'il était drôle, intelligent, courageux. Pendant le court trajet de l'école au dispensaire, il avait appris qu'après Mim, la grande passion d'Oakley était le rugby. Que ses couleurs préférées étaient celles du maillot de son équipe favorite et qu'il détestait le chou-fleur. Ils se connaissaient.

Maintenant, Oakley avait besoin de lui. Et lui, Connor, ne pouvait plus se retrancher derrière la paperasserie et la réglementation.

Il regarda Mim retirer le thermomètre de l'oreille de l'enfant et lui caresser le front.

Un geste machinal mais chargé d'affection. Elle tenait sincèrement à ses patients, à ses amis. Elle aimait l'agitation, la couleur, alors qu'il préférait la sécurité, le noir et blanc.

Que lui était-il arrivé ? Il était proche de ses patients, autrefois. Il s'asseyait à leur chevet pour bavarder avec eux et mieux les connaître. Mais il avait fini ses études de médecine et sa formation de généraliste dans une sorte de brouillard dépassionné. Traitant des symptômes, pas des patients.

Avait-il évité les vrais contacts pendant trop longtemps ?

— Connor ? Ça va ? s'enquit Mim, le ramenant au présent.

Il contempla son visage doux, son sourire rassurant.

— Oui, bien sûr… Oakley, j'aimerais écouter ta poitrine.

Il réchauffa son stéthoscope au creux de sa main, souleva le T-shirt du gamin et étouffa un grognement.

— Erythème marginé, souffla Mim en désignant les lésions cutanées qui couvraient le torse d'Oakley. Regarde les plaques rouges en périphérie. C'est une fièvre rhumatismale.

— C'est rare dans les pays développés, objecta-t-il, impressionné par ses connaissances. Quelle est sa température ?

— Trente-huit trois. C'est trop, dit-elle d'un ton sec. On en rencontre de plus en plus dans les régions rurales et pauvres. En particulier chez les communautés indigènes. Oakley remplit déjà deux des critères : douleurs articulaires et éruption cutanée. Ecoutons son cœur, conclut-elle, l'incitant à ausculter la poitrine d'Oakley.

Il déplaça le stéthoscope sur le torse menu du garçonnet, et écouta attentivement.

— Il a un léger souffle au cœur. Il l'a toujours eu ?

Fronçant les sourcils, Mim haussa la voix pour couvrir le crépitement de la pluie sur les vitres.

— A priori, je dirais que non.

— Il faut faire d'autres examens. En particulier un échocardiogramme pour voir s'il y a inflammation. Bon, Oakley, je veux que tu empoignes mes doigts et que tu serres aussi fort que tu peux.

L'enfant l'agrippa avec sa main gauche et tint bon. Mais la droite serra et relâcha, serra et relâcha, comme s'il était incapable de maîtriser son geste.

— Je… Je peux pas.

Connor hocha la tête.

Il avait déjà un plan d'action en tête.

— C'est typique de la chorée de Sydenham, caractérisée par des mouvements saccadés incontrôlables, des douleurs articulaires et de l'arythmie cardiaque. Nous allons commencer par lui injecter un bolus de pénicilline en intramusculaire pour combattre l'infection. Du paracétamol fera baisser lentement la température, et il faut l'hospitaliser d'urgence.

— Sa mère n'est pas encore arrivée, protesta Mim, l'entraînant à l'écart pour ne pas être entendue du garçon. On ne peut pas l'envoyer à l'hôpital tout seul. J'ai de nombreux patients en attente, et Skye a des pansements à faire.

— Tu veux que j'attende sa mère ? chuchota-t-il, conscient de l'urgence de la situation. On n'a pas le temps, Mim. Il faut contrôler sa CRP, lui faire un échocardiogramme et lui trouver un lit d'hôpital.

— Je sais, mais on a besoin de l'accord parental.

— Entre l'hospitaliser sans le consentement de sa mère et attendre que son état empire, que choisis-tu ? Une crise de rhumatisme articulaire aiguë peut avoir de très graves complications, tu le sais très bien.

— Ça peut attendre encore un peu.

Il n'était pas question qu'il reste là à regarder l'état d'Oakley se détériorer. Cela ne pouvait que finir en tragédie, il le savait d'expérience.

— Je ne courrai pas ce risque. Tu crois que ce sera drôle pour lui de passer les dix prochaines années à recevoir des injections d'antibiotiques, avec un cœur irrémédiablement endommagé ? Or, c'est ce qui l'attend si nous ne l'hospitalisons pas très vite. Rappelle la mère, dis-lui de le rejoindre à l'hôpital. C'est à quatre-vingt-dix minutes d'ici par la route, il faut faire vite.

— D'accord, céda-t-elle. Je demande à Skye de la rappeler.

— Qu'est-ce… que c'est ? bredouilla Oakley en fixant la seringue qu'elle tenait.

— Un médicament pour combattre les microbes, répondit Connor, pressant sa petite main. Ça piquera un peu, et ce sera fini. Ça va aller, bonhomme.

Il prit conscience qu'il avait envie de le protéger.

Voilà autre chose ! D'abord il avait voulu le sauver, puis ça. Il ne manquerait plus qu'il veuille l'adopter !

Il se sentait trop proche de lui et avait besoin de prendre du recul. Mais il voulait surtout le voir sourire.

— Sérieusement, Oaks, tu prends les choses comme un pro ! Les grands rugbymen aussi se soignent quand ils sont malades. Et je parie qu'ils ne sont pas aussi braves que toi.

Oakley esquissa un pâle sourire et tapa la main qu'il lui tendait.

— Je peux av… avoir un Coc… un Coca… à la place ?

La mine impertinente du gamin lui rappela sa sœur, qui avait toujours fait de lui ce qu'elle voulait.

Janey. Il avait oublié tout ça, son rire en cascade, son odeur de vanille. Redoutant de se rappeler les bonnes choses de peur de souffrir, il avait refoulé ses souvenirs au plus profond de lui. Jusqu'à aujourd'hui. La carapace qu'il s'était forgée autour du cœur commençait à se fissurer, Oakley les réveillait…

Affronter. Le credo de Mim.

Avait-elle raison ? Avait-elle eu raison quand elle avait mis un terme à leur liaison et l'avait quitté ? Avait-elle raison maintenant ? Passer du temps avec Oakley aiderait-il son cœur à guérir, ou risquait-il de souffrir encore mille morts ?

L'infirmière revint avec de mauvaises nouvelles.

— La tempête empire. Il y a eu un gros carambolage sur

l'autoroute, il n'y aura pas d'ambulances disponibles avant trente à quarante minutes.

— Alors je l'emmène moi-même. On va passer un moment entre mecs, loin de toutes ces filles, dit Connor avec un clin d'œil à Oakley.

— Tu es sûr ? commenta Mim en le scrutant.

Il n'avait pas envie de passer des heures en tête à tête avec ce gamin malade qui avait réussi à l'émouvoir, mais il n'y avait pas d'autre solution. Il était déterminé.

— Vous ne pouvez pas vivre plus près de la civilisation ? Là où il y a de bons réseaux téléphoniques ? Où les gens habitent à distance raisonnable ?

— La vie n'est peut-être pas parfaite, Connor, mais Atanga Bay l'est. En général.

Elle s'interrompit pour bassiner le front de l'enfant.

— Sérieusement, tu vas l'emmener dans ta voiture ? Par ce temps ?

— Oui, on n'a pas le choix. C'est une décapotable, précisa-t-il à l'adresse de l'enfant. Elle file comme le vent.

— Cool, fit Oakley, les yeux écarquillés. On p… part m… maintenant ?

Mim posa sur Connor un regard adouci.

— Tu veux que je vienne avec toi ?

— Non, reste ici terminer tes consultations, répondit-il en lui posant la main sur l'épaule. On va encore prendre du retard, et au train où ça va on n'arrivera jamais à finir cet audit. Je reviens dès que je peux. D'ici là, préviens la mère d'Oakley.

— L'audit peut attendre, Connor, observa Mim en s'écartant, trop tentée de se blottir contre lui.

Elle ne s'habituait pas à l'avoir ici, alors qu'il avait hâte de partir. Elle avait tant à lui dire qu'elle en avait la gorge nouée. Et ce qu'elle avait à dire allait le faire repartir en courant à Auckland.

Trop à dire, et déjà trop à perdre.

— Sois prudent, Connor.

— Il faut que j'y aille.

Il avait toujours été dans l'action, mais jamais elle ne l'avait vu aussi impliqué.

Sauf peut-être des années plus tôt, lorsqu'ils avaient parlé mariage. Ses yeux brûlaient de la même ferveur que maintenant. Elle s'était laissé absorber par sa passion, ses projets, ses idées. Et son cœur avait fondu.

Se pouvait-il qu'elle retombe amoureuse de lui ?

C'était de la folie ! D'autant que l'avenir leur réservait des problèmes qu'il ne surmonterait jamais. Elle ne pouvait pas, ne voulait pas l'aimer. Il se souciait comme d'une guigne de ses rêves. Il vivait dans un autre monde, à des années-lumière du sien. Il ne partageait pas sa vision. Il ne voulait pas d'enfants. Il avait tout fait pour lui éviter une grossesse…

Elle regarda les phares de sa voiture s'éloigner sous la pluie battante en retenant ses larmes.

Il mettait sa vie en danger pour Oakley, l'enfant de quelqu'un d'autre. N'aurait-il pas un regard pour le sien ?

7.

Il faisait nuit noire quand Connor quitta la grand-route en direction d'Atanga Bay.

Il commençait à se détendre depuis qu'il avait quitté l'hôpital, laissant Oakley en de bonnes mains. Il respirait mieux, comme si l'air de la mer chassait l'odeur suffocante du désinfectant.

Il fredonna un air de salsa et sourit.

Il était hanté par cette musique depuis qu'il avait dansé avec Mim. Il aurait donné cher pour remonter le temps et sentir son corps se presser avec sensualité contre le sien.

Mais elle ne l'aurait pas permis. Et lui non plus. Avec raison. Elle avait piétiné son cœur une fois, il ne la laisserait pas recommencer. Pas de seconde chance.

Il était presque arrivé.

Fichu trou perdu, il n'y avait même pas de réverbères !

Mais il connaissait l'endroit par cœur, maintenant : le virage à gauche en passant devant la supérette, le dos-d'âne au passage pour piétons, la rangée de palmiers bordant la rue principale, les impressionnantes villas coloniales…

Et en face du pub toujours bondé, le Centre d'accueil de Dana, avec son bandeau lumineux qui semblait lui faire signe.

Il se gara devant le pub et jeta un regard sévère à son reflet dans le rétroviseur.

Il avait besoin de se raser, de se laver. De dormir aussi. Mais ça devrait attendre.

On était samedi soir, et il allait donner une consultation de médecine préventive au lieu de faire les boîtes branchées d'Auckland en quête d'une bimbo pour la nuit. Que diable lui arrivait-il ?

Sans même qu'il s'en aperçoive, le citadin pur jus qu'il était avait été contaminé par ce bled perdu.

Il pénétra dans le pub.

— Salut, doc !

— Une pinte, mon gars ?

— Tu es en retard…

Il se tourna vers la voix féminine. Celle qu'il attendait. Celle qui déclenchait en lui des choses qu'il préférait ne pas analyser. Il fit signe à Mim, s'efforçant de cacher sa joie de la revoir.

Bon sang, l'avait-elle contaminé, elle aussi ?

Il se dirigea vers le coin aménagé en salle de consultation.

— Content de te voir aussi, Mim. Je t'ai manqué ?

Assise dans le cabinet de fortune isolé par le vieux paravent à fleurs style années soixante-dix, elle le dévisagea par-dessus ses lunettes.

— Comme un trou dans la tête, Wiseman. Comment va Oakley ?

Quand elle ne le rabrouait pas, il entrevoyait la jeune femme qu'il avait connue trois ans plus tôt dans les étincelles de ses yeux, le pli espiègle de ses jolies lèvres. Mais maintenant, sa mâchoire durcie et l'éclat métallique de son regard lui rappelaient le fossé qui les séparait. Elle s'était de nouveau éloignée, il le savait. Le comprenait, même. Mais cela ne l'empêchait pas d'avoir envie d'elle et de souffrir.

— Oakley va bien. Je te raconterai plus tard. Nous avons d'abord des patients à voir.

Cela avait été un déchirement de quitter l'enfant, mais il ne voulait pas en parler devant tout le monde. Et il était content d'être là maintenant, avec Mim et ses… camarades.

Etrange, mais vrai. Au fil de ses incursions au pub, ces hommes étaient devenus plus que de simples connaissances.

— Mettons-nous au travail, dit-elle. Au moins, je n'ai pas eu à les acheter pour les faire venir. Le téléphone arabe a bien fonctionné.

Elle souriait mais semblait mal à l'aise, sa bouche crispée trahissait l'anxiété, ses yeux sombres brûlaient d'une supplication muette qu'il ne comprenait pas. Quelque chose la tracassait. S'inquiétait-elle pour Oakley ?

Mim était à la fois contente et irritée de voir Connor.

Il portait la même chemise que la veille et ne s'était pas douché, mais son arrogance semblait s'être tempérée. Il était parfaitement à sa place parmi ses amis, plaisantant avec eux, s'occupant d'eux au lieu d'être au lit après sa nuit blanche.

Elle avait passé la nuit à s'inquiéter. Pour Oakley. Pour Connor. Pour leur bébé. Ils avaient un très gros problème. Un problème qu'il refuserait de partager avec elle. Un problème qui creuserait encore plus le fossé qui les séparait.

Comme s'ils avaient besoin de ça.

Mais il était le père. Il méritait de savoir. Après, il ferait ce qu'il voudrait.

Elle ne savait toujours pas comment lui apprendre la nouvelle, quels mots employer ni quand. Demain, à la froide lumière du jour ? La semaine prochaine ? Après l'échographie ?

Elle-même n'était au courant que depuis vingt-quatre heures et s'efforçait encore de s'habituer à cette idée, essayant de faire des projets, se demandant comment prendre un congé de maternité au centre d'accueil. Ses rêves semblaient filer entre ses doigts.

A cause de Connor. Encore.

— Tu as une mine épouvantable, Connor. Dure journée ?

— C'est gentil de le faire remarquer, docteur McCarthy. Oui, j'ai l'air vanné. Les nuits blanches ont tendance à avoir cet effet sur les gens.

— Désolée. Ça a dû être une journée d'enfer. Si tu es si fatigué, tu devrais rentrer après la consultation, nous parlerons demain. On peut se retrouver pour un brunch ?

Ou jamais ?

— Un brunch ? répéta-t-il, sans enthousiasme. D'accord. Si tu veux.

Ainsi, elle pourrait passer la nuit à ressasser encore et encore ce qu'elle avait à lui dire. Génial.

— Heu… Doc ? Mim ? Si vous faisiez vot' boulot au lieu d'vous donner des rencards ? questionna candidement Eric Bailey, interrompant le cours de ses réflexions.

Souriant béatement, le vieux fermier ôta une de ses bottes crasseuses, et une odeur nauséabonde se mêla à la puanteur ambiante de la bière rance.

— J'voudrais qu'vous examiniez mon orteil. S'est infecté.

— Ah, les joies du métier, marmonna-t-elle, l'estomac au bord des lèvres.

Plusieurs heures et quelques vomissements plus tard, Mim était assise à sa vieille table de cuisine avec Connor.

Elle ne se souvenait pas du trajet de retour. Avaient-ils parlé ? Elle se rappelait s'être sentie nerveuse et avoir évité son regard. Que diable était-il arrivé à leur projet de brunch ? Elle n'aurait su le dire. La grossesse affectait-elle son cerveau ?

La perspective de sa future maternité solitaire lui faisait penser à l'escalade d'une énorme montagne. Une montagne qu'elle était heureuse de défier, les nausées mises à part.

Elle avait toujours cru qu'elles commençaient vers six semaines, pas quatre. Mais bien sûr, le bébé de Connor ne pouvait pas faire comme tout le monde.

Ce bébé était un miracle, une bénédiction. Elle l'aimait déjà, et était prête à le défendre de toutes ses forces. Elle pouvait y arriver. Il le fallait.

Mais elle ne voulait pas de dispute quand elle apprendrait la nouvelle à Connor. Elle ne voulait pas qu'il s'en aille. Elle désirait qu'il s'implique, qu'il aime son enfant. Qu'il ouvre son cœur. Qu'il donne son amour sans condition…

— Tu es toute pâle. Ça va ? s'enquit-il en poussant vers elle une tasse fumante.

— C'est l'orteil d'Eric qui m'a soulevé l'estomac. Mais ça va, merci.

En dehors des nausées. Des seins douloureux. Des règles absentes… Il fallait juste trouver les mots pour le dire.

— Maintenant que nous avons initié ces consultations de médecine préventive, nous devons les faire venir parler de leurs problèmes au cabinet. Le pub, c'était bien pour commencer, mais les pseudomonas ne font pas bon ménage avec la bière.

— Sans parler du risque infectieux. Je vais mettre une affiche précisant que la consultation aura lieu ici dorénavant. Pas de bière offerte, mais on prendra la tension gratuitement. Comment va Oakley ?

— Il a le moral. Sa mère est arrivée deux heures après son hospitalisation, mais je suis resté pour m'assurer qu'il allait bien. On lui a donné d'autres antibiotiques, et il est sous perfusion. L'échographie montre que la valve mitrale est endommagée, mais pas gravement.

— Merci de l'avoir accompagné.

Connor haussa les épaules.

— Ce n'était rien.

Et cependant c'était quelque chose. Passer du temps avec ce gamin avait soumis son cœur à rude épreuve, ne le laissant pas indemne.

— J'ai surveillé de près les internes, mais je n'ai pas pu les prendre en faute. Ils ont tout fait à la lettre, admit-il.

— J'espère que ce n'est pas dû à quelque chose que j'ai manqué. Je suis plutôt méticuleuse, normalement.

Le dos voûté, les yeux noyés de larmes, Mim avait l'air aussi petite et vulnérable qu'Oakley, et il eut envie de la protéger, elle aussi.

Il posa la main sur la sienne.

— Ne sois pas ridicule. Comment pouvais-tu savoir qu'il avait un streptocoque A ? La plupart des angines sont virales.

— J'aurais dû lui faire un prélèvement.

— Si nous faisions des prélèvements à tous les gosses qui viennent dans nos cabinets, on n'aurait de temps pour rien d'autre. Il ne se plaignait plus de la gorge ces dernières semaines, et sa mère ne te l'a pas amené car elle n'était pas inquiète. Il n'avait aucun symptôme visible.

Mim soupira et essuya rageusement ses larmes du revers de la main, comme si elle se refusait cette faiblesse.

— Allons, ne t'inquiète pas. Oakley va bien.

— Ce n'est pas ça, c'est…

— C'est l'audit ? questionna-t-il en l'attirant impulsivement sur ses genoux.

Il déposa un baiser sur sa tête, respirant avec délice son parfum fruité familier et se demandant pour la centième fois où ils avaient commis une erreur.

Il aurait pu lui épargner tous ces soucis financiers, lui offrir un avenir apaisé, loin du souvenir obsédant de sa mère. Si seulement ils avaient parlé davantage. Si seulement elle lui avait permis de prendre soin d'elle comme il le souhaitait. Si seulement il l'avait écoutée. Peut-être y seraient-ils arrivés.

En tout cas, il l'écoutait, maintenant. Il fallait qu'elle réussisse cette évaluation. Et il devait l'aider.

— Ne te fais pas de soucis, tu n'es pas si mal placée, mentit-il, conscient qu'elle était loin de présenter les garanties exigées par Matrix pour décrocher un financement. Je peux te préparer un projet étape par étape.

— Connor, ce n'est pas ça.

— C'est le… ?

— Non. Non, coupa-t-elle en se levant d'un bond, comme si elle prenait subitement conscience qu'elle était dans ses bras, et qu'elle voulait gérer les choses seule, à sa manière.

Elle se mit à faire les cent pas, cherchant ses mots.

— Arrête d'essayer de tout arranger, Connor. Tu ne peux pas. Tu ne peux pas régler mes problèmes au dispensaire, tu ne peux pas guérir Oakley. Nous sommes des humains, pas des robots. Tu ne peux pas effacer mes soucis, et surtout pas celui-ci…

Elle posa la main sur son ventre.

— Je suis enceinte.

Le mot le frappa comme une balle en plein cœur, lui coupant le souffle.

— Enceinte ?

Mim guettait sa réaction, le visage ruisselant de larmes. Elle les essuya rageusement et, redressant les épaules avec orgueil, le transperça de ses yeux sombres.

— Oui, enceinte. De ton enfant. Ton bébé. Notre bébé.

— *Dieu.*

Il n'y avait pas de place dans son cœur ni dans sa vie pour un enfant à aimer, à protéger, un petit être qui finirait par l'abandonner lui aussi. Il ne pouvait pas avoir d'enfant.

Personne n'accéderait à son cœur. Ni Oakley. Ni Mim. Et surtout pas un bébé. Une grossesse n'était pas envisageable.

Mais il était autant responsable qu'elle.

— Et la pilule du lendemain ? Tu l'as prise, non ?

Elle hocha la tête en reculant d'un pas.

Tant mieux. Il n'avait pas envie de la toucher non plus. Il voulait juste rentrer à Auckland et retrouver son appartement calme. Sa vie ordonnée, loin de cet infernal tourbillon d'émotions.

— Oui, je l'ai prise, mais ça fait deux jours que je suis malade comme un chien. Je suis enceinte. J'ai fait des tests pour m'en assurer. Cinq, pour être exacte. A 6 heures ce matin. A 6 h 30. A 7 heures. A 8 heures. Et à 8 h 30. Tous positifs.

— Tous ?

— Positivement positifs. Moi aussi, j'essaie d'être positive, de remercier ma bonne étoile. Je ne l'avais pas prévu, je ne le voulais pas.

— Et tu vas le garder ?

— J'ai longuement réfléchi aux options qui s'offrent à moi. Un avortement n'en fait pas partie. Cette grossesse est arrivée malgré toutes nos précautions. Je l'assumerai, même si ce n'est pas ton cas.

Mim dévisagea Connor dans la pénombre, essayant de deviner ses sentiments.

« S'il te plaît, persuade-moi du contraire ! »

Il était pâle, blanc comme un linge. Sa mâchoire tressautait nerveusement. Son visage était inexpressif, ses yeux noirs mornes et vides. Froids. Fermés. Dans le silence qui suivit, il la regarda d'un air sombre puis se ressaisit et inspira profondément.

— D'accord. Nous nous en occuperons. Je subviendrai à vos besoins financiers à tous les deux, bien sûr, dit-il avec autorité, reprenant le contrôle de la situation. Mon enfant ne manquera de rien. Et il y a ton emploi à considérer, le centre d'accueil… Où vas-tu vivre ? C'est trop petit, ici.

— Arrête. Arrête. Arrête, martela-t-elle en arpentant la pièce, les tempes bourdonnantes.

L'adrénaline bouillonnait dans ses veines. Elle voulait se débarrasser de la souffrance qui la déchirait. Se jeter dans les bras de Connor, le fuir. Cela n'avait pas de sens.

— Va au diable, Connor Wiseman. Je ne veux pas que tu « t'occupes » de quoi que ce soit. Je veux juste savoir ce que tu en penses. Ce que tu ressens.

« Je veux que tu l'aimes. »

Elle passa une main protectrice sur son ventre.

Le lien qui l'unissait à son enfant était déjà très fort. Elle aurait tant voulu qu'il en soit de même pour lui !

Connor secoua la tête.

— Que suis-je censé éprouver ? Je l'ignore. Il y a tant d'aspects à considérer. Etre père est la dernière chose que j'aie jamais souhaitée. Regarde le mien. Le parfait exemple de père absent, indifférent, nul. Je ne sais pas comment élever un gosse, pas de façon décente et aimante.

— Mais bien sûr. Et mon enfance à moi a été un conte de fées ! Tu te retranches derrière des excuses, Connor. Tu ferais un père formidable. Tu as été très bien avec Oakley.

— C'est différent. Il est mon patient, je ne suis pas responsable de lui.

— C'est un petit garçon qui t'aime bien, et ce n'est pas un crime de l'aimer en retour. Ni d'avoir un cœur. Nous n'avons pas eu de chance avec nos parents. Mais moi, je ne me cache pas. J'affronte la situation. Moi non plus je n'avais pas prévu ça. Ce n'est ni le bon moment ni… Ni la bonne personne.

Oh si, il était le bon. Pour une autre existence, une autre époque. Où il l'aimerait inconditionnellement et renoncerait à tout pour partager sa vie.

— J'ai mon travail, reprit-elle. Et je me donnais beaucoup de mal pour réussir, et offrir un jour à un enfant une vie heureuse. Je ne pensais pas que ça arriverait maintenant. Ni que je serais une mère célibataire comme la mienne.

Mim semblait au bord des larmes, et malgré son courage de battante, elle avait l'air effrayée, vulnérable.

Connor aurait voulu la rassurer, lui dire que tout s'arrangerait. Qu'il prendrait soin d'elle et du bébé. Mais il ne pouvait pas. Pas maintenant.

Il s'efforça de chasser de son esprit les images qui lui venaient, d'un petit enfant grandissant en elle. Il revit le visage de sa petite sœur. Son premier sourire. Son minuscule poing de nouveau-né agrippant son doigt, lui étreignant le cœur d'un amour indicible.

Mais quand il l'avait perdue, tout cet amour était parti avec elle. Son cœur n'était plus qu'une coquille vide. Il n'avait plus rien à offrir à un autre enfant. Ni à sa mère.

De toute façon, Mim ne le laisserait jamais l'aimer. Rien n'avait changé en trois ans. Ce n'était pas parce qu'un enfant s'annonçait que leurs rapports s'étaient modifiés.

Elle le foudroya du regard.

— Alors ? Tu es partant ou pas ?

Il se laissa tomber sur le canapé du salon en se massant les tempes.

Le canapé où ils avaient partagé tant d'amour. Où leur bébé avait été conçu.

— Je ne sais pas. Je le suis, je suppose.

— Tu « supposes » ? Quel beau départ dans la vie pour cet enfant !

— On ne peut pas dire que sa venue soit une bénédiction. On n'habite même pas dans la même région. Sans parler de notre passé houleux…

Les mains sur les hanches, elle regarda au loin, le visage empreint d'une étrange ferveur. L'amour qu'elle avait déjà pour ce bébé transparaissait dans tout son être.

— Eh bien, Connor, tu as été très clair. Merci pour ton approbation retentissante, mais le bébé et moi nous débrouillerons parfaitement. Tout ira bien.

8.

Message de Mim McCarthy. 17 : 00

Je ne suis pas Steph. Tu ne m'achèteras pas. Reprends-les, je n'en veux pas.

Message de Connor Wiseman. 17 : 15

Je ne les reprendrai pas. C'est un cadeau. Tu en as besoin. Tu n'en veux peut-être pas, mais là, Miriam et non pas Steph, tu t'en sers.

Mim sourit malgré elle, même si elle en voulait encore à Connor. Même si elle s'en voulait.

En dehors de deux coups de fil décousus qui n'avaient mené à rien, c'était son premier contact significatif avec Connor depuis des jours. Son premier sourire.

Une heure plus tôt, trois ordinateurs portables flambant neufs étaient arrivés par la poste avec un message :

« Je regrette. »

Un sacré mea-culpa pour un arrogant donneur de leçons comme Connor.

Elle jeta un coup d'œil à la pièce en désordre, à l'ordinateur portable trônant fièrement sur le bureau, à Tassie, la tache au plafond qui semblait s'étendre de jour en jour.

L'automne était là avec ses nuits noires et ses pensées lugubres, et il n'avait pas cessé de pleuvoir aujourd'hui. Il fallait qu'elle répare la fuite du toit avant le retour de Connor.

Quand reviendrait-il ? Il n'avait fait que deux brefs séjours ici, mais l'endroit semblait vide sans lui. Elle avait mal au cœur, l'estomac en déroute. Elle était fatiguée. Sa grossesse lui en faisait voir de toutes les couleurs.

La vérité accablante, c'est qu'il lui manquait. Leurs joutes verbales lui manquaient. Son rire aussi. Son odeur.

C'était insensé. Qu'était-il advenu de son indépendance, de son autonomie ? Après tout le mal qu'elle s'était donné pour gagner sa liberté, elle n'allait quand même pas avoir besoin de quelqu'un maintenant ! Elle ne voulait pas être comme sa mère et se retrouver le bec dans l'eau.

Message de Mim McCarthy. 17 : 20

Reprends tes fichus ordinateurs. Et pas de Miriam entre nous.

Message de Connor Wiseman. 17 : 30

C'est la seule façon de te faire sourire sans que tu me tordes le cou. Il faut qu'on parle.

Message de Mim McCarthy. 18 : 00

Ton humour puéril ne m'amuse pas. Seule ma grand-mère m'a jamais appelée Miriam. Et aux dernières nouvelles, tu n'es pas ma grand-mère.

Message de Connor Wiseman. 18 : 01

Je viens de vérifier. Effectivement, je ne suis pas ta grand-mère. Sauf si ta grand-mère est d'une beauté à couper le souffle… Tu portes une culotte ?

Message de Mim McCarthy. 18 : 03

J'ai failli m'étouffer dans mes nouilles. Bien sûr que je porte une culotte ! Je suis au travail. On tchatte, c'est tout. Sur un ordinateur dont je ne veux pas.

Message de Connor Wiseman. 18 : 05

On doit parler pour de vrai, Mim. Dans la même pièce. Où on pourra se voir et décider quoi faire au sujet de la grossesse.

Mim sentit son cœur se serrer et ferma les yeux.

Connor commençait à avoir peur, mais au moins il faisait des efforts, et elle appréciait. En apprenant qu'elle était enceinte, il avait proposé de la soutenir, ce qui ne l'avait pas surprise, même si elle ne voulait pas de son aide.

Mais il ne pouvait pas lui offrir davantage. Or, leur bébé avait besoin d'un père aimant. Il méritait d'être désiré, aimé.

Quand elle rouvrit les yeux, le nom de Connor clignotait toujours sur l'écran.

Connor. Quelques semaines plus tôt, elle n'aurait jamais cru le revoir. En dépit des sentiments profonds qu'il lui inspirait et qu'elle n'arrivait pas à exorciser.

Trois ans plus tôt, il avait vraiment essayé de l'aimer. Il s'était montré fougueux, passionné. Mais le moment était alors mal choisi, son chagrin trop frais. Et maintenant il était trop tard. Il s'était passé trop de choses entre-temps.

Mais il avait été capable d'aimer sa sœur. Peut-être, avec le temps, apprendrait-il à aimer son enfant ?

Elle relut son message.

Message de Mim McCarthy. 18 : 17

« La grossesse. » On dirait que tu ne te sens pas concerné. Connor, il s'agit de *ton* bébé !

Message de Connor Wiseman. 18 : 20

J'essaie de m'habituer à tout ça. Je dois te parler. Dis-moi quand. Je peux être là ce soir.

Message de Connor Wiseman. 18 : 47

Mim ? Tu es là ?

Message de Connor Wiseman. 19 : 00

Mim ? J'ai dit que je regrettais. Réponds-moi.

Message de Connor Wiseman. 19 : 30

Mim ? Je pars maintenant. Réponds à ton fichu téléphone.

Mim gisait sur le sol de son bureau plongé dans le noir, au milieu de la poussière et des gravats. Un poids lui comprimait la poitrine, et des élancements douloureux lui martelaient l'arrière du crâne.

Le bébé !

Elle demeura immobile, le cœur battant, passant en revue mentalement chaque partie de son corps.

Pas de douleur abdominale. Elle avait juste reçu un coup à la tête. Ouf. Tant mieux, le bébé n'avait rien.

Qu'était-il arrivé ? Le plafond lui était tombé dessus. Oui, le plafond… bien sûr.

On voyait le ciel par un trou béant du toit. Les étoiles clignotaient, semblant se moquer d'elle.

Redressant sa tête couverte de plâtre, elle leva un poing rageur.

— Vous ne m'aurez pas cette fois ! vociféra-t-elle.

— Mim ? Ça va ? Où es-tu, bon sang ?

La voix masculine la fit sursauter. Une silhouette en forme de Connor venait d'apparaître dans l'embrasure de la porte.

— Epatant, grommela-t-elle, retombant parmi les débris.

La situation ne pouvait pas être pire. Son dispensaire s'écroulait, son corps la trahissait, et le père de l'enfant qu'elle portait allait la prendre pour une débile.

— Qu'est-ce qu'il se passe ? Pourquoi cries-tu dans le noir ?

Elle leva la main pour le tenir à distance.

— Je vais bien.

Il ne fallait pas qu'il la trouve comme ça. Elle voulait qu'il la croie compétente, maîtresse de la situation. Pas qu'il l'embrouille davantage. Elle se sentait déjà suffisamment dans les vapes. Mais pour une raison inconnue, tout semblait aller mieux maintenant qu'il était là.

— Les lumières se sont éteintes. Et le toit est tombé…

Tout était confus. Elle n'arrivait pas à se rappeler. Comme si un brouillard épais lui embrumait la mémoire. Les détails étaient flous. Elle se revoyait en train de lire ses mails. Il pleuvait à verse dehors. Le toit s'était-il effondré ? Il y avait un gros trou dedans.

— Enfin, je crois. Sur moi et mon nouveau portable. Oh !

L'écran est cassé, bredouilla-t-elle, berçant l'ordinateur contre elle comme un bébé.

— Tu n'as pas de lampe électrique ? Ne bouge pas, je viens te chercher, dit la silhouette en venant vers elle. Aïe. Maudit bureau… Qu'est-ce que c'est que ça, de l'eau ?

— Il y avait une fuite dans le toit. On l'avait appelée *Tassie*.

— Ça ne m'étonne pas de toi ! La plupart des gens réparent les fuites, toi tu leur donnes un nom.

Une lumière jaillit. Le visage de Connor apparut, auréolé d'une étrange brume blanchâtre.

— Mon téléphone fait lampe, expliqua-t-il.

— Je devrais avoir ces choses que tout le monde a chez soi, murmura-t-elle, s'efforçant de se souvenir du mot. Tu sais, pour les anniversaires. Les petits trucs qui brûlent…

— Des bougies. Mim, tu es incohérente. Tu es sûre que ça va ? Et le bébé ?

Il avait l'air soucieux, comme s'il s'inquiétait vraiment pour elle. Elle ne voulait pas l'entendre parler avec cette voix tendre qui lui donnait envie de s'effondrer, comme son toit.

Connor se fraya un chemin parmi les gravats pour arriver jusqu'à Mim.

Elle parlait, c'était bon signe. Et le bébé ? Et si…

Une poigne glacée lui comprima le cœur.

Il préférait ne pas y penser. Il avait commencé à réfléchir aux implications du rôle de père. Il était venu pour établir un plan d'action, élaborer un contrat précisant ses droits paternels. Il devait être fort, gérer la situation.

— On peut te faire confiance pour chercher les ennuis, plaisanta-t-il pour ne pas angoisser Mim davantage.

Il orienta le faisceau lumineux vers elle.

Elle gisait parmi les tuiles brisées, les cheveux et les vêtements couverts de poussière.

— Qu'est-ce qu'il s'est passé ? Pourquoi il fait nuit ? s'enquit-elle, effrayée.

— Tu viens de me le dire. Le toit s'est écroulé. Tu ne t'en souviens pas ?

Commotion cérébrale ? La perte de mémoire était mauvais signe. Pourvu qu'elle n'ait rien de plus grave !

Il verrouilla son cœur. Activa le mode praticien.

— As-tu des douleurs dans le cou ? Dans le dos ? Les jambes ? Les bras ? Des picotements ?

— Non. Chut… Je veux me lever.

Il glissa les mains sous ses aisselles et la releva. De la poussière tomba de ses épaules. Il lui prit l'ordinateur des mains et palpa son visage. Il scruta ses pommettes, examina ses épaules, ses côtes, à la recherche d'éventuelles fractures.

Il avait envie de la serrer dans ses bras, de l'y garder pour toujours. Mais il ne pouvait plus l'avoir. Il avait tout gâché. Ils avaient tout gâché.

Mim grimaça.

— Tu as mal aux côtes ?

— Un peu, répondit-elle d'une voix chevrotante, la main sur le ventre.

Il sentit sa gorge se nouer.

L'enfant avait-il souffert de l'accident ?

Non. Cela n'arriverait pas. Il ne perdrait plus un être cher. Il devait examiner Mim. Il était médecin, non ?

— Ecoute-moi, Mim. As-tu mal ici ?

— Non. Juste à la tête, répliqua-t-elle en se cramponnant à sa cravate. J'ai un peu le tournis…

— Tu m'inquiètes sérieusement, ma biche. Lâche cette cravate, tu m'étrangles.

Mim luttait contre l'envie de fermer les yeux et de s'appuyer contre Connor.

Juste une minute, le temps que la pièce arrête de tourner. Il était là. Tout irait bien. Il sentait bon.

Fatiguée, elle s'agrippa à ses épaules pour rester debout.

— Tu es chaude, dit-il en lui touchant le front.

— Chaude ? Oh ! le petit effronté sexy !

Il ne voulait quand même pas faire l'amour maintenant ? Franchement, elle en serait incapable.

Haussant les sourcils, elle scruta son visage flou.

— Je ne me sens pas bien.

— Tu as de la température, tu es brûlante, dit-il, l'obligeant à lui faire face. Tu dois aller à l'hôpital !

— Ne te mets pas en colère, Connor. Je veux que tu sois gentil avec moi.

Elle avait envie qu'il la prenne dans ses bras et la débarrasse de sa migraine. Qu'il l'aime. Et peut-être pouvait-elle l'aimer aussi ?

Une douce pensée. Il était grand, fort, et il était là. Oui, c'était vraiment une pensée très douce. Parfaite.

— Je t'aime, Connor Wiseman.

— Non, tu ne m'aimes pas. Sois sage. Regarde-moi, Mim.

— A vos ordres, mon général.

Elle essaya de chasser la brume qui lui embrouillait la tête, mais sa vision se rétrécit, se réduisant au visage de Connor que parsemaient de curieuses taches scintillantes.

— Manque de concentration. Confusion, articula-t-il de très loin en la secouant. Essaie de réfléchir, Mim. Quand cela est-il arrivé ? As-tu été assommée ?

Elle trouva la force de hausser les épaules.

— Sais pas…

Le beau visage de Connor scintillait dans un halo, son regard était étrangement ému. Il glissa la main derrière son crâne et fronça les sourcils.

— Tu as une vilaine entaille à la tête. Tu ne te rappelles pas t'être cognée ?

— Non…, balbutia-t-elle, épuisée. Laisse-moi dormir.

— Pas question. Regarde-moi, ordonna-t-il en braquant le rayon lumineux sur ses yeux.

— Arrête, protesta-t-elle, rendue nauséeuse par les grands cercles blancs qui emplissaient son champ de vision.

Il lui saisit la main et l'entraîna vers la porte.

— Sortons d'ici, que je puisse t'examiner sans risque.

— Attends…

Elle se dégagea et se dirigea vers le paillasson qui avait des allures de matelas douillet, l'invitant à s'allonger.

Mais la couche s'éloignait. Se rapprochait. S'éloignait.

Elle sentit son estomac se révulser. Sa tête palpiter.

— Empêche ce truc de bouger, tu veux ? Ça me donne envie de v…

Avec un hoquet, elle rendit son dîner sur le sol du bureau.

— Eh bien, commenta Connor en lui frottant le dos. C'était… épique. Ça va mieux ?

— Non, je me sens mal, bafouilla-t-elle, les membres tremblants, la tête écrasée dans un étau. Je veux m'asseoir.

— Bien, madame, fit-il en l'installant contre le mur. Allô, les urgences ? Je voudrais une ambulance, s'il vous plaît. Oui. Oui. Une femme enceinte avec une blessure à la tête.

— Je vais fermer le dispensaire, et tu vas t'installer chez moi pendant ta convalescence, déclara Connor d'un ton sans réplique qui résonna dans la petite chambre d'hôpital, se répercutant dans la tête douloureuse de Mim. Inutile de discuter, ma décision est sans appel.

Elle lui adressa un sourire suave, consciente qu'il essayait de l'aider.

Il était assis près d'elle, sur la chaise qu'il n'avait pas quittée depuis des jours, la rassurant de sa présence, lui caressant les cheveux, lui donnant à boire. Il portait une tenue opératoire vert foncé empruntée à la blanchisserie de l'hôpital. Et s'il était charmant avec ses cheveux ébouriffés, elle préférait le Connor qui lui avait tenu la main la nuit, celui qui ne dictait pas ses ordres, même animé des meilleures intentions.

Dans une demi-conscience, elle l'avait entendu chuchoter

avec le personnel soignant, vérifier et revérifier son traitement et ses constantes. Il avait continué à travailler sur son smartphone, répondant aux appels de plus en plus pressants de son père, et il n'avait quitté son chevet que pour aller chercher de quoi manger ou prendre une douche. Il avait vraiment fait preuve d'un dévouement inébranlable.

Il lui adressa ce sourire inimitable qui lui était propre : bref, enfantin, montrant des dents superbes, agaçant et séduisant à la fois.

Cela faisait partie du *package* Connor, sérieux, passionné, dominateur. Même avec une migraine de la taille de l'Australie, elle le trouvait irrésistible…

Elle se ressaisit.

Il était pompeux, exaspérant. Son sourire la faisait fondre, mais pas question qu'il contrôle sa vie.

— Dommage que ma tête aille mieux. La vie était douce dans les brumes du trauma crânien, quand tu étais gentil avec moi parce que tu croyais que j'allais mourir.

— N'exagère pas. Je n'ai jamais cru que tu allais mourir. Tu as plus de vies qu'un chat. Et plus de ruse. De toute façon, il est trop tard, j'ai appelé Skye. Pas de discussion.

— Je discuterai tant que tu ne m'auras pas ramenée chez moi ! Tu croyais que j'allais battre des cils et te remercier ? Tu n'as aucun droit de faire ça. Occupe-toi de tes affaires.

— A l'évidence, tu es redevenue toi-même, railla-t-il tout en étudiant les fiches au pied du lit.

Le V de sa tunique laissait entrevoir un peu de peau hâlée parsemée de poils bruns, et elle se rappela fugitivement le doux contact de sa poitrine contre sa joue.

Son parfum disparaissait derrière l'odeur d'antiseptique, elle se surprenait à le guetter quand il se penchait pour arranger ses oreillers.

Pourquoi l'irritait-il et l'excitait-il à ce point ?

C'était sans doute dû à la commotion. Sûrement, même.

— Ta tension est normale, et tes constantes sont bonnes. Si on maîtrise l'infection respiratoire, tu sortiras dans deux jours. Mais il faut que quelqu'un garde l'œil sur toi pendant tes trois semaines de repos. Tu connais le protocole pour un trauma crânien.

Elle toucha son pansement, passant la main sur ses cheveux qui repoussaient dru là où on les avait rasés pour suturer sa blessure.

— J'ai juste un peu mal au crâne maintenant, c'est parfaitement gérable avec du paracétamol, objecta-t-elle. Skye peut enlever les agrafes et changer le pansement.

— Bien sûr, ironisa Connor en s'affairant sur sa perfusion. Skye, qui passe ses soirées à revoir les pièces de l'audit, et qui doit s'occuper de sa vieille mère malade ses rares moments de liberté. Cette Skye-là ? Tu voudrais qu'elle te soigne aussi ?

— Je n'ai pas besoin que l'on me soigne. Je veux juste rentrer chez moi. J'y serai très bien. Je suis jeune et forte, et pratiquement guérie, gentil docteur Wiseman…

Elle lui sourit pour le rassurer.

Peine perdue.

— Ne recommence pas, petite effrontée sexy, dit Connor avec un rictus sarcastique.

— Quoi ?

Son sourire s'élargit, ses yeux pétillèrent.

— Peu importe. Inutile de me faire les yeux doux. Les règles sont les règles.

— Rien à faire des règles.

Il passa la main dans ses cheveux hirsutes, et elle sentit une vague de désir la parcourir. Elle se ressaisit en se rappelant qu'il était redevenu le Connor autoritaire qu'elle détestait. Elle ne voulait pas de cette aide-là.

— C'est toute la gratitude à laquelle j'ai droit pour avoir maîtrisé le désordre où je t'ai trouvée ?

Elle serra les poings pour ne pas hurler.

Ça lui ferait mal à la tête, et de toute façon elle avait les poumons trop pris pour sortir autre chose qu'un râle ridicule.

— Je n'ai pas besoin que l'on contrôle ma vie, Connor. Je

sais d'expérience ce qu'il se passe quand on se laisse faire. Ça se termine par une grosse déception, pas vrai ?

Deux fois déjà, elle avait perdu le contrôle. La première fois en acceptant de l'épouser, et elle avait failli être dépossédée de tout ce pour quoi elle s'était battue. La seconde en tombant enceinte de lui.

Pas question qu'il y en ait une troisième.

— Maudite bonne femme, grommela Connor en réglant le débit de la perfusion qui hydratait Mim.

N'avait-elle donc pas conscience à quel point elle avait été malade ?

La commotion cérébrale et les nausées matinales l'avaient fait vomir comme jamais il n'aurait imaginé qu'un petit bout de femme comme elle puisse vomir. Elle était très pâle, les yeux enfoncés dans les orbites. La chemise de nuit trop grande de l'hôpital pendait à ses épaules menues. Quelques jours plus tôt, elle ne pouvait même pas marcher. Et elle voulait rentrer chez elle. Seule.

Il était partagé entre un sentiment d'impuissance et un besoin presque primitif de la protéger contre elle-même.

— Tu es si entêtée ! Laisse-moi m'occuper de toi. Il faut que tu restes au chaud, au sec, en sécurité. Là où tu ne seras pas tentée de servir le petit déjeuner à tout le voisinage ou de traîner dans un bureau menaçant ruine. Tu m'entends ?

— Je n'écoute pas. Je n'écoute pas.

Prise d'une quinte de toux, elle se tint les côtes en grimaçant de douleur. Puis elle se força à sourire.

— Où est-ce que j'ai attrapé cette infection pulmonaire ?

— Peut-être en gisant sur un sol humide et sale et en inhalant les cadavres de milliards de fourmis et Dieu sait quels autres monstrueux exosquelettes en décomposition tombés de ton vieux plafond pourri, grommela-t-il.

Une sirène détourna son attention. Des infirmières et des médecins passèrent en courant dans le couloir, biper à la main.

Il ressentit une poussée d'adrénaline familière, accompagnée d'un frisson glacé qui lui parcourut l'échine.

— Arrêt cardiaque ? demanda Mim.

— On dirait. Je déteste ça.

Il n'était pas près d'oublier le bruit des pas précipités des urgentistes, le craquement du lit d'hôpital pendant le massage cardiaque, le ronronnement sinistre et monotone annonçant que sa sœur ne reviendrait plus. Ce souvenir l'avait poursuivi à l'école de médecine et au-delà, accompagné de succès doux-amers et de pertes dévastatrices.

Mim ne semblait pas troublée par la scène qui se déroulait un peu plus loin. Adossée à ses oreillers, elle ferma les yeux.

Malgré l'exaspération qu'elle lui inspirait, il ne put s'empêcher de lui prendre la main et de caresser sa paume.

Les lavages répétés avaient rendu sa peau rêche, et elle avait un cal au doigt dû au frottement du stylo pendant ses études.

Elle avait peu évoqué son passé devant lui, mais il savait qu'elle avait travaillé dur pour être médecin. Réhabiliter la réputation de sa mère, et empêcher que d'autres enfants de junkies aient la même enfance qu'elle. Elle avait montré un grand courage, se battant farouchement pour obtenir ce qu'elle voulait. Positive envers et contre tout, elle allait de l'avant sans jamais regarder en arrière.

Quelques jours plus tôt, elle avait dit qu'elle l'aimait.

Il ne la croyait pas. C'était après avoir reçu ce coup sur la tête. Elle l'avait déjà dit par le passé, et cela s'était révélé creux, dénué de sens…

Et cependant, leur été ensemble avait été intense, merveilleux. Même aujourd'hui, il n'arrivait pas à se l'arracher de la tête. Il aimait être avec elle, elle le faisait rire. Aspirer à quelque chose de plus durable, de plus profond.

Stop. Il commençait à dérailler. Il avait passé trop de temps avec elle, mais c'était bientôt fini.

Pour le moment, il devait veiller à sa sécurité et au bien-être du bébé. Subvenir à leurs besoins. Dresser des plans. Encore quelques semaines, puis il trancherait tout lien affectif avec elle. Il savait faire ça comme personne. Il la renverrait à Atanga Bay, et terminerait l'audit pour Matrix en ligne, maintenant qu'elle avait deux ordinateurs en état de marche. Il resterait en contact avec elle par mail, jusqu'à la naissance du bébé. Ensuite, il rendrait visite à son enfant une fois par mois.

Il serait un père plus présent que ne l'avait été le sien.

Il n'avait eu qu'un modèle de père : le sien. Distant dans tous les sens du terme. A défaut d'être parfait, un père se devait au moins d'être aimant, proche de sa progéniture.

Il avait ce genre de rapport avec Oakley. Il plaisantait avec lui, veillait sur lui, lui enseignait des choses importantes. Comme construire un château en Lego, ou connaître le nom des meilleurs piliers de rugby de la dernière décennie.

C'était facile avec lui, car il n'y avait pas d'investissement affectif. Mais qu'en serait-il avec son propre enfant s'il le voyait une fois par mois ?

Il l'ignorait. Il en avait envie, mais bon sang, il avait peur. Son enfant. Un autre Wiseman. Comment se comporter autrement qu'en père Wiseman ?

Il faudrait qu'il prévoie tout dans un contrat.

Mais d'abord, il devait obtenir l'accord de Mim.

— Alors, qu'en dis-tu ? Viens te reposer chez moi. J'ai pris rendez-vous la semaine prochaine pour un examen prénatal complet. Entre-temps, on fera réparer ton toit. Et on décidera de ce qu'on fera à long terme pour le bébé. Entre adultes.

— Adultes ? Nous ? Tu plaisantes.

Mim se laissa aller contre les oreillers.

C'était agréable d'être là, de tenir la main de Connor. D'être au lit, délicieusement dorlotée, sans passer son temps à se torturer à propos du dispensaire, de son avenir, du bébé.

— Parle-moi de l'échographie qu'on m'a faite en arrivant ici, dit-elle. Je n'en ai aucun souvenir.

— Je ne te dirai rien tant que tu n'accepteras pas de venir chez moi. Sois raisonnable. On aura des chambres séparées.

— Tu es dur en affaires.

Elle était partagée entre soulagement et déception. Elle savait qu'il tiendrait sa promesse et garderait ses distances. De toute façon, ils n'avaient aucun avenir ensemble, sinon comme coparents.

Mais il avait raison. Sa tête et ses côtes la faisaient encore souffrir en dépit de ses dénégations. Son dispensaire avait besoin de rénovations urgentes, et elle ne pouvait pas y travailler tant qu'elles ne seraient pas réalisées. Et puis, elle devait se reposer. Sinon pour elle, au moins pour le bébé.

Elle promena la main sur son ventre plat. Elle ferait tout pour assurer le bien-être de son petit. Elle lui donnerait un amour inconditionnel sans jamais lui reprocher de lui avoir volé sa vie, comme l'avait fait Dana.

Il était son avenir. En l'espace d'un mois, toute sa vie s'était mise à graviter autour de cet être minuscule, tendrement chéri, magique.

Sa gorge se serra.

Jamais Dana ne l'avait trouvée magique.

Assez. Elle refusait de s'appesantir sur le passé. Elle devait regarder devant elle. Avancer avec son enfant, unie à lui par un amour indéfectible. Elle accepterait que Connor ne partage pas sa vie à condition qu'il s'engage à jouer un rôle dans celle de leur enfant.

— D'accord, céda-t-elle. Mais juste quelques jours. Et j'accepte uniquement pour le bébé. Puis je retournerai au dispensaire. Et ne t'avise pas de te balader à demi nu dans l'appartement, compris ?

— Entendu, madame, répondit-il, les yeux pétillants de malice. Petite effrontée sexy, va…

— Et ne dis à personne que je suis enceinte tant que je ne serai pas rentrée à Atanga Bay, d'accord ?

— D'accord. Je n'en ai pas parlé, pas même à Skye.

— Une dernière chose. Je viens chez toi, mais je ne tiens pas à voir tes parents… Pas encore. Traite-moi de lâche si tu veux, mais on a beaucoup de choses à régler avant de répandre l'heureuse nouvelle.

— Lâche. Imagine leur surprise. Je les vois d'ici réserver la meilleure école privée de Nouvelle-Zélande…

— Pas question. On fera les choses à *ma* façon, déclara-t-elle, consciente des nouveaux challenges qui l'attendaient.

Connor sortit le cliché d'échographie un peu corné, et elle tendit la main.

Les parents de Connor ne seraient peut-être pas ravis qu'elle porte le bébé de leur fils, mais pour sa part elle ne se lassait pas de le contempler.

— Tiens, regarde encore, dit-il en caressant doucement les images en noir et blanc. Il n'y a pas grand-chose à voir, mais il est parfaitement formé à ce stade.

Ses yeux brillaient d'une fierté inconsciente.

Il s'efforçait de ne rien ressentir. En vain. Si seulement il pouvait se lâcher ! Il avait désespérément besoin d'aimer et d'être aimé, et la seule chose qui l'en empêchait, c'était lui-même.

— Pauvre fiston, passer le reste de ses jours avec une mère folle, ironisa-t-il.

Et un père à des centaines de kilomètres.

Elle lui prit la photo.

— On ne peut pas encore savoir son sexe à six semaines, objecta-t-elle.

— C'est pour le personnifier, expliqua Connor en souriant. On pourrait l'appeler Junior ?

— Mais c'est peut-être une fille.

De nouveau, elle lut de la fierté dans son regard, mêlée à de l'angoisse.

Il avait peur et ne voulait pas l'admettre.

Elle ne savait pas où ils allaient, mais ils parlaient de leur enfant, maintenant. C'était un premier pas dans la bonne direction.

9.

— M… Mim ! M… Mim ! Re… regarde !

Le cœur serré, Mim contempla la frimousse grimaçante d'Oakley.

Pauvre petit. Les contractions musculaires de la chorée de Sydenham l'empêchaient de sourire correctement, mais il ne s'amusait pas moins pour autant. Il fit signe à Connor, et celui-ci fit tourner son fauteuil roulant à trois cent soixante degrés.

— C… cool, hein ? commenta l'enfant, ravi.

— Génial ! fit Mim dont la lente convalescence était égayée par les visites du garçon. J'ai une nouvelle pour toi.

Oakley grimpa sur le lit, ses mouvements désordonnés compliquant ses gestes.

Il faudrait des mois pour que les contractions disparaissent complètement, mais elle constatait une légère amélioration.

— D'après les docteurs, ma tête va mieux.

— Question d'opinion, chuchota Connor à l'oreille d'Oakley. Pour moi, elle a irrémédiablement perdu l'esprit.

Elle lui jeta un regard faussement meurtrier.

Quand il n'était pas auprès d'elle, il passait son temps en pédiatrie, au chevet de l'enfant. Elle le soupçonnait de s'être attaché à lui. Elle le voyait à son regard adouci quand il se posait sur Oakley, au sourire qu'il n'avait que pour lui.

Il ferait un très bon père s'il acceptait de se laisser aller.

— Oakley, je quitte l'hôpital aujourd'hui, annonça-t-elle comme si elle s'excusait.

— Vous rent… rentrez ? souffla le garçon, perdant son sourire. La chance ! Je… je d… dois rester… encore un peu.

— En fait, je m'installe en ville chez Connor pendant

quelques jours, dit-elle en lui prenant la main. Tu auras peut-être quitté l'hôpital quand je rentrerai à Atanga Bay.

Il haussa tristement les épaules.

— Faisons un pari, dit-elle, sentant sa petite main trembler sous la sienne. Celui qui rentre le dernier offre la glace. On trouve les plus grosses à l'épicerie de Monsieur B.

— D'ac… d'accord. Qu'est-ce… que c'est ? demanda Oakley, désignant le cliché posé sur la table de nuit.

Le cœur de Mim sombra. L'échographie du bébé !

— Ce… Ce n'est rien.

Elle la ramassa et la glissa dans son sac en jetant à Connor un regard suppliant.

L'affolement passa dans son regard, puis il expliqua calmement :

— C'est la photo d'un bébé de six semaines dans le ventre de sa maman.

Mim lança à Connor un sourire sarcastique, genre « débrouille-toi tout seul, Wiseman », et il se rendit compte qu'il avait mis le pied dans un champ de mines.

Oakley savait-il seulement que les bébés venaient du ventre des mamans ? A quel âge leur disait-on ce genre de chose ?

Ce n'était pas à lui de le lui apprendre. Mais il devrait le dire à Junior un jour. Il n'était pas prêt à discuter d'homme à homme avec un enfant de sept ans. Il y avait tant de choses pour lesquelles il n'était pas prêt. Comme l'accouchement. Mim voudrait-elle qu'il y assiste ? Le voulait-il ?

Bien sûr. Il ne manquerait cela pour rien au monde.

Et puis il y aurait les couches, l'école, la puberté. L'amour qu'il développerait pour son enfant…

Cette idée lui flanquait une peur bleue. Son avenir se profilait devant lui, inexploré, en territoire ennemi. Il aurait voulu hurler « Stop ! » mais il ne pouvait pas. Il avait des responsabilités maintenant. Il devait y faire face. Sans y être préparé.

Oakley tira la langue d'un air dégoûté.

— Les bébés, beurk ! Enc… encore un t… tour, Connor !

— Bien, chef.

Il l'avait échappé belle. Heureusement que les gamins de sept ans dédaignaient tout ce qui touchait de près ou de loin aux filles !

Ce ne serait peut-être pas si difficile de passer du temps avec son enfant, tout compte fait. Même si, avec ses antécédents relationnels, il n'était qu'à moitié convaincu.

Il attrapa le fauteuil roulant et le fit tourner sur lui-même.

— Et maintenant, retour à ta chambre pour la prise d'antibiotiques, jeune homme. Dis au revoir à Mim.

— Au r'voir, Mim. A plus.

— Dépêche-toi de guérir, Oakley.

Mim les regarda sortir, les larmes aux yeux.

Maudites hormones qui la faisaient pleurer à la moindre occasion !

Ils formaient une drôle de paire, tous les deux, le médecin branché de la ville et le gamin de la campagne. La présence d'Oakley avait apporté une diversion bienvenue, évitant toute intimité entre eux. Mais Connor allait revenir, puis il l'emmènerait chez lui.

Comment avait-elle pu accepter ? C'était une décision folle, stupide, qui aurait pour conséquence de rouvrir des blessures qui ne guériraient jamais.

Elle inspira profondément, emplissant ses poumons du parfum apaisant des lis fanés. S'efforçant de puiser force et courage dans ce moment de sérénité. Réfléchissant à la façon de survivre aux prochains jours avec Connor, alors qu'ils avaient tant de problèmes à résoudre et tant de désirs qui ne seraient jamais assouvis.

Cette douche était divine. L'eau chaude ruisselait dans le dos de Mim, gargouillait dans ses cheveux. Rien que l'intimité d'une porte fermée était en soi une bénédiction.

Minimaliste, la salle de bains de Connor n'était pas

précisément son style, mais elle appréciait à sa juste valeur la qualité des aménagements haut de gamme où se conjuguaient l'acajou foncé et le chrome brillant comme un miroir.

Situé sur Albert Street, avec de hautes fenêtres donnant sur le quartier des affaires et le golfe de Hauraki, l'appartement avait dû coûter trois fois le montant de l'hypothèque du dispensaire. Une création luxueuse, digne d'un grand architecte d'intérieur.

Mais elle n'y était pas chez elle. Rien à voir avec son petit appartement douillet où les gens passaient à l'improviste, où l'on respirait un air non pollué, où l'on entendait les oiseaux pépier dans un silence à peine troublé par le murmure des vagues s'écrasant sur la grève. Là-bas, la paix régnait. Pas de grondement de circulation, pas de concert de klaxons.

— Mim ? Ça va ? Je t'ai trouvé un sandwich au beurre de cacahuète, marmelade et cornichons. Tu es sûre de vouloir manger *ça* ?

Pas du tout. Mais elle n'avait trouvé que ce moyen pour se débarrasser de lui. Elle avait besoin de souffler un peu. Loin de lui. C'était déjà assez pénible d'être cernée par son odeur dans tous les recoins de l'appartement, elle ne voulait pas passer chaque seconde à lutter contre la tentation. Alors elle l'avait envoyé chercher un sandwich fait des trucs les plus improbables.

Elle se rinça les cheveux et ferma le robinet.

Elle n'avait plus qu'à faire bonne figure, avaler le fichu sandwich sans vomir et survivre tant bien que mal aux prochains jours.

— Je n'en ai pas pour longtemps. Je sors de la douche.

— Le siège te convient ? demanda-t-il avec sollicitude.

— Oui. C'était une bonne idée de le mettre dans la cabine de douche pour que je puisse m'asseoir. Même si j'ai l'impression d'être ma grand-mère.

— Pas du tout, princesse. C'est pour ta sécurité. Tu es décente ? Je crois que j'ai laissé mon téléphone à l'intérieur.

— Princesse ? Depuis quand suis-je ta princesse ?

— Simple façon de parler, rétorqua-t-il, contrit.

Elle s'enveloppa dans une épaisse serviette de bain taupe, ouvrit la porte et lui tendit son téléphone qui bipait toutes les trois secondes, histoire de lui rappeler quel homme important il était et quelle vie trépidante il menait.

Il s'était rasé et avait troqué sa tenue chirurgicale contre un T-shirt noir qui moulait son torse athlétique, et un jean griffé qui mettait en valeur ses longues jambes musclées.

Elle eut envie de se presser contre lui, comme le soir où ils avaient dansé la salsa…

Mais c'était justement là qu'avaient commencé leurs ennuis. Inutile de remettre ça. Venir s'installer ici était vraiment une très mauvaise idée.

Connor lui tendit deux grosses boîtes en carton.

— Je ne savais pas si tu étais très affamée, je t'ai pris le *king-size*.

— Je n'ai plus faim. Je mangerai plus tard, dit-elle en détournant les yeux. Je vais me sécher les cheveux.

— Je ne comprends décidément rien à l'appétit des femmes enceintes. Dis-moi quand tu auras faim, je te préparerai quelque chose. Tu es mignonne comme ça, ajouta-t-il avec un sourire, la détaillant des pieds à la tête.

— C'est indiscutablement mieux que les chemises de l'hôpital. Et quel bonheur de pouvoir enfin se laver correctement les dents ! Je n'aime pas avoir du tartre.

Elle l'avait fait s'arrêter en chemin pour acheter une brosse à dents électrique et des affaires de toilette.

Il sourit, taquin.

— Ce n'était pas rien d'essayer de te brosser les dents à l'hôpital. Heureusement, j'ai pu m'écarter avant que tu ne rendes ton repas sur mes pieds, cette fois-là.

— Désolée. C'est toi qui m'as déshabillée ou une infirmière ?

— Euh… Moi, admit-il avec un sourire de gamin malicieux. Je l'ai fait trois ou quatre fois en deux jours. Un record, même pour moi. Ç'aurait été plus drôle si tu avais été un peu plus consciente, mais bon.

— Connor ! s'insurgea-t-elle en tirant sur la serviette pour cacher la naissance de ses seins épanouis qu'il ne quittait pas des yeux. Efface tout souvenir de mon corps de ton esprit !

— Après tous ces vomissements, je ne pensais pas au sexe, crois-moi.

Soudain, l'air parut se charger d'électricité. Connor franchit le seuil de la pièce et s'approcha.

Elle essaya vainement de détourner les yeux de son visage dont les traits s'étaient subitement adoucis. Elle voulait fuir, mais ses pieds lui refusaient tout service.

Il essuya une goutte d'eau qui coulait sur sa joue, puis ses doigts glissèrent doucement le long de son épaule en direction de ses seins, s'arrêtant à la limite de la serviette.

— Mais maintenant je peux, si tu veux… La grossesse te va bien.

— Connor, je ne pense pas que ce soit une bonne idée.

— Oh ! j'en ai eu de pires, murmura-t-il, la bouche à quelques centimètres à peine de la sienne. De bien pires. Tu es sûre de vouloir dormir dans la chambre d'amis ? Il y a largement la place dans la mienne.

— Non. Tu as promis.

Pas d'ébats dans son superbe lit *king-size* en fer forgé.

Elle soutint son regard, sentant la pointe de ses seins se durcir sous la caresse légère de ses doigts.

Elle avait envie qu'il la touche plus bas. Qu'il l'embrasse, la prenne, la remplisse. Ses yeux noirs comme l'onyx la tenaient captive, reflétant le désir cru, violent, qui la parcourait. Ce n'était pas un flirt sans lendemain, c'était bien réel, intense. Et dangereux. Chaque instant passé avec lui l'embrouillait davantage. Exigeant d'elle des réponses qu'elle n'avait pas. Elle ressentait un manque palpable quand il n'était pas là, un soulagement immense lorsqu'il était près d'elle. Elle se sentait à sa place dans ses bras…

Mais pas dans son appartement.

Elle resserra la serviette autour de son corps sans le lâcher du regard.

— Connor, on ne peut pas. Ne fais pas ça, je t'en prie.

Au prix d'un effort surhumain, Connor ferma les yeux pour chasser la vision qu'il avait devant lui.

Il avait vu Mim terriblement vulnérable dans les ruines de son bureau et à l'hôpital, mais rien n'avait pu apaiser l'envie qu'il avait d'elle. Et il voulait aussi les protéger, elle et le bébé. Et plus encore. Des choses qu'il ne pouvait pas avoir. Elle avait raison. Ils devaient en rester là.

— Désolé, dit-il en reculant vers la porte de la salle de bains. Mais tu es si désirable. Tu ne pourras pas me reprocher d'avoir essayé.

— J'ai un appartement à moi à une heure et demie d'ici, dans un autre monde. Ici, ce n'est pas la réalité, c'est illusoire et temporaire.

Il inclina brièvement la tête et tourna les talons pour gagner la cuisine et mettre plus de distance entre eux.

Mim entra dans sa chambre d'un pas mal assuré et ferma la porte derrière elle.

Elle ne savait pas si elle allait pouvoir rester plusieurs jours avec Connor dans cet espace confiné. Tout en lui l'exaspérait et la rendait folle de désir.

Elle sursauta en entendant frapper à la porte.

— Je suis occupée, Connor.

— Je sais. Ne t'inquiète pas, je ne vais pas te violer. J'ai compris le message, et je suis d'accord. Mais j'ai une surprise pour toi, et j'espère que tu auras le cœur à ça, expliqua-t-il en glissant une enveloppe blanche sous la porte. On donne une représentation de *Cendrillon* au Civic dans deux jours. Ce n'est pas de la salsa, mais j'ai pensé que ça pourrait te plaire.

Elle se ressaisit.

— Tu ne renonces jamais, n'est-ce pas ? Nous ? Sortir ensemble ? Je croyais que nous étions d'accord pour…

— Il ne s'agit pas d'un rendez-vous galant, la coupa-t-il. Tu partages mon appartement, on peut passer une soirée ensemble. Je n'ai jamais vu de ballet classique, tu pourrais m'aider pour la traduction.

— Et ton travail ? Tu n'as pas des choses à rattraper ?

— Ça peut attendre un jour… Mim ? On ne peut pas être tout le temps à couteaux tirés. Ce n'est pas bon pour nous ni pour le bébé. Et puis, je croyais que tu aimais la danse.

— C'est le cas.

— Je peux demander qu'on nous place dans des rangées différentes, si tu veux.

— D'accord, d'accord.

— Pour la sortie, ou pour les rangées séparées ?

Elle joignit son rire au sien.

S'occuper d'elle n'était pas de tout repos pour lui. Elle devait se montrer conciliante. Il avait raison, ils avaient besoin de s'amuser un peu, pour fonder leur nouvelle relation sur autre chose que le sexe. Elle ne se rappelait pas la dernière fois qu'elle était allée au théâtre, ou voir un ballet.

— Ça risque d'être dur de te traduire ce qu'il se passe sur la scène si nous sommes chacun à un bout du théâtre. Et je paierai ma place. Pas de discussion.

— Mais c'est un cadeau…

— Connor, c'est ça ou rien. Tu en fais assez.

Beaucoup trop, songea-t-elle en passant la main sur son ventre. Et elle n'avait plus la force de se battre.

10.

Connor étudia les tableaux qu'il avait sous les yeux, effectua de nouveaux calculs, secoua la tête.

Les chiffres étaient éloquents. Le dispensaire de Mim n'obtiendrait pas de financement de Matrix, il n'avait aucune chance de se développer. Il ne pouvait pas le sauver.

Il songea à Oakley, à Tommo. A la punk, à Tony. Au reste de la communauté. Que deviendraient-ils sans le centre d'accueil ?

Mais surtout, il pensa à Mim, à son rêve qui s'écroulait.

Il avait analysé, revu les chiffres, mais il ne pouvait décemment pas donner son aval à une entreprise qui n'était pas viable. Pas même celle de Mim.

Bon sang, c'était un aspect de son travail qu'il détestait.

Il le dirait à Mim ce soir, après le ballet. Elle serait là dans dix minutes. Il avait dix minutes pour trouver comment atténuer le choc.

Son cœur battait sourdement dans sa poitrine. Le visage de Mim flottait devant lui, le distrayant de son étude.

Il restait hanté par son odeur d'agrumes et l'image de son corps nu enveloppé de sa serviette, l'autre jour.

A cause de leur future progéniture, ils étaient liés à jamais, mais il allait provoquer la ruine de ses grands projets, et cela entacherait à jamais leur relation.

— Je te dérange ?

Elle se tenait sur le seuil, les yeux pétillants de curiosité.

— Euh, non… Je finissais.

« Je cherchais la meilleure façon de te briser le cœur. »

Il passa la main dans ses cheveux. Attendit que son cœur se calme.

Impossible. Elle était époustouflante.

— Ça te plaît ?

Et comment !

Elle avait séparé ses cheveux courts par une raie. Ses beaux yeux sombres étincelaient, mis en valeur par un maquillage léger, et le gloss faisait briller ses lèvres, appelant irrésistiblement les baisers. Elle avait les joues roses, la peau laiteuse, le décolleté généreux. Epanouie par sa grossesse, elle était magnifique.

S'efforçant de maîtriser le violent désir qu'elle lui inspirait, il la regarda tournoyer dans sa robe couleur d'azur.

— Je suis allée faire du shopping. Ce n'est pas raisonnable, car je ne roule pas sur l'or, mais il y a de plus belles choses dans les boutiques d'Auckland qu'Au Chic d'Atanga Bay.

— Oui, j'ai vu la vitrine du magasin. Ils vendent encore du polyester et des pattes d'éléphant.

Soudain, il avait envie de lui offrir toutes les robes de la ville, avec les chaussures assorties et tout ce qu'elle voulait.

Mais on ne pouvait pas acheter Mim McCarthy. Il fallait gagner sa confiance. Il l'avait appris à ses dépens. Héritière du fardeau d'une mère qui avait laissé les hommes diriger sa vie, elle refusait de se laisser corrompre. Il marchait sur des œufs. Un faux mouvement, et elle disparaîtrait. Un audit défavorable, et elle s'en irait.

De toute façon, il avait perdu.

— Comment va ta tête ? Ta poitrine ? Le bébé ?

— Mieux. Bien. Impeccable, énuméra-t-elle avec un sourire qui lui chauffa le cœur. Surtout le bébé.

Le téléphone sonna, détournant l'attention de Connor.

— Ah, le vagabond est enfin rentré chez lui…

Les doigts de Connor se crispèrent sur le récepteur.

La voix sèche de son père avait le chic pour l'irriter, même au téléphone.

Il tourna le dos à Mim et baissa la voix.

— Papa.

— Le projet sur trois ans. Je l'attends depuis deux semaines.

— J'ai été occupé.

A féconder son « inadaptée au grand cœur ».

C'était ainsi que son père avait surnommé Mim. Comment celui-ci réagirait-il s'il apprenait qu'il la revoyait ? Qu'elle portait un petit Wiseman ?

— Je m'y mets dès que je peux.

— Qu'est-ce que c'est que ce projet d'installer une machine à café à la réception ? C'est ridicule. La caféine rend les clients nerveux, exigeants. Ça va nous coûter une fortune.

— Calme-toi, papa. C'est bon pour les affaires que les clients se sentent bien, dit-il, ravalant son irritation.

Il imagina son père servant le café à la réception et s'efforça de ne pas trop penser au cabinet chaleureux et délabré de Mim, à l'opposé du leur, froid et intimidant.

— Ça rendra l'endroit plus accueillant, ajouta-t-il.

Il jeta un regard à Mim qui le scrutait d'un air interrogateur et lui adressa un clin d'œil.

— On n'a pas besoin d'être accueillants. Il faut qu'on soit efficaces. Ce n'est pas ton accueil qui fera de toi un meilleur administrateur. A présent, dis-moi, quelle importante affaire t'a fait disparaître toute une semaine ?

— Rien d'inquiétant. Je suis de retour maintenant.

Son père ne comprendrait pas. Il n'avait pas manqué un jour de travail en cinquante ans, avait à peine pris une demi-journée pour enterrer sa fille. Et depuis, il noyait sa tristesse dans le travail, ignorant le reste de sa famille. Quant à sa mère, elle avait enduré son chagrin avec stoïcisme et assisté impuissante à la désagrégation des rapports entre le mari et le fils qu'elle aimait.

Pourtant, Connor s'était toujours efforcé d'être comme son père : brillant. Inébranlable. Clément ?

Il chassa cette pensée. Son père ne lui pardonnerait jamais.

— La prochaine fois, préviens-moi très tôt. Je n'aime pas qu'on me fasse attendre, gronda son père, haussant légèrement la voix sous l'effet de la colère. Je veux ce projet sur mon bureau demain matin, Connor.

Ce qui impliquait d'y passer toute la nuit et de laisser Mim aller voir le ballet seule.

Il ne pouvait pas lui faire ça. Il ne finirait pas comme son père, incapable de relations vraies. Pas question. Il voulait s'impliquer dans la vie de son enfant et dans celle de Mim. Avoir une vie à lui. Avec des hauts et des bas, du bon et du mauvais.

— J'ai des projets pour ce soir, papa. C'est important.

Mim observait Connor pendant qu'il parlait à son père, la mâchoire agitée d'un tic nerveux.

Il avait toujours eu de mauvais rapports avec son père, mais de toute évidence il se passait quelque chose de grave.

Son cœur se serra de regret. Pour la première fois, elle prenait conscience qu'elle avait peut-être agi avec égoïsme.

Si seulement elle était restée trois ans plus tôt. Ou si elle avait parlé à Connor. Lui avait expliqué. Peut-être aurait-elle pu arranger les choses entre son père et lui ?

Tôt ou tard il faudrait qu'il parle du bébé à ses parents, qu'il leur annonce avec embarras qu'il avait mis enceinte son ex-petite amie. Celle qu'ils avaient été si soulagés de voir partir et qui était de retour avec un bébé, pour les hanter le reste de leurs jours.

— Ne pas te décevoir ? s'écria Connor, tendu, en lui tournant de nouveau le dos. Quoi, encore ? Nous sommes déphasés, papa. Nous sommes des médecins qui passent leur temps à brasser du papier, alors que nous pourrions sauver des vies, changer les choses, mener une existence utile. Mais non. Nous vivons dans le passé, à chasser des fantômes. La seule personne que je déçoive, c'est moi !

Bouleversée, elle se mordit la lèvre pour ne pas intervenir.

Comment Connor pouvait-il décevoir qui que ce soit ? Il était dévoué, déterminé, brillant. On ne pouvait qu'être fier de le connaître. Mais son père n'en semblait pas conscient.

La voix de Connor résonna, calme et ferme.

— Si tu veux le savoir, je vais voir un ballet avec Mim McCarthy ce soir. Oui. *Elle-même.*

Connor en avait assez de l'intransigeance de son père, de son refus de toute concession. Il refusait d'être comme lui. Il voulait aimer, ne plus avoir peur. Etre un père dont l'enfant serait fier. Il était temps qu'il regarde vers l'avenir.

— Mim et moi allons avoir un bébé, et nous avons des choses à régler. Ça fait beaucoup, je sais. Rentre à la maison maintenant, papa. Parle à maman, embrasse-la, occupe-toi d'elle. Elle a besoin de toi. Puis pense à l'avenir, songe que tu vas être grand-père et que ça peut t'apporter beaucoup.

Il raccrocha et se tourna vers Mim qui le contemplait, les yeux pleins de larmes.

— Connor… Ça va ?

— J'aurais dû faire ça, il y a des années.

A l'époque, il n'avait pas eu la force nécessaire. Il l'avait trouvée aujourd'hui, grâce à l'enfant à naître et à la femme qui le portait. Pour la première fois depuis des années, il respirait enfin.

— Tu n'étais pas obligé de lui parler du bébé. Ça pouvait attendre.

— Je l'ai fait parce que je suis fier de ce qui est arrivé. Tu vas mettre au monde mon enfant, et c'est bien. Plus que bien. J'ignore ce qu'on va faire, mais on trouvera. Viens, partons d'ici.

Dans la rue, il l'attira contre lui et savoura la douceur de son corps contre le sien, respira son parfum, contempla sa bouche. Il enfouit les doigts dans ses cheveux, conscient que leurs belles résolutions avaient fait long feu.

Il avait coupé les ponts avec son père, balayé sa culpabilité, et il flottait à la dérive dans un tourbillon de désir. Jamais il ne s'était senti aussi vivant.

— J'avais trop envie de faire ça aussi…

Il prit les lèvres de Mim avec fièvre, et après une légère hésitation elle s'abandonna et lui offrit sa bouche.

Elle avait le goût de la fraise, de la glace au miel.

Il lécha le coin de sa bouche, sa joue, revint à ses lèvres.

Elle sentait la liberté et le désordre. Le désir incontrôlable qui faisait rage en lui. Elle sentait la vanille et l'air frais, la grouillante nuit citadine et son cher Atanga Bay. Et toujours, toujours, la mangue fruitée.

Il l'entraîna dans un passage sombre et la plaqua contre un mur, les sens en ébullition. Ses mains froissèrent la soie de sa robe, glissèrent le long de ses cuisses. Remontèrent vers son ventre, ses seins épanouis dont les pointes durcirent sous ses paumes.

C'était si bon. Ils avaient mille problèmes à résoudre, et il ne pensait qu'à une chose : l'embrasser dans le noir jusqu'à plus soif.

Quelque part, une horloge sonna. Il s'arracha à elle et glissa un doigt sur ses lèvres enflées.

— On saute *Cendrillon* ? Ou on fait ça vite fait ?

— Tu as besoin de travailler tes méthodes de séduction, murmura Mim en se frottant voluptueusement contre lui. Mais c'est très tentant.

Elle glissa les mains vers sa taille et se mit à jouer avec sa ceinture.

N'y tenant plus, il lui saisit la main et la plaqua sur la fermeture Eclair de son pantalon.

— On risque d'être arrêtés pour attentat à la pudeur…

— Je ne vois pas de meilleure raison de finir au poste, pas toi ? pouffa-t-il.

— Je préfère ignorer ce que tu viens de dire, commenta-t-elle en le repoussant avec douceur. C'est un ballet magnifique, ce serait dommage de le manquer. Si romantique, si spectaculaire. Imagine comment on sera après avoir vu toute cette passion débridée.

Il lâcha sa main et appuya son front contre le sien.

— D'accord. Il faut y aller, je suppose. Et puis, les billets m'ont coûté une fortune.

— Ton offensive de charme me confond, dit-elle, éclatant d'un rire doux, rafraîchissant.

Elle glissa doucement sa main dans la sienne.

— Viens. Allons nous amuser.

11.

Assise dans un fauteuil d'orchestre, Mim regardait les habitués du théâtre descendre la travée en file indienne et s'installer à leurs places, vêtus de leurs plus beaux atours. Elle contempla le plafond avec une joie enfantine.

— C'est exactement comme dans mon souvenir.

Le plafond de la salle de spectacle était éclairé par mille étoiles scintillantes, et çà et là une étoile filante traversait le ciel bleu outremer sur fond de minarets et de tourelles.

Un décor de conte de fées pour un ballet de conte de fées.

— Tu es déjà venue ? s'enquit Connor, l'attirant contre lui.

La première réaction de Mim fut de s'écarter. Mais elle posa la tête contre son épaule et se laissa aller.

Elle vivait un conte de fées, et comme toutes les belles histoires, il s'achèverait bientôt. Mais ce soir, elle pouvait rêver. Elle retrouverait bien assez tôt les toits pourris du dispensaire et l'évaluation Matrix.

— Ma mère m'a amenée une fois voir *Le Lac des cygnes*. Elle adorait ce ballet et pleurait toujours quand le cygne mourait, le cœur brisé. Ce n'était pas une mince affaire de venir de la campagne pour assister à une matinée…

Venir en ville avait été un événement. Sa mère était sobre depuis des semaines, et elle avait apprécié ce changement, persuadée que son enfance de rêve commençait enfin.

— En rentrant à la maison, on a mis la compilation des plus grands ballets, et on a dansé. J'étais sur ses pieds, et nous virevoltions. Elle adorait les ballets, les histoires d'amour. C'était une incurable romantique.

— Pas toi ?

— Oh si, bien sûr ! Il suffit de me regarder, engrossée par un ex, avec une maison croulante équipée d'un toit ouvrant. Le rêve, railla-t-elle, souriant pour atténuer le sarcasme.

— Les femmes font la queue pour être engrossées par moi !

— La seule queue que je vois ici, c'est celle de vieilles dames aux cheveux blancs.

— J'attire tous les genres. Tu vas voir. On va être assiégés, dehors.

— Et je suis censée t'en être reconnaissante ? pouffa-t-elle. Dans tes rêves !

Il la serra contre lui, et elle se blottit dans ses bras chauds.

— Que s'est-il passé après cette soirée ? Tu es revenue ?

— Oh non ! C'est juste arrivé un soir. Un merveilleux soir. Puis la vie a repris son cours normal à Atanga Bay.

Après cette nuit de rêve, sa mère avait retrouvé la bouteille et la dope qui leur volaient leur bonheur. Vivre avec sa mère avait sérieusement écorné ses illusions.

— Au moins, je vais pouvoir rentrer bientôt, soupira-t-elle. Il paraît que Skye a durement travaillé sur la dernière partie de l'évaluation, et on ne va pas tarder à obtenir notre financement. Les choses vont s'arranger pour moi et le bébé.

— Mim… Il faut que je te parle.

Connor avait l'air triste. Peut-être s'était-elle trop confiée ?

Elle ne voulait pas que son passé sordide gâche la soirée. C'était la première fois qu'elle l'évoquait, et elle le regrettait déjà. Trop de peine, trop de souffrance, trop de souvenirs. Elle avait envie d'oublier. Elle refusait sa sympathie, sa pitié. Elle voulait vivre ce conte de fées. Ecouter de la belle musique en regardant évoluer de gracieux danseurs dans ce superbe théâtre, en compagnie de l'homme le plus sexy du monde. Le reste attendrait.

Elle posa un doigt sur ses lèvres.

— Chut, ça commence…

Le rideau se leva, et la musique de Prokofiev s'éleva, l'emportant dans une merveilleuse parenthèse de quelques heures.

L'entracte arriva trop vite, et ils se frayèrent un chemin jusqu'au foyer bondé pour chercher à boire.

— Heureusement que je connais l'histoire de Cendrillon, car je n'aurais rien compris, avoua piteusement Connor en lui tendant un verre de limonade. C'est plus compliqué dans un ballet. Et pourquoi les hommes portent-ils des collants ?

Elle leva les yeux au ciel.

— Je suppose que ça leur permet de bouger plus aisément.

— Je croyais que c'était pour exhiber leurs attributs. J'en porterais aussi si j'en avais d'aussi remarquables.

— Ce n'est pas le cas ? Tu me déçois.

— Chut, tu vas ruiner ma réputation, lui chuchota-t-il. Tu n'étais pas déçue il y a quelques semaines… Si on faisait un nouvel essai ? Je ne te décevrai pas, souffla-t-il en parcourant son cou de baisers, lui arrachant des frissons.

Le voir se disputer avec son père l'avait troublée. Elle aimait sa passion, sa détermination, son besoin d'agir. Elle aimait la façon dont il s'était occupé d'elle. Elle aimait le goût de sa bouche, le contact de son corps. Elle aimait…

Elle l'aimait.

Choquée par cette révélation, elle sentit son visage s'empourprer.

Non, non, non ! Elle n'était pas censée tomber amoureuse de lui. Elle ne pouvait pas le laisser prendre son cœur, détruire ce pour quoi elle s'était battue.

Pour le moment, Connor la traitait comme une princesse. Avec courtoisie, délicatesse. Parce qu'elle portait son enfant. Mais il n'avait pas tenté de trouver un compromis, il n'avait pas parlé d'avenir. Ils avaient déjà échoué une fois, pourquoi serait-ce différent aujourd'hui ? Ils avaient toujours des carrières distinctes, des vies séparées, des idéaux opposés.

Il n'avait pas non plus parlé d'amour.

Soudain, elle fut prise de claustrophobie. L'image qu'ils offraient lui paraissait subitement trop intime, trop parfaite. Elle avait besoin d'air. D'espace.

— Ma migraine me reprend. Je vais rentrer… Oh !

Connor venait de détaler et fonçait à travers le foyer. Quand elle le rattrapa, il était agenouillé près d'un vieil homme étendu sur le sol.

— Reculez. Laissez-le respirer, ordonna-t-elle tandis qu'une sonnerie annonçait la reprise du spectacle, dispersant les curieux. Il a un pouls ? demanda-t-elle à Connor.

— Le pouls est irrégulier, et il semble en fibrillation. Appelle une ambulance, vite. Vous m'entendez, monsieur ?

L'homme ouvrit les yeux et les fixa, le regard vitreux. Sa main gauche toucha son front, sa joue ensanglantée. Ses lèvres remuaient, mais il n'émettait que des sons indistincts.

— Vous êtes tombé, monsieur. Il vaut mieux rester allongé un moment. Vous avez une coupure à la joue, mais c'est sans gravité, ne vous inquiétez pas, dit-elle avec douceur en essuyant le sang avec un Kleenex. Nous sommes médecins, nous allons nous occuper de vous.

— Il y a quelqu'un avec lui ? demanda Connor aux quelques curieux qui restaient, inquiets pour le vieil homme.

N'obtenant pas de réponse, il enleva sa veste, la plia et la glissa sous la tête du patient.

— Il faut le laisser en position latérale de sécurité.

— Comment vous appelez-vous, monsieur ? questionna-t-elle. Je vais regarder si vous avez des papiers.

Sous le regard vide du vieil homme qui continuait à la fixer en silence, elle fouilla sa poche, trouva un portefeuille.

— John Wilkinson ? Vous vous appelez John ? Ah, il y a une ordonnance… Vous faites de l'hypertension, John ?

L'homme ne répondit pas, mais sa main gauche se referma sur son poignet. Il essayait de communiquer.

— Il semble avoir fait un AVC. Il est confus, avec paralysie de la moitié du corps. Il se sert de sa main gauche, mais la droite est flasque, commenta Connor en terminant son examen. Je crois qu'il a une attaque cérébrale.

Il regarda Mim toucher la joue de l'homme, lui tenir la

main, lui parler doucement pour calmer son anxiété en attendant l'ambulance.

— Dommage que je n'aie pas mon stéthoscope, soupira-t-il avec frustration. Je pourrais au moins surveiller sa tension.

Les yeux fixés sur les longs doigts osseux qui agrippaient le poignet de Mim, il s'aperçut que ce vieil homme lui rappelait son père. Il avait sensiblement le même âge, la même stature. Et il n'avait personne.

Pourquoi était-il seul ? C'était particulièrement cruel en un moment pareil. Comment trouver son plus proche parent ?

L'équipe d'ambulanciers arriva bientôt et installa John sur un brancard. Connor hésita à l'accompagner.

D'un autre côté, Mim frissonnait dans l'air frais de la nuit. Les yeux cernés, elle était étrangement silencieuse depuis le malaise de John. Il devait la raccompagner, prendre son courage à deux mains et aborder la question de la désastreuse évaluation dès qu'elle irait mieux.

— Je dois l'accompagner, mais je vais d'abord te ramener à la maison. Tu as l'air épuisée.

Mim secoua la tête avec décision.

— Je peux me débrouiller. Va avec lui.

A ce moment, un ambulancier s'avança.

— J'ai trouvé un portable dans la poche de son manteau. Nous avons prévenu son fils, il nous rejoint aux urgences. Nous l'emmenons. Merci pour votre aide.

Connor la regarda, lui prit la main, et ils reprirent lentement le chemin du retour.

— Pauvre type. Il m'a rappelé mon père.

Elle rapprocha son épaule de la sienne.

Elle était encore secouée par la révélation qu'elle aimait Connor. Elle avait envie de faire ses bagages sur-le-champ. Mais l'incident du théâtre semblait l'avoir affecté, et il avait besoin d'elle.

— Il lui ressemble un peu. D'après mes souvenirs.

— Il avait l'air terrifié. J'ai vu cette expression une fois chez mon père, le jour où nous avons enterré Janey, fit Connor d'une voix brisée. Quand il s'est effondré. Et je savais que j'étais responsable.

— Non ! s'écria-t-elle. Voyons, Connor, tu n'as pas… ?

Il jura entre ses dents.

— Si, Mim. Du moins j'ai cru que c'était ma faute. Pendant longtemps.

Il en avait trop dit, ou pas assez.

Elle posa tendrement la main sur sa joue et le fit asseoir sur les marches devant l'entrée de son immeuble.

— Parle-moi de Janey. De ce qui te hante. Fais-moi confiance. Je veux t'aider.

— Et ensuite ?

— Ensuite, nous gérerons tout ça, répondit-elle en prenant sa main dans les siennes.

Connor considéra le visage ardent de Mim tendu vers lui à la lueur du lampadaire.

Jamais elle ne lui avait paru plus belle qu'à cet instant.

Il brûlait de décharger son fardeau. De lui confier ce qu'il avait gardé pour lui pendant tant d'années. De lui expliquer pourquoi il avait blindé son cœur.

— J'étais là quand Janey est morte. A l'hôpital.

Hochant la tête, elle glissa sa petite main dans son poing serré.

— Ça a dû être très dur.

Il se revit aux urgences, regardant le personnel soignant s'affairer autour de sa petite sœur adorée.

Il n'avait raconté ça à personne, sauf pendant l'enquête. Il avait trop peur de le revivre et de ne pas le supporter. Mais avec Mim, tout semblait possible.

Il se força à parler, la gorge nouée par l'émotion.

— C'étaient les vacances. Elle était tombée de cheval et s'était cassé le bras. Ce n'était qu'une chute stupide. Une intervention basique qui a mal tourné… Je regrette de ne pas t'en avoir parlé avant.

— Tu le fais maintenant.

Il fixa le sol, ne voulant pas voir la pitié dans son regard.

— C'était un samedi soir, dans un hôpital du fin fond de la campagne. Un interne harassé, surmené, et une jeune infirmière juste sortie de l'école. Janey souffrait beaucoup, et je leur ai demandé de calmer sa douleur. Le médecin a préparé la médication, et j'ai attendu qu'elle soit vérifiée.

Il inspira profondément.

— Janey a recommencé à pleurer, et je leur ai dit de se dépêcher. Je voulais juste qu'on la soulage. Mais ils n'ont pas effectué de contrôle du dosage. Pourquoi ? On fait toujours un contrôle avant d'administrer un traitement. Ça fait partie du protocole de chaque hôpital.

Il serra les poings, enfonçant ses ongles dans ses paumes.

— Je ne leur ai pas demandé de le faire. Je n'étais qu'un étudiant de première année, et il était médecin. Je n'ai pas eu le courage de m'en mêler. Je suis resté là comme un imbécile, à les regarder lui injecter dix fois la dose d'antalgique normale.

Sa sœur s'était éteinte, et avec elle sa croyance dans le système pour lequel il travaillait. Sa foi en l'amour. En lui-même. Il avait fallu dix ans pour qu'il recommence à espérer.

— Connor, je comprends maintenant ! Ton obsession des protocoles, de la routine, des règles. Pourquoi tu tiens les autres à distance. Je comprends tout.

— Mon père me considère toujours comme responsable. Il ne l'a jamais dit expressément, mais je le vois dans ses yeux.

Il avait l'impression d'étouffer. Il avait besoin d'être seul. C'était plus sûr. Personne à faire souffrir que lui-même.

Lâchant la main de Mim, il inspira une grande goulée d'air et gravit les marches.

— Connor, arrête, ordonna-t-elle. Reviens ici. J'ai dit arrête !

Il s'immobilisa. Se retourna.

Elle lui tendait les bras.

Elle comprenait son chagrin. Ne l'avait pas jugé.

Il n'hésita qu'une seconde avant de se jeter dans ses bras.

Elle le serra contre elle.

— Ce n'était pas ta faute, Connor.

C'était bon d'être dans ses bras chauds. D'être enfin libéré de ce qui l'avait hanté si longtemps.

— Je le sais aujourd'hui. Mais je le croyais à l'époque.

Mim secoua la tête, les yeux pleins de larmes.

Elle avait toujours senti que Connor lui cachait quelque chose. Mais en lui racontant le drame qui avait empoisonné son existence, il lui avait enfin ouvert son cœur.

Comme il insérait sa carte dans la serrure commandant l'ouverture de la porte de l'immeuble, elle l'étreignit farouchement, avide de lui transmettre son amour, d'effacer sa tristesse. Elle ne dit rien. Aucun mot ne pouvait faire oublier la perte d'un être cher.

Il l'enveloppa de ses bras et la serra contre lui. Ils restèrent silencieux, enlacés dans la rue obscure.

Puis soudain, tout s'accéléra. La tendre étreinte se fit brûlante, les mains de Connor parcoururent son dos, lui embrasant la peau. Elle sentit le désir la consumer. Son corps reprenait vie, assoiffé de caresses.

Elle savait qu'elle devrait s'écarter, qu'elle allait encore se perdre avec lui. Mais c'était encore pire de se perdre *sans* lui.

Elle se pressa contre lui avec impudeur, aspirant au contact de son ventre dur, de sa peau. A se libérer des vêtements qui l'entravaient, des contraintes qui l'étouffaient.

Encore une fois elle allait céder au désir qui couvait en elle. Encore *une* fois. Demain, elle rentrerait à Atanga Bay, retrouver sa vie à elle. Il n'y avait pas d'autre solution. Mais cette nuit leur appartenait. Le damné conte de fées, toujours.

Ils se regardèrent, leurs bouches se happèrent, et ils s'embrassèrent avec fièvre.

Connor glissa la main dans l'échancrure de sa robe, titilla la pointe durcie de ses seins. Puis il s'arracha à sa bouche et promena ses lèvres brûlantes sur son cou.

— Nous ferions mieux d'entrer, articula-t-elle d'une voix rauque, sensuelle, qu'elle ne reconnut pas.

— Pourquoi ? Tu as peur d'être arrêtée ? grogna-t-il.

Il la pressait contre lui, et elle n'aspirait plus qu'à le sentir en elle, elle ne pouvait plus attendre.

Quelque part dans la rue, elle entendit un rire de femme, le crissement de talons aiguilles sur les graviers.

Elle lui prit la main et le poussa dans l'ascenseur.

— On monte ?

— Jusqu'en haut, répondit Connor en appuyant sur le bouton du penthouse du dernier étage.

Il plaqua Mim contre la paroi de la cabine, écarta sans ménagement l'échancrure de sa robe et caressa ses seins généreux, savourant la douceur de sa peau satinée sous ses paumes.

Il lui avait ouvert son âme, et elle ne l'avait pas abandonné. Au contraire, elle s'était offerte à lui, et il allait la prendre.

— Tu me rends fou, gronda-t-il en taquinant la pointe d'un sein de ses dents et de sa langue, arrachant à Mim un long soupir de plaisir.

— Connor, tu n'habites pas au dernier étage…

— Arrête de parler. Je veux juste prendre mon temps. Tout le plaisir est dans l'anticipation.

Il avait les doigts sur ses cuisses maintenant et se rapprochait de son slip.

Elle étouffa un cri en le sentant s'insinuer dans son intimité. Elle baissa la fermeture Eclair de son pantalon et le caressa lentement. Voluptueusement.

— Sexe dans l'ascenseur ?

— Si tu insistes, petite effrontée sexy…

— Pourquoi m'appelles-tu tout le temps comme ça ? haleta-t-elle entre deux baisers.

— Parce que tu me l'as dit toi-même. Le soir où le toit de ton bureau s'est effondré.

Elle lui avait dit aussi qu'elle l'aimait. Depuis, il gardait cet aveu bien au chaud dans son cœur.

Et lui aussi était amoureux d'elle. Il aimait la toucher. Il aimait son odeur, son ardeur, sa passion. Il aimait qu'elle l'ait écouté et compris sans le juger. Il aimait qu'elle lui ait donné le courage de raconter son histoire. Enfin.

Mais l'aimer tout court ? Il ne savait pas. Il refusait d'y penser. Il voulait juste s'enfouir en elle, l'embrasser encore.

Ce qu'il fit, en savourant la douceur fruitée de sa bouche.

— Je délirais…

— Vraiment ? Je n'en ai pas l'impression.

L'ascenseur tinta et s'immobilisa dans un sursaut. Il s'écarta d'elle.

La porte s'ouvrit sur un couloir obscur et vide.

Il pouffa, soulagé.

— On redescend ? Parking du sous-sol ? Qu'en dis-tu ?

— D'accord, *city boy*. Et que ça saute.

Ses yeux bruns brillaient d'un désir intense, d'une ferveur qui décuplait l'envie qu'il avait d'elle.

Elle enroula ses jambes autour de sa taille, et il glissa en elle. Tout son corps se cramponnait à lui, avide du plaisir qu'il allait lui dispenser. Il avait éveillé sa sensualité, elle l'avait valorisé à ses propres yeux. Elle seule lui avait fait connaître les vertigineux abîmes où pouvait entraîner la jouissance.

L'extase les prit en même temps, et leurs bouches s'unirent dans le même cri de plaisir.

12.

Connor trouva Mim dans le salon.

La pièce baignait dans une douce lumière automnale qui soulignait sa fine silhouette. Plantée devant la baie vitrée, elle regardait l'aube se lever sur le quartier des affaires.

Son cœur s'emballa, et comme chaque fois qu'il posait les yeux sur elle, il éprouva l'envie de la protéger.

Elle se retourna et lui sourit, mais son regard était éteint. Malgré leur époustouflante nuit de passion, elle semblait préoccupée.

— Salut, dit-elle.

— Nous avons quand même fini par trouver le lit, remarqua-t-il presque timidement.

— Oui.

Quelque chose clochait. Elle était tendue et avait dressé une barrière invisible entre eux.

— Si tu revenais au lit ? suggéra-t-il d'un ton léger. Pour en faire bon usage maintenant qu'on sait comment ?

— Non, ça va.

Les paroles résonnèrent entre eux, tranchantes. A l'évidence, ça n'allait pas.

— Et cette migraine ?

— Mieux, j'imagine, répondit-elle avec un sourire sans joie. C'était stupide, Connor.

Il s'approcha et glissa les mains autour de sa taille. Pressa ses paumes sur son ventre. Sur la vie qui y poussait. Son enfant. Leur enfant.

— Je sais. La prochaine fois, on sera plus discrets.

— Il n'y aura pas de prochaine fois.

— Que veux-tu dire ? bredouilla-t-il, glacé. Je croyais…

— Que croyais-tu ? Que tout s'arrangerait ? Que tout ça serait notre chez-nous ? fit-elle, désignant le salon et la jungle d'immeubles s'étendant jusqu'à l'océan. Qu'on formerait une petite famille plan-plan ?

— Je ne sais pas… J'ai pensé que nous essaierions.

— Tu avais tout arrangé, dit-elle en lui lançant un regard dur. Quand allais-tu me le dire ?

— Quoi donc ?

Se dirigeant vers l'ordinateur portable, elle cliqua sur le serveur.

— Pour l'évaluation Matrix. Je suis venue lire mes mails. Imagine ma surprise quand j'ai vu ton rapport terminé, grinça-t-elle, refermant le couvercle dans un claquement sec. Envoyé hier au conseil d'administration. « Avis défavorable. Repostuler dans deux ans. »

— J'allais te le dire.

— Quand ? Après avoir fait l'amour ? Quand tu m'aurais convaincue de rester à Auckland ?

— Aujourd'hui. Je ne voulais pas gâcher notre nuit.

— Tu ne pouvais pas nous laisser plus de temps ? Tu ne nous as pas donné une chance, Connor. Tu n'as même pas fait toutes les phases de l'étude.

— Mim, tu n'as même plus de toit. La section 1 alinéa 3 précise que le lieu de travail doit être en bon état.

— Je compte sur l'assurance pour remédier à ça, rétorqua-t-elle avec orgueil. J'attends de leurs nouvelles.

— Tu crois qu'ils vont t'indemniser ? J'en doute. Tu caches cette fissure depuis trop longtemps. Il te faut un programme de rénovations soigneusement planifié.

L'estomac de Mim se contracta.

Connor avait raison. Mais pas question de l'admettre.

— Tu n'aurais pas pu attendre quelques semaines de plus ?

— Tu sais comme moi qu'il y a des délais pour ce genre de chose. Tu as besoin…

— Je sais. De procédures à suivre. J'y travaille. Je suis un sacré bon médecin.

— C'est vrai.

— Alors, crois en moi.

— Je crois en toi. Plus que tu n'imagines.

Elle ne doutait pas qu'il avait foi en elle. Il l'avait prouvé en passant des jours et des nuits à son chevet, lui offrant des ordinateurs, l'invitant à un ballet. Son corps se ressentait encore de leurs ébats, ses lèvres étaient meurtries de ses baisers. Elle sentait encore son odeur sur ses seins, sur sa bouche… Mais elle avait envie de l'étriper.

— Ça ne suffit pas, asséna-t-elle, ravalant ses larmes.

Elle ne pleurerait pas pour lui. Plus jamais. Juste pour leur bébé à qui son père manquerait.

Elle ramassa ses chaussures où elle les avait laissées tomber la veille, se dirigea vers la chambre d'amis.

— Je rentre chez moi.

— Je ferai réparer ton toit. Je parlerai au conseil d'administration pour voir si on peut prolonger l'évaluation pour circonstances imprévues.

— Il ne s'agit pas de l'audit, Connor. Ni même du fait que tu as omis de me dire que tu avais lâché le centre d'accueil. Tu crois que tout se résout à coup d'argent et de règlements. Que l'amour, c'est l'ordre. Mais tu te trompes ! L'amour est compliqué et désordonné. Chaotique. Fragile. On doit en prendre soin. Je n'ai pas besoin de ton argent ni que tu règles mes problèmes.

« J'ai besoin de toi. »

Mais elle ne pouvait pas l'avoir.

La seule chose à faire était de partir. Encore. Mais cette fois, elle s'en irait la tête haute.

Elle glissa la main dans son sac et toucha le cliché d'échographie écorné d'avoir été trop trituré.

Quoi qu'il arrive, elle aimerait son enfant et l'élèverait

comme elle avait rêvé de l'être. Elle le laisserait croire aux contes de fées. Et elle ferait ça toute seule.

Elle prit conscience que Connor l'avait suivie et qu'il la regardait jeter ses affaires dans un sac de voyage.

— Viens vivre en ville, dit-il, se plantant devant l'armoire. Nous trouverons un logement plus adapté pour une famille. Tu choisiras. Tu pourras arrêter de travailler quelque temps. Je subviendrai à tes besoins. Je veux m'occuper de toi.

Elle passa sous son bras et prit les vêtements qu'elle avait achetés dans les boutiques huppées de la ville.

Elle n'en avait plus besoin. Ils étaient inadaptés à la vie à Atanga Bay. Ils faisaient partie du fantasme qu'elle s'était autorisée à vivre une journée, avant que la réalité reprenne ses droits.

— Et me mettre à la place que tu as prévue pour moi ? Je ne serai pas dans mon élément ici, Connor.

— Tu ne veux même pas essayer.

Elle ferma son sac et scruta son visage marqué par l'incompréhension.

— Tu n'écoutes pas ce que je te dis. J'ai besoin de travailler, Connor. De continuer à faire marcher mon cabinet médical.

— J'essaie de comprendre, bon sang !

Il la fit asseoir sur le lit.

— Je dois comprendre. Je ne te l'ai pas demandé avant, de peur de te voir repartir à Atanga Bay, mais comme tu sembles décidée à le faire, je dois savoir. Pourquoi m'as-tu quitté ? s'enquit-il, sans colère mais visiblement blessé.

Elle ferma les yeux, au supplice.

Il lui donnait l'occasion de s'expliquer. Il ne l'aurait jamais fait avant. Il avait changé. Il tenait donc vraiment à elle.

Mais elle voulait retrouver son indépendance, partir la tête haute.

— Je ne veux pas en parler.

— Pourquoi, Mim ? dit-il en lui prenant la main. Pourquoi ne veux-tu pas te souvenir des bons moments ? Qu'est-ce qui te rend si sûre que c'est la seule chose à faire ? Et pourquoi le faire toute seule ?

Elle inspira profondément pour garder son calme.

— Parce que regarder en arrière fait mal, et je ne suis pas masochiste. Ma mère vivait dans le passé, au point de ne voir qu'une chose : elle aurait pu avoir une vie merveilleuse si ma naissance n'avait pas tout gâché. Elle est partie participer à un concours international de danse, n'a pas gagné et est revenue enceinte, sans personne pour la soutenir. Elle n'avait pas la force de se battre seule, et elle a fini par dépendre d'hommes qui la tenaient avec la drogue, entretenaient sa dépendance pour la manipuler à leur guise…

Connor secoua la tête mais demeura silencieux.

— Alors, non, je ne reviens pas sur le passé. Je ne veux pas être rongée par le remords. Je veux regarder devant moi, et je refuse qu'on me contrôle. C'est pour ça que je t'ai quitté. Car à la seconde où j'ai accepté de t'épouser, ta famille a commencé à vouloir gérer ma vie, à faire de moi Mme Connor Wiseman. Vous vouliez me prendre mon indépendance. Comme toi aujourd'hui.

— J'ignorais que l'enthousiasme de ma mère pour le mariage et mon envie de passer ma vie avec toi étaient aussi étouffants pour toi. Maman voulait sans doute compenser le désintérêt que me montrait mon père, et à l'époque ce que je te proposais me semblait raisonnable. Il y a de nombreux cabinets en ville où tu pourrais travailler, faire autant de bien que partout ailleurs. Mais il n'y a rien pour moi à Atanga Bay…

Sauf elle. Et maintenant leur enfant.

— On n'aurait pas dû te traiter ainsi quand tu étais petite. Tu aurais dû être aimée, chérie. Ça a dû être atroce pour toi.

— Non. J'aimais ma mère. Je voulais l'aider, et j'échouais lamentablement. J'essayais de la faire rire. Je cachais l'alcool et l'argent qu'elle gardait pour sa drogue, je brûlais au barbecue la dope qu'elle planquait, je dégonflais les pneus de la voiture pour l'empêcher d'aller acheter sa dose. As-tu jamais essayé de vivre avec un junkie ?

— Non. Mais mon père est accro à son travail, à son chagrin, et il l'est presque autant à la bouteille.

Elle comprenait. Connor et elle étaient les produits des addictions de leurs parents. Ils avaient appris dès leur plus jeune âge qu'ils étaient indignes de leur amour, de leur affection, de leur attention.

Son cœur se serra de tristesse. Il était trop tard pour eux.

— Max ne s'est jamais remis d'avoir perdu Janey. Dana ne s'est jamais remise d'avoir perdu ses illusions. Et nous en avons fait les frais. C'est triste, ces vies gâchées. Je n'ai vu ma mère radieuse qu'une ou deux fois dans toute sa vie. Pas grâce à moi, Connor, mais grâce à la dose qu'elle tenait en main. N'était-elle heureuse que quand elle était défoncée ?

Elle soupira, se leva et redressa la tête.

— C'est pour ça que j'ai besoin de mon dispensaire, Connor. Pour être à l'écoute de mes patients. Les empêcher de devenir comme Dana et moi. « Ne laisse personne te voler tes rêves, trésor », disait-elle. Alors, je vais aller à la banque demander un nouveau prêt, et je continuerai. Et quand j'aurai développé mon cabinet, je doublerai la clientèle.

— Et nous ? demanda-t-il en lui touchant le bras.

Elle s'écarta d'un bond.

Les yeux noyés de larmes, elle s'autorisa à en verser une. Une seule, qui glissa sur sa joue sans qu'elle cherche à l'essuyer.

Elle ne désirerait plus ce qu'elle ne pouvait pas avoir. Elle ne rêverait plus de contes de fées.

— Connor. Tu vis ici, et tu crois en ce que tu fais. Mais moi, je ne veux pas repasser par là. Je regrette. Je voudrais être avec toi. Je crois que je t'aime. J'en suis même sûre. Je t'aime, et c'est ce qui rend les choses si difficiles.

Elle n'avait jamais cessé de l'aimer. Comme avec sa mère, c'était un amour sans espoir, dénué de sens puisqu'il n'était pas réciproque. Un amour qui faisait mal. Qui aurait dû les réunir mais qui les séparait irrémédiablement.

— Tu m'aimes… ? souffla-t-il en cherchant sa main. Alors, reste un peu. Parlons encore.

Elle passa la main sur son visage, refoulant ses larmes.

Ce serait facile de céder. C'était tentant de rester quelques minutes de plus avec lui. De faire comme si tout allait s'arranger. Mais cela ne ferait que retarder l'inévitable.

— Non, répondit-elle, la gorge serrée. Je n'ai plus envie de parler. Ça ne nous mène à rien. Il faut que j'y aille.

— Tu t'enfuis à Atanga Bay. Encore. Quand te décideras-tu à affronter la réalité ?

Une nouvelle larme glissa sur sa joue.

Elle ne pouvait plus les retenir. Elle n'en avait plus la force. Son cœur se brisait, et elle était impuissante à l'empêcher.

— La réalité, c'est que nous ne pouvons pas vivre ensemble, ni vivre séparés. Que nous nous faisons souffrir. Nous sommes incapables de concessions, Connor. Nous avons trop peur.

13.

— Le voilà, dit le radiologue en désignant la forme floue qui flottait sur l'écran. Tous ses organes sont formés maintenant, à l'exception des organes génitaux qui apparaîtront dans quelques semaines. Nous pourrons alors dire si c'est un garçon ou une fille.

— Peu m'importe le sexe, commenta Mim, incapable de contenir son excitation.

Elle ne sentait pas encore son bébé, mais le voir sur l'écran avait quelque chose de surréaliste.

— On dirait une cacahuète.

— Une quoi ? demanda Connor, aussi fasciné qu'elle par la silhouette qui se mouvait lentement sous leurs yeux.

Elle avait terriblement envie de lui tenir la main et devait se faire violence pour se contenir. Ils avaient été séparés trois jours, et chaque seconde loin de lui avait été une torture.

Comment supporterait-il de ne pas voir son enfant chaque jour ? De ne pas le voir grandir ? Comment pourrait-il se satisfaire de visites occasionnelles ?

Elle lui avait imposé ces conditions pour de bonnes raisons, mais cela ne lui plaisait pas. Rien de tout cela ne lui plaisait. Elle brûlait de lui parler. De se blottir dans ses bras. De respirer son odeur. Maintes fois, elle avait pris le téléphone et composé son numéro, mais avait coupé avant qu'il décroche. Elle l'aimait, il lui manquait. Son humour, sa force, sa fichue détermination, sa passion lui manquaient.

Mais l'air de la mer lui avait éclairci les idées, et elle était décidée à s'accommoder de sa vie de mère célibataire.

— Pas du tout, contesta Connor, louchant sur l'écran. Plutôt à un bonbon avec une tête, des bras et des jambes.

— Pas une cacahuète, tu es sûr ?

— Non. En fait, il ressemble à un fœtus.

Pourquoi fallait-il qu'elle s'amuse tant avec lui ? Pourquoi n'était-il pas ennuyeux à mourir ?

Elle lui asséna une bourrade, la gorge nouée.

— Il a ton obstination. Regarde. Il s'appuie toujours du même côté, et je ne le sens même pas.

— Pourvu qu'il n'hérite pas de ton côté loufoque…

— Vous voulez une photo ? s'enquit le radiologue.

— Avec plaisir, répondirent-ils en chœur, comme n'importe quel couple heureux.

Un couple, ils l'avaient été autrefois, non ?

Si être un couple, c'était rire ensemble, aimer ensemble, être heureux d'être dans la même pièce, alors ils l'avaient été. Si c'était partager avec l'autre ses peurs les plus intimes, ses rêves, ses désirs, alors oui, ils étaient un couple.

S'étaient-ils seulement donné une chance ?

Le cœur lourd, elle se rendit aux toilettes et rejoignit Connor dehors, dans le vent froid qui balayait la rue et le brouhaha de la circulation.

Elle aurait voulu immortaliser l'image qu'il offrait à cet instant, avec ses cheveux ébouriffés, son regard doux, son odeur de cuir. Sa présence lui apportait réconfort et paix. Comme s'il la comprenait enfin.

Mais il était trop tard.

Connor regarda Mim glisser la photo de l'échographie dans son sac avec une tendresse touchante.

Elle était belle, épanouie, lumineuse. Il avait envie de lui dire qu'elle lui manquait atrocement, qu'il ne voulait pas la laisser partir. Que sans elle, son appartement était vide et froid. Mais à quoi bon ? Il ne tenait pas à provoquer une nouvelle discussion stérile.

— Tes nausées ont cessé ? demanda-t-il.

— Pratiquement. Mais j'ai une faim de loup maintenant, et je prends du poids.

— Tu es magnifique comme tu es… Tu as envie de manger quelque chose ? proposa-t-il en désignant un café au coin de la rue, avide de grappiller quelques minutes de plus avec elle.

— Je regrette, mais Tony sera là dans une minute, répondit-elle en consultant sa montre. Il doit me ramener.

— Tony ? répéta-t-il, le cœur étreint par la jalousie.

— Il devait aller voir des fournisseurs de bois et m'a dit qu'il passerait vers 15 heures, il ne va pas tarder. Le voilà, d'ailleurs…

Elle agita la main vers le vieil utilitaire bleu qui répondit par des appels de phares.

Connor sentit son sang se figer dans ses veines en l'imaginant avec un autre homme, même un ami comme Tony.

La camionnette s'arrêta le long du trottoir, et Tony agita la main. Comme Mim lui faisait signe de patienter cinq minutes, il acquiesça et coupa le contact.

— Ne tire pas de conclusions hâtives, Connor. Tony n'est qu'un ami qui me rend service.

— Alors, tu lui as parlé du bébé ?

— Non. Il croit que je suis là pour passer un électroencéphalogramme. En fait, ajouta-t-elle en souriant, il sort avec Steph. Il a toujours eu un faible pour elle.

Elle avait son sourire conciliant, celui qu'elle avait pour convaincre les gens de croire en elle, de l'aimer. De ne pas la rejeter. Elle ne s'en rendait même pas compte. Elle gardait des séquelles d'avoir été rejetée par sa mère.

Et trois ans plus tôt, lui aussi l'avait rejetée. Il avait nié ses idées, ses espoirs, ses projets. Aveuglé par ses propres problèmes, il n'avait pas tenu compte des siens. Il avait été aussi nul que les autres. Pire, il lui avait dit qu'il l'aimait mais ne l'avait pas montré par ses actes. Il n'avait fait que confirmer ce qu'elle croyait. Qu'elle n'en valait pas la peine, que ses rêves ne comptaient pas. Que les hommes étaient des manipulateurs.

Sa main se crispa sur l'enveloppe qu'il avait dans la poche et qu'il n'avait pas encore eu le courage de lui donner.

Pour l'instant, il se contentait de la contempler avec son ventre rond et de refouler une envie irrésistible de la prendre dans ses bras pour ne plus jamais la laisser partir.

— Bon, on se revoit ici dans quelques semaines pour la prochaine échographie ?

— Très bien, répondit-elle, les yeux baissés.

— Tony t'attend.

— Oui.

Elle leva la tête, soutint son regard.

Il avait tant à lui dire. Il brûlait de lui avouer qu'il voulait être père. Qu'elle lui avait appris à ouvrir son cœur. Qu'auprès d'Oakley il avait compris les besoins d'un enfant, et qu'il se sentait capable d'assurer avec le sien. Qu'il en avait le courage. Mais elle ne voulait pas l'entendre, et il craignait qu'elle ne le repousse.

— Comment va ton père ? demanda-t-elle.

— On passe aux banalités maintenant ? Tony t'attend.

Elle parut blessée.

— Je veux vraiment savoir. Ton père t'a pardonné ?

— Pas encore. Mais maman dit qu'il va mieux. Ils projettent de faire une croisière, alors peut-être m'a-t-il écouté. A moins qu'il vieillisse.

Une douleur atroce lui comprimait la poitrine. Chaque instant passé loin d'elle était une souffrance. Elle lui manquait, elle et son dispensaire délabré, avec ses peintures écaillées et ses coussins ridicules. Même la punk lui manquait.

Il fourra les mains dans ses poches pour ne pas être tenté de la toucher.

— La prochaine fois, tu me donneras des nouvelles d'Atanga Bay. Et d'Oakley. Comment va Tommo ?

— Tout le monde va bien. Atanga Bay n'a pas changé. Bon, il est temps de se dire au revoir.

Il sortit les mains de ses poches et se pencha pour l'embrasser sur la joue.

— Oh ! tu as perdu quelque chose…

Elle se baissa pour ramasser l'enveloppe.

— Il y a mon nom dessus, remarqua-t-elle, perplexe. Ça vient d'un cabinet d'avocats ?

Débile. Triple imbécile.

— Qu'est-ce que c'est ?

— Un arrangement. Pour le droit de visite.

Espèce d'abruti. Il prenait conscience de l'absurdité de ce qu'il avait fait en rédigeant ce contrat sans en discuter avec elle. Oh ! pourquoi agissait-il toujours avant de réfléchir ?

— Des dispositions concernant le bébé, expliqua-t-il comme elle le fixait, incrédule. J'ai constitué un fonds en fidéicommis. Ça t'aidera pendant ton congé de maternité.

— Un arrangement selon *tes* termes, je suppose ? grinça-t-elle en lui tendant l'enveloppe d'une main tremblante. Je n'en veux pas. Jamais je ne te refuserais un droit de visite.

— Même quand tu seras mariée et que tu auras d'autres enfants ? La situation pourrait se compliquer.

— Comment as-tu pu seulement penser… ?

— Tu es belle, drôle, tu rencontreras quelqu'un un jour. J'ai pensé qu'il valait mieux que les choses soient claires.

— Oh oui, Connor, elles sont très claires. Tu n'as pas confiance en moi, articula-t-elle, le fusillant du regard. Ne vois-tu pas qu'on ne peut pas toujours régler les problèmes à coups de réglementations et de contrats ? Je ne veux pas de ton arrangement ! Au revoir.

« Ne pars pas. »

Impuissant, il la regarda monter dans la camionnette de Tony.

C'était la seconde fois qu'il la regardait partir en quelques jours, alors qu'il débordait d'amour pour elle.

Il s'en voulait terriblement. Il maudissait sa stupidité, sa maladresse. Il était furieux qu'elle s'en aille. Qu'ils soient incapables d'arranger les choses. Il devait la convaincre que leur relation méritait qu'ils se battent pour elle.

Mais il ne savait pas comment s'y prendre.

— Vous m'offrez un verre ?

La voix rauque fit sursauter Connor.

Une femme sexy au parfum capiteux et au visage trop fardé se penchait vers lui dans la lumière tamisée du bar.

A une époque, il aurait peut-être accepté son offre et fini la nuit dans son lit. Plus maintenant.

— Non merci. Je partais.

— Vous venez d'arriver. Vous pourriez rester un peu…

Ironie du sort, le tempo rythmé d'une salsa résonnait dans la salle. La fille sourit de ses lèvres trop rouges et ondula des hanches.

— Vous dansez ?

— J'ai dit non, répliqua-t-il sèchement.

Haussant les épaules, elle s'éloigna.

La soirée battait son plein au bar. Où qu'il pose les yeux, il voyait des couples se sourire, danser, s'embrasser, et sa solitude ne lui parut que plus pesante. Il avait besoin d'air frais. D'apaiser la douleur qui lui vrillait la tête et le cœur.

Il posa son verre et sortit.

On était samedi soir, et il faisait la tournée des bars à la recherche… De quoi ? D'une jolie bimbo pour se perdre en elle ? Non. D'oubli ? Oui. Mais quel bien en retirerait-il ?

On était samedi soir, et le seul endroit où il voulait être était Atanga Bay. Avec Mim.

Il revit son beau visage, et sa souffrance s'intensifia. Une souffrance sourde, profonde.

Mim. Elle lui manquait. Il n'y avait pas de mots pour décrire ce qu'il ressentait.

Il descendit vers le quartier du Viaduc en évitant les groupes de fêtards, marcha jusqu'au quai de la Reine et au-delà, s'arrêtant de temps en temps pour observer les bateaux de croisière.

Tout était bon pour ne pas regagner son appartement stérile, vide, froid. Comme lui. Comme sa vie. La seule chose qui avait un sens, c'était d'être auprès de Mim. De la tenir dans ses bras. D'être là chaque jour, de regarder son ventre s'arrondir, de voir changer son corps. De sentir son enfant bouger. De s'immerger dans l'amour qu'il avait pour elle. Qu'elle avait prétendu avoir pour lui.

La seule chose qui avait un sens, c'était d'être avec elle.

Mais elle était partie. Elle l'avait laissé le cœur brisé, une fois de plus. Le seul remède serait de passer sa vie avec elle, mais c'était un rêve impossible. Un rêve de couleurs, d'émotions, de chaleur. Beaucoup, beaucoup de chaleur.

Il frissonna sous la morsure de la brise marine et resserra sa veste en cuir autour de lui avec l'impression qu'il n'aurait plus jamais chaud.

Aucun des deux n'avait assez de courage, avait-elle dit. Ils avaient peur…

Eh bien, il n'avait pas non plus le courage d'affronter la vie sans elle.

Les mains crispées sur le garde-fou, il fixa le large.

Il avait pourtant eu le cran de lui demander de l'épouser. Il s'était réjoui qu'elle dise oui. Comme il s'était réjoui la semaine passée quand elle avait dit qu'elle l'aimait.

Mais elle aimait aussi ses concitoyens, son dispensaire. Elle aimait trop Atanga Bay. Et lui…

Eh bien, il l'aimait. Il aimait sa passion, son énergie. Son curieux sens de l'humour. Il aimait son corps qui se transformait. Il aimait Mim. Tout simplement. C'était un soulagement de l'admettre.

Et son petit ventre. Junior.

Il avait la gorge nouée quand il pensait à son enfant. Il avait une famille. Une famille qui allait lui manquer. Pourquoi ?

Parce que, focalisé sur son passé, il n'avait pas su écouter, s'ouvrir à l'amour.

Il avait noblement renoncé à sa carrière médicale pour apaiser sa culpabilité, mais son travail ne lui plaisait plus. Mim lui avait ouvert les yeux sur une autre vie. Avec elle. Avec des gens qu'il commençait à comprendre, qu'il voulait mieux connaître. Là-bas, à Atanga Bay.

Son cœur manqua un battement, puis la réponse lui apparut, évidente. Simple. Parfaite.

Fourrant les mains dans ses poches, il pressa le pas.

— Reviens dans huit jours, et nous enlèverons les points, dit Mim en finissant de suturer la déchirure que Danny Parker avait à la cuisse.

Elle devait hausser la voix pour se faire entendre par-dessus les coups de marteau. Accueillir les ouvriers et donner ses consultations en même temps, cela tenait de l'impossible.

— Et ne t'avise plus de descendre la rue principale sur ta planche à roulettes, tu m'entends ?

— Oui, répondit le jeune Danny avec un sourire édenté.

— Je suis sérieuse. Si je te vois faire, j'appelle ta mère.

Elle entra ses notes dans son bel ordinateur qui lui faisait penser à Connor chaque fois qu'elle s'en servait. A leurs tchats qui la faisaient sourire. A… tout. Aux deux dernières semaines vides et glacées sans lui. Aux décisions qu'elle avait prises et qu'elle remettait en question depuis.

— Viens vite ! Dépêche-toi ! cria Skye, tapant sur la vitre.

Elle se précipita dehors avec le chariot de réanimation.

— Quoi ? Qu… ?

Ce qu'elle vit gonfla son cœur de joie et lui fit monter les larmes aux yeux.

— Génial ! Viens m'embrasser !

Oakley se levait de son fauteuil roulant et marchait vers elle. Ses mouvements étaient saccadés, mais les yeux fixés sur elle, il avançait tout droit, sans hésiter. Dix mètres.

— Salut, Mim ! Je viens vous offrir une glace. Une grosse !

Elle le prit dans ses bras et lui ébouriffa les cheveux tout en se demandant si, à sept ans, on n'était pas un peu trop grand pour ça.

Il y avait tant de choses qu'elle ignorait sur l'éducation des enfants ! Mais elle avait toute la vie pour apprendre. Et elle avait hâte de commencer.

— Oh ! Oaks, je suis si heureuse de te voir ! La glace, c'est pour moi, ne t'inquiète pas. Tu as travaillé dur, hein ?

— Ouais. Comment va votre bébé ? Vous êtes pas grosse.

Les coups de marteau cessèrent. Les bavardages et les cris de joie se turent. Tous les yeux étaient fixés sur elle. Un silence embarrassant planait sur la petite foule rassemblée devant le dispensaire.

Son secret était éventé.

La main sur son ventre, elle cria à Skye qui avait les yeux qui lui sortaient de la tête, à Tony quelque part sur le toit, à la mère d'Oakley, à tous ceux qui passaient par là :

— Oui, je suis enceinte ! Je vais avoir un bébé ! Que ça se sache une fois pour toutes !

On applaudit, on s'étreignit, puis Skye la prit à part.

— Dieu soit loué, dit-elle en souriant. Je craignais que tu n'aies des séquelles de ton trauma crânien. Tu étais d'humeur si changeante, imprévisible. Mais je ne m'attendais pas à ça.

Mim rit, soulagée de pouvoir partager son doux secret.

— Ça a été un choc.

Tout. L'amour intense, le désir d'arranger les choses avec Connor. La douleur chaque fois qu'elle pensait à lui devant l'hôpital après l'échographie. Son air désolé quand il lui avait tendu le contrat. Et la culpabilité qui la minait d'avoir si mal réagi. Une fois de plus.

— Et le père ? s'enquit Skye. C'est le beau gosse ?

— Pourquoi ai-je engagé quelqu'un d'aussi perspicace ? soupira Mim. Oui, c'est lui. Connor Wiseman.

— Et il est à Auckland ? Il est au courant, au moins ?

— Oui, et il est content pour le bébé. Il s'impliquera.

Pas autant qu'elle l'aurait voulu.

Elle eut un sourire tremblant.

Elle était heureuse, mais Connor lui manquait tant…

— Alors, tu seras ici pendant qu'il vivra à Auckland ? chuchota son amie, les sourcils froncés. Tu as le cœur brisé, je le vois bien. Il ne veut pas de toi ? Il te l'a dit ?

— Nous nous sommes disputés, avoua-t-elle, les yeux

brouillés de larmes. Il a préparé un contrat pour préciser son droit de visite.

— Il t'a *dit* qu'il ne voulait pas de toi ?

L'avait-il dit ? Avait-elle été trop aveuglée par la colère pour l'entendre ? Non. Pas exactement.

— Je ne sais pas.

— Mais toi, tu veux de lui ?

— Oui. Oui. Je le veux plus que tout au monde. Mais c'est impossible.

— Tu pourrais lui poser la question. Je ne vois pas ce qui te retient. S'il dit non, au moins, tu sauras à quoi t'en tenir.

— Et ça ? dit Mim, désignant son cher dispensaire.

Le toit était presque entièrement réparé, l'enseigne fraîchement repeinte venait d'être installée — un peu de guingois. Le buffet d'inauguration attendait dans le nouveau bureau.

Son dispensaire, elle s'en était occupée, elle s'était battue pour lui. Elle y avait investi des heures et des heures de dur travail. Pour sa mère, pour ses concitoyens. Pour elle-même.

— Je ne pourrais pas l'abandonner. J'ai travaillé trop dur.

— C'est un bâtiment, Mim. Fait de briques et de ciment. Dans une petite ville comme il y en a plein. Il est magnifique, c'est vrai, avec beaucoup de beaux souvenirs, des habitants formidables, mais ça ne doit pas te retenir. Si je ne m'occupais pas de ma mère, je serais déjà partie à la poursuite de mes rêves.

— Mais c'est… C'était mon bébé, mon rêve. Je l'ai fait aussi pour ma mère.

— Et elle serait très fière.

— Je ne sais pas. S'en serait-elle seulement souciée ?

Elle ne connaissait pas la réponse. Le problème avec Dana, c'était que personne n'avait jamais vraiment su ce qu'elle ressentait. Elle était fermée, amère. Et elle était partie pour toujours.

Mim soupira.

— J'essayais de créer un lien entre elle et moi, mais il n'a jamais vraiment existé, et maintenant elle n'est plus là.

Elle voulait juste quelqu'un à aimer. Quelqu'un qui l'aime.

— Tu as un autre bébé, maintenant. Un vrai. Qui a besoin

d'un père, dit Skye en entourant ses épaules de son bras pour l'entraîner vers le dispensaire. Il y a plein de cabinets médicaux à Auckland qui ont besoin de médecins dévoués. Et un type bien qui a peut-être encore plus besoin de toi.

Pendant le lunch d'inauguration, Mim demeura pensive.

Connor avait-il jamais dit qu'il ne voulait pas d'elle ?

Elle picora sa salade, laissa son verre à demi plein, incapable de s'asseoir ni de rester debout.

Les bavardages ne l'intéressaient pas. Elle était agitée. Irritée. Elle l'était depuis des semaines. Depuis que Connor avait franchi la porte de son bureau.

Ne l'avait-elle pas écouté comme il l'en avait accusée ? Avait-elle refusé d'écouter son cœur, qui la poussait maintenant à agir ?

Certains remuaient ciel et terre par amour. Renonçant à bien plus qu'une bâtisse. Certains renonçaient à leur liberté, à leur culture. Ils acceptaient les compromis.

Connor avait coupé les ponts avec son père à cause d'elle, ce qui devait rendre infernale sa vie professionnelle. Elle l'imaginait regagnant son appartement vide le soir, avec pour compagnie un décor impersonnel et une vue imprenable.

Il méritait d'être entouré d'amour, d'être proche de sa famille, de son enfant. Elle ne pouvait pas le priver de ça. Mais surtout, elle l'aimait éperdument et voulait faire partie de sa vie, fonder une famille avec lui.

Elle allait avoir une conversation avec lui. Lui expliquer ce qu'elle ressentait. Ce qu'elle voulait. Peut-être était-il temps de faire des concessions.

— Skye, je vais aller voir Connor ce week-end. Lui parler, voir si on peut encore arranger les choses. Qu'en dis-tu ?

— Il serait fou de te repousser. Et Atanga Bay ?

— Je ne sais pas. Je suis morte de peur, mais s'il le faut… Ça me manquera terriblement, mais parfois il faut renoncer à ses rêves pour en suivre de meilleurs. Peut-être arriverai-je à le gagner à mes idées excentriques ?

Oui. Elle allait rejoindre Connor. La pensée de ne plus le revoir était trop dure à envisager. Un rêve avec lui était infiniment plus séduisant qu'un rêve sans lui.

— Ça me chiffonne, dit-elle en désignant l'enseigne de guingois. Passe-moi l'escabeau.

Elle gravit les trois marches et redressa l'enseigne, s'écarta légèrement pour voir le résultat.

Un peu plus à droite, peut-être…

— Descends de là immédiatement !

Elle se figea puis s'agrippa à l'escabeau pour ne pas tomber, prise d'un tremblement incoercible.

Cette voix. Capable à la fois de lui briser le cœur et de le faire vibrer d'une intensité jamais égalée.

Connor était venu à Atanga Bay. Il était là pour elle.

— J'ai dit, descends de là. Ou je viens te chercher.

Elle risqua un regard par-dessus son épaule, et son cœur manqua un battement.

Il venait vers elle vêtu d'un jean poussiéreux, d'une chemise à carreaux et chaussé de boots.

Pourquoi était-il là ?

Peu importait. Elle respirait de nouveau.

— Viens me chercher, *city boy*.

— Ça ne me fait pas peur, rétorqua-t-il, glissant les mains autour de sa taille et la soulevant prestement. J'ai mes outils, et on dirait qu'il y a du travail à faire ici.

Il la déposa à terre et fourra les mains dans ses poches.

— Qu'est-ce que tu faisais, juchée là-dessus dans ton état ? C'est une manie chez toi de grimper sur les escabeaux.

— Je mettais la touche finale en redressant l'enseigne. J'envisage de louer ou de vendre.

Il jeta un regard dédaigneux à son cher dispensaire.

— Ah oui ? Qui voudrait acheter une ruine pareille ?

Elle se raidit, indignée.

— Il y a un potentiel énorme ici, Connor.

Il agita son portefeuille sous son nez avec un sourire suffisant qui suscita en elle un mélange d'irritation et d'amour.

— Ah ! non, Connor. Tu ne m'achèteras pas. Pas question.

— Dieu, que c'est bon de te voir ! Tu es si facile à mettre en boîte, dit-il, prenant son visage entre ses mains pour l'embrasser à pleine bouche.

Elle tenta de se dégager, mais il resserra son étreinte et approfondit son baiser.

Elle se détendit et pendant un moment oublia tout. Elle noua les bras autour de son cou et lui rendit son baiser sans plus penser à rien d'autre.

Il s'écarta, le souffle court.

— Je n'ai aucunement l'intention de t'acheter, mais je voudrais te faire une offre de partenariat à parts égales.

— Tu es prêt à être un associé silencieux et à gérer nos affaires depuis Auckland ?

— Non. J'ai donné ma démission. J'ai compris que je travaillais avec mon père parce que je voulais l'impressionner autant que sauver le système. J'ai besoin de retrouver la médecine, de faire quelque chose que j'aime, avec des gens que j'aime. Ce n'est pas le système de santé qu'il me faut sauver, Mim, c'est moi. Et je peux le faire ici, avec toi et notre enfant.

— Ici ? répéta-t-elle, le cœur battant.

— Oui. Ici. Au milieu de nulle part. Je dois avoir perdu la raison, mais j'aime cet endroit. Toutefois, il y a une condition.

— J'aurais dû m'en douter. Vas-y.

— Ça ne va pas te plaire, mais écoute-moi, dit Connor gravement. Il faudrait changer le nom de la clinique. Centre Médical d'Atanga Bay, par exemple, ça me semble plus adapté.

— Viens voir, répondit-elle en le tournant vers l'enseigne. Lis ça et pleure, *city boy.*

— Centre de Médecine Générale d'Atanga Bay, lut-il avec un sourire. Génial. Qu'est-ce qui t'a fait changer d'avis ?

— Tu avais raison, je ne peux pas éviter le passé, et je dois vivre avec.

— Bravo. Ça n'a pas dû être facile pour toi.

— Et puis, quelqu'un m'a dit que l'ancien nom évoquait une boîte baba cool, et je me suis demandé si ça ne faisait pas fuir la clientèle en fin de compte.

Il la serra contre lui, respirant son parfum, savourant le contact de son corps.

Il avait craint qu'elle ne le repousse après tout ce qu'il s'était passé. Mais elle n'avait pas changé. Elle était toujours aussi excentrique, aussi belle. Et elle l'aimait. Il le croyait maintenant. Elle avait envisagé de tout quitter pour lui et leur enfant.

— Promets-moi de ne jamais changer. Je t'aime, Mim.

— Je te crois, murmura-t-elle, blottie contre lui. Je t'aime aussi, *city boy.*

— Comment as-tu pu douter de moi ? souffla-t-il contre sa bouche. Embrasse-moi encore, petite effrontée sexy.

Sept mois plus tard

— Comment va ma petite-fille ? C'est bon de te voir, mon fils.

S'engouffrant dans la chambre d'enfant dans un effluve de lavande, la mère de Connor le serra dans ses bras avec effusion.

— Bonjour, maman. Tu as l'air en forme. Est-ce que papa… ?

— Il gare la voiture. Laisse-lui un peu de temps, dit-elle en lui tapotant le bras. Oh ! Seigneur, elle est magnifique…

Et elle s'absorba dans la contemplation du bébé endormi dans son berceau.

Max ne tarda pas à apparaître à la porte.

— Euh, bonjour. Belle maison. Superbe vue sur l'estuaire.

— Et proche du dispensaire, précisa Connor en s'approchant pour lui serrer la main.

Surpris, il se sentit pris dans une étreinte maladroite.

Son premier contact physique avec son père depuis dix ans.

Il s'écarta et le regarda.

La tristesse qui avait si longtemps hanté son regard avait disparu. Il avait pris du poids et avait le teint hâlé, sa semi-retraite lui permettant de passer du temps au grand air.

— Tu as bonne mine, papa. Cette croisière vous a réussi.

— Les vieux essaient de retrouver leur jeunesse, commenta son père en lui souriant avec une chaleur nouvelle.

Connor lui rendit son sourire.

Les blessures se refermaient lentement, il faudrait du temps pour que leurs relations se normalisent. Il espérait que sa belle petite fille contribuerait à les rapprocher.

— Alors, c'est une fille ? Félicitations, dit Max en caressant la tête du nourrisson. Comment va Mim ?

— Très bien. Merci, Max, répondit Mim en pénétrant dans la pièce en peignoir de bain, les cheveux enveloppés d'une serviette.

Le cœur de Connor bondit, et le désir l'embrasa, comme chaque fois qu'il posait les yeux sur sa femme. Et il en serait toujours ainsi.

— Ça me fait plaisir de vous voir, dit-elle en embrassant Max sur la joue.

— Moi aussi, Mim. Vous avez trouvé un nom à cette ravissante petite fille ?

Connor consulta sa mère des yeux, et celle-ci inclina la tête, tandis que Mim l'encourageait du regard.

— Nous avons pensé à Janey, dit-il. Janey Dana Wiseman.

Max hocha la tête, pensif, les yeux sur le berceau. Quand il releva la tête, Connor vit qu'il avait les larmes aux yeux. Mais il souriait.

— Janey. Oui. C'est parfait.

— Je me réjouis que ça vous plaise, dit Mim.

Connor l'attira contre lui tout en gardant un œil vigilant sur sa fille paisiblement endormie.

Qui aurait cru qu'ils en seraient là aujourd'hui ? Finalement, ils avaient eu droit à leur conte de fées. L'avenir s'ouvrait à eux, plein de promesses, porteur de tout le bonheur du monde.

BLANCHE

Les amants d'Écosse, de Becky Wicks - N°1673

Sadie connaît Owen depuis dix ans. Embauchée en même temps que son meilleur ami dans la luxueuse clinique écossaise de Rothesay, elle est ravie à la perspective de le côtoyer chaque jour ! Seulement voilà, à peine sont-ils installés dans les Highlands que Sadie note un changement chez Owen. Quand est-il devenu cet homme sublime ? Et pourquoi rêve-t-elle soudain de troquer leurs innocentes conversations contre des étreintes torrides ?

Pour un sourire de Noah, de Charlotte Hawkes

Neurochirurgien célèbre, le Dr Seth Mulder est confiant dans ses capacités. Pourtant, le jour où il se retrouve tuteur de Noah, son neveu orphelin, il est complètement démuni. Pour secourir ce petit garçon muet de souffrance, Seth ne sait que faire. Aussi demande-t-il son aide à Andrea Perkins, sa collègue infirmière qui semble le détester. Car elle seule a été capable de faire sourire Noah…

Le mystérieux Dr Blackman, de Tina Beckett - N°1674

Kate ne se reconnaît pas : comment a-t-elle pu succomber à la passion entre les bras du Dr Luke Blackman – sur leur lieu de travail de surcroît ? Une seule explication : le mystère et la séduction que dégage cet homme la rendent folle… de désir. Sauf que, depuis cette étreinte passionnée, Luke fait tout pour l'éviter et refuse de lui parler. Comme s'il cachait un secret…

L'amour au bout du monde, de Joanna Neil

Éprouvée par son rythme de travail effréné aux urgences, Alyssa a décidé de s'accorder une pause ; on vient justement de lui proposer d'être consultante médicale sur un tournage, situé aux Bahamas ! Mais, bien loin de l'hôtel de rêve auquel elle s'attendait, elle se retrouve à devoir cohabiter avec un certain Connor Blakeley, qui se montre d'emblée odieux à son égard. Une situation d'autant plus troublante qu'Alyssa est irrésistiblement attirée par lui…

HARLEQUIN

Leur mission : sauver des vies.
Leur destin : trouver l'amour.

BLANCHE

Entre tes mains, d'Amy Ruttan - N°1675

Charlotte est prête à tout pour aider sa meilleure amie, et sauver le bébé qu'elle attend. Même si cela implique de faire appel à son ex-fiancé, le Dr Quinn Devlyn. N'est-il pas le meilleur chirurgien néonatal qu'elle connaisse ? Sauf que, en revoyant Quinn, Charlotte comprend immédiatement qu'elle l'aime toujours. À présent, elle a non seulement placé la vie de ce petit être entre les mains de cet homme, mais aussi son propre cœur…

Une rencontre explosive, de Lucy Ryder

Paige enrage. La voilà à moitié nue sur le pas de sa porte au beau milieu de la nuit ! Tout cela à cause de l'homme qu'elle vient d'assommer et qui – loin d'être un cambrioleur comme elle l'avait cru – n'est autre que le Dr Tyler Reese, son nouveau propriétaire ! Pire encore, au lieu de s'excuser de lui avoir fait peur, il la couve d'un regard brûlant de désir…

HARLEQUIN

Leur mission : sauver des vies.
Leur destin : trouver l'amour.

HARLEQUIN
www.harlequin.fr